# 情侣

# Curdled Love

安东宁夫 著

人民东方出版传媒
東方出版社

谨以此书献给我最亲爱的女儿王海伦和王璐娅！

情囧

# CONTENTS 目录

这是一起从“安东医生诊室”里引发出来的悬案；这是一段令人啼笑皆非的经历；这是一群朴实、憨厚、勤勤恳恳生活在这片土地上的农民；这是一个带着酸甜苦辣、喜怒哀乐和是非曲折的生活掠影；这是一部充满着离奇怪异、窘态百出、啼笑皆非的相亲故事。

# 第一章　蹊跷的死亡

安东医生与商人牛车车既是诊室里的医患关系，又是多年的社交朋友，两人关系十分融洽。几个月前，牛车车因抑郁症坠楼身亡，令安东医生十分伤感、惋惜和自责。牛车车曾经因为抑郁症找过安东医生咨询和治疗，谁也没想到医治的效果竟然如此挫败。

安东医生曾经亲临牛车车的追悼会，亲眼目睹过牛车车的遗容，坚信这位老朋友已经遗憾地故去。然而，时隔数月，在参加韩国的一个国际学术会议期间，安东医生偶然看到牛车车出现在一家韩国整形医院数月前录制的纪录片里。牛车车在坠楼前一个多月去整形医院干什么？抑郁的患者怎么会去美容整形医院整容呢？安东医生开始怀疑牛车车到底是真死还是假死。

自从看到这个纪录片，安东医生总是在猜想，牛车车真的还活着吗？难道他欺骗了身边最亲近和最熟悉的人，包括他的朋友？如果他玩的是金蝉脱壳这个鬼把戏的话，他现在躲在哪里呢？那个替身又会是谁呢？为什么会心甘情愿地替他去死呢？

简直不可思议。果然是蹊跷的死亡。

韩国学术会议结束后，安东医生满腹狐疑地从首尔回到杭州。回国后他做的第一件事，就是到解放路新华书店购买了一本小说《红石草原》，用了两个晚上把它读完。

这是一部侦探推理小说，在美丽的书名背后，充斥着野狼喋血和狡诈的犯罪。确切地说，故事讲述的是一件利用狼制造意外死亡而得以金蝉脱壳的经济大案，堪称一部局中局、案中案、谜中谜的悬疑之作。事件发生在神秘莫测的锡林郭勒大草原，在一次惊心动魄的野外旅行中，伙伴们接连意外惨死，偶然的争吵、野狼的攻击、滴血的白骨、忠烈残忍的狼群、幽深惊险的洞穴、古怪的捕狼老人、神秘的调查组……一起以金蝉脱壳的手法逃避法律制裁、蓄谋已久、精美策划的高智商经济犯罪，情节生动、有趣，引人入胜。

小说的男主角，安丰法医的原型是现任宁波科技大学法医学院同名同姓的安丰院长，是安东医生通过牛车车认识的。看过小说之后，他坚信这些故事是老朋友安丰院长亲身经历过的事件。牛车车曾经极力推荐安东医生读读这本书，因为故事发生在距离牛车车的家乡不远的地方。然而，遗憾的是，他没有从书里找出任何与牛车车谜案相关的线索，牛车车是死是活仍然谜一般缠绕在他的心头。

安丰是个医学博士，法医出身，是牛车车的老朋友，早年在牛车车的家乡锡林郭勒草原与牛车车相识，他了解牛车车的身世和经历，或许能解开牛车车的生死谜案。因此，安东医生决定抽时间去宁波拜访安丰院长。

周五上午专家门诊结束后，安东医生赶到杭州火车站买了一张去宁波的火车票，登上高速列车。坐在安静舒适的高铁车厢里，他满脑子想的都是牛车车。抑郁、住院、整容、坠楼……10 亿现金的股市套现、5 亿的银行负债，一系列事情的发生似乎都是精心策划、按部就班、严密实施……如果不是偶然发现牛车车出现在韩国整形医院的纪录片中，谁能想到那个长相与牛车车相同的坠楼者不是牛车车？牛车车真是高手啊，神秘的金蝉脱壳！——谁会冒充牛车车自杀呢？难道替身也整容了吗？牛车车本人又跑到哪里了呢？在那些因为所谓抑郁而坠楼的贪官中，会不会也有这种金蝉脱壳的事件发生呢？安东医生开始胡乱地思考着。

社会进步了，交通现代化了，从杭州东站出发，高铁仅用五十几分钟就到达了宁波站。几个月前，安东医生曾来宁波拜访过安丰，因此轻车熟路，很快就找到了宁波科技大学法医学院。法医学院位于风景秀美的三江口附近，他无暇欣赏两岸的水景和优雅的校园，直接来到法医学院的办公楼。可能是周五下午的缘故，空荡荡的办公楼里鸦雀无声。他举起手轻轻敲响院长办公室的大门，轻柔的敲门声立刻传遍整条走廊。

一位女工作人员闻声而现，从远处的法医学院的院办公室走过来：“请问您找谁？”

“我找安丰院长。”

女工作人员说：“安丰院长生病了，没来上班在家休息。”

“我是医生，安丰院长的朋友。”安东医生站在安丰院长办公室门前简单做了自我介绍，接着迫切地问道，“请问他得了什么病？”

“哦，您是医生啊。安丰院长病得不重，但一直没弄清楚。”

“能告诉我他家的住址吗？我想去看看他。”

女工作人员犹豫一下：“请问您尊姓……”

“我是杭州的安东。”

“哦，您稍等，我回办公室打电话问下安丰院长。”女工作人员返回办公室。

片刻后，她从办公室出来，指着走廊窗外远处临江的一栋天蓝色的高层住宅，说：“安丰院长就住在那栋楼，2 单元 2602 室。他说非常欢迎您到他家里做客。”

“谢谢您！”安东医生离开了办公楼。

离开法医学院，安东医生在街边一家花店里购买了一束鲜花和一篮水果，然后来到安丰家。

“欢迎，欢迎！”安丰院长挺着笔直的腰板，精神抖擞地等候在大门口，几乎看不出任何病态的迹象。“什么风把你吹来了，安东医生。请进。”

“听说您生病了。”

“没什么，老毛病，腿脚不大好。谢谢你的鲜花，让你破费了。”安丰客气地接过鲜花，走进客厅，把鲜花摆放在餐桌上，指着沙发说：“请坐，安东医生。”

安东医生坐在沙发上环顾整洁干净的客厅，雪白的墙壁、古铜色的吊灯、竹色的地板，简洁的装修风格让初次登门的人不仅不觉得陌生，反而感觉熟悉和轻松。沙发对面靠墙摆放着一个古朴高雅装满了书籍的樟木书柜和一张写字台；沙发后面墙壁上挂着几幅崭新的字画，空气中散发着淡淡的书香气息。一扇墙体式宽敞明亮的玻璃落地窗仿佛把客厅与天空融为一体，坐在沙发上向窗外望去，时而感觉飘浮在云雾之上，时而感觉飘摇在空中楼阁之中。

“稀客呀！”好客的安丰拖着一条病腿一瘸一拐地忙着端茶倒水，“我休息了两天，正好感觉有点儿寂寞时你来了，呵呵。”

“安丰院长，您身体不好，别忙了，我自己来吧。”安东医生接过茶壶自己斟满茶杯。“您的腿……不会是您的灰指甲的顽疾又犯了吧？”他想起来几个月前第一次见安丰时，安丰由于脚上灰指甲合并严重感染，走路也是一瘸一拐的。

“哪里呀，我的灰指甲早就治愈了。你的偏方太神妙了，多年折磨人的顽疾，一治就灵。不用花钱、不用吃药、不用打针，还没有什么痛苦，我真的很感谢你。”安丰坐在椅子上用手轻揉着病腿。

“那您的腿……”

“踝关节和脚趾红肿，可能是风湿性关节炎犯了。老毛病了，没大碍，休息休息就会好的。安东医生，我一直有点儿纳闷，你是个心脏病学专家，怎么会治疗灰指甲呢？”

“这个偏方确实很神奇，方到病除。如果大家都掌握这个偏方，将来就不会再有人因为灰指甲而担忧了。”安东医生开心地笑了，端起茶杯轻轻吹开漂浮在水面上的茶叶，轻抿了一口，点点头：“嗯，好茶！”忽然，安东的目光被对面桌子上的一个相框吸引。他放下茶杯，站起来走到桌前，拿起相框端详着相框里的照片，目光中流露出惊奇。照片里是个姑娘，身材修长，身穿淡蓝色的长裙，正对着他甜蜜地微笑。她的相貌说不上美丽，但很甜、很娇、很稚气。“哇，她一定是瑞瑞吧！”他情不自禁地喊了出来。

“是的，是我年轻时的女朋友，倪俞瑞。”安丰坦率地承认。

安东医生吃惊地说：“安丰院长，您的故事太动情了，也太精彩了。这么多年过去了，您一直珍藏着她的照片。”

“是的，我忘不了她，那是我最美好的回忆。”安丰语气平静，可眼角闪露出泪光。

“您后来去国外寻找过她吗？”

“我从来没去寻找她。我曾经想出国寻找她，可是我克制住自己的冲动，没那么做。”

“为什么？我们读者都希望您能再见到她，盼望着故事有一个幸福的结局。”

“我为什么要找她呢？我一直很幸福快乐。每天看到她的照片，我就会想起自己当初的纯真、浪漫、快乐……我爱这张照片里的她，珍惜她留给我的美好回忆，心中珍藏着旧爱……她既然悄悄离开我，一定有充足的理由。如果真的找到她，有些事情是难以回避的，或许对双方都很挫折、很残酷……”

安东医生理解安丰院长的话意，他指的是瑞瑞最终无情地抛弃了他，带着残疾的老贾不辞而别。唉，人生就是这样，过去的记忆总是美好的，而现实却很残酷。安东医生感觉这个话题有些沉重，不自然地笑笑，换个话题说：“您每天看着瑞瑞的照片，不怕嫂子生气吗？”

“没关系，我一直是单身。”安丰认真地说。

“啊？对不起！我不知道您一直单身。”安东医生感觉难以置信，流露出疑惑的目光，世上真的有这种痴情男人啊，太稀罕了！

安丰似乎看出安东医生的疑惑，解释说：“是的，我一直没成家。我后来也结交过几个女朋友，不是我无法摆脱瑞瑞的影子，是我无法把心交给另一个女人。我多次尝试重新开始自己的生活，可是都失败了。这些年，我一直忙于事业，科研、教学和管理，只有在忘我的工作中才能忘记她的存在。慢慢地，我习惯了独自一人平淡地生活。”

看到安丰院长的脸上显露出一种无助的神态，安东医生轻声地问道：“您后悔吗？”

“哈哈！”安丰爽朗地笑了，“坦率地说，我曾经后悔过，也曾嫉恨过，后悔被一段失落的爱情毁掉了自己的一生，憎恨自己不能从感情的旋涡里挣扎出来。然而，经历了风风雨雨，走过了沧桑岁月，我最终领悟出一个道理，婚姻和家庭并不是幸福的唯一尺码，一个人心中有爱，生活中有亲情和友谊，才能幸福快乐。”

“可是我不这样认为，安丰院长。恕我直言，旧爱无法抹去伤痕，而未来才会带来治愈伤痛的希望。”

安丰点点头：“嗯，你说的对。请坐吧，安东医生，你来找我一定有什么事情吧？”安丰转移了话题。

## 第二章　死而复活？

安丰院长显然不想继续谈论瑞瑞的事情，安东医生把手里的相框放回到桌子上，重新坐在沙发上。其实，他来见安丰院长的主要目的还是想谈谈牛车车蹊跷的死亡。因此，他不假思索开口就说："我刚从首尔开会回来，我见到了牛车车……"

"啊！不可能！牛车车几个月前不是坠楼死亡了吗？"安丰一下子从座位上跳起来，脸上露出惊愕的表情。

"不好意思，对不起，是我说错了。"看见安丰院长惊慌失措，安东医生连忙道歉，纠正道，"我在首尔一家整形医院参观时看到一段视频，视频里面有牛车车。"

"你吓了我一跳！我以为牛车车死而复活了！"安丰重新坐下来，"这段视频是什么时间拍摄的？"

"今年夏天 8 月，这家医院成立纪念日那天，是在牛车车患抑郁症出院两个多月以后。"

安丰问："牛车车是什么时候住院的？"

"2014 年 6 月。"

安丰瞪大眼睛继续追问："他什么时候坠楼的？"

"出院三个多月后。"

"你的意思是牛车车在出院后与坠楼前这段时间去了这家整形医院，是吗？"

"是的。"

安丰不解地问："什么样的视频？牛车车出院后去韩国整形医院做什么呢？"

安东医生解释说："这是一部整形医院自己录制的宣传纪录片。纪录片不长，大约十分钟，主要是介绍医院。开始我并没有在意。我记得影片不停地放映着，随着背景音乐节奏的变化，镜头不停地转换，从门诊大厅到诊室，从病房到手术室，高精端的医疗设备、高尖的医疗技术、闪亮登场的医学专家、一个又一个让他们引以为豪的整形病例，以及来自世界各地的患者。之后，画面重新回到了门诊大厅，画外音在说：世界各地的朋友们，景福医院热烈地欢迎您！接着，屏幕上出现两个身穿半袖T恤的中年男子，被几个记者堵在大门前，他们急忙用手遮住面孔，说着流利的汉语：'不，不，对不起，我们是来看病的，不接受采访。'在他俩身后还有一位身形娇小的女人，时而被遮挡住大半身，看不清她的容貌和年龄。突然，我几乎惊叫出声，因为我发现其中一个男人是牛车车。这三个人迅速消失在荧屏之外。纪录片也很快结束了。"

"你能肯定是他吗？"

安东医生肯定地说："能。有他脸部的特写，很清晰。"

"你应该了解下他去整形医院都干了什么。这一点很重要。"

"这种医院严格保密患者的隐私，什么也问不出来。"

安丰问："另外两个人你认识吗？"

"没看清楚。"

"你怀疑什么？我先听听你的看法。"

安东医生把自己的怀疑一五一十地告诉了安丰。

听了安东医生的分析之后，安丰紧锁眉头思考着："你的怀疑是有道理的，让我想起多年前发生的另一起庞氏诈骗案。"

"庞氏诈骗案？您的意思是牛车车自导自演了一场金融诈骗案吗？奇怪，他从股市里套出的全是他自己的钱哪！"

安丰似乎心中有数了："其实，这一点儿也不奇怪，这是一种新庞氏诈骗手法。"

安东医生不解地问："什么是新庞氏诈骗？"

安丰解释说："我是法医，各类案件都会碰到。法医不仅要掌握医学、心理学和法医学，而且还要懂得法律学、社会学和经济学。所谓新庞氏诈骗手法五花八门，大多数为的是躲避债务，钻法律的空子，采取金蝉脱壳的手段自己诈骗自己的钱财。具体地说，就是在负资产增多或经营不良时，为避免债主上告后法院把自己的企业、财产、银行或股市资金罚没，老板提前携带巨款逃跑。等若干年后真相暴露时，他已经还清了所有债务，洗清自己的罪行。这是一种典型的高智能经济犯罪。”

安东医生仍然感到无法理解：“牛车车怎么会想到这么绝妙的犯罪手法呢？我一直认为他是一个品质不错的商人，很重感情和情义的朋友。”

安丰继续解释说：“这种犯罪手法不是牛车车发明的，他有可能也曾被别人用相似的手段欺骗过，受害过。如果法律和制度不能牢牢地约束和规范商人的一切商业行为，少数商人为了窃夺商业利益，就会利用法律和制度上的漏洞采取一些不择手段的行为。对于大多数商人来说，有时也是被逼无奈。如果你了解牛车车的人生经历，你难以相信他会变成这样一种商人。过去的牛车车完全是另外一种人，生活在另一个不同的世界里。”

安东医生眨眨眼望着安丰，法律、诈骗、犯罪，这些术语对他来说很陌生，似懂非懂，他感兴趣的是牛车车的过去和现在。“安丰院长，我知道您与牛车车很熟悉，去过他的家乡，可以谈谈他的过去吗？”

安丰点点头：“可以呀。从前的牛车车是一个现实生活中常见淳朴、憨厚的农村青年。在他们村子里还有一个女孩子，名叫牛丫丫，则是现实生活中罕见的奇幻般的人物。牛车车曾经多次与我谈起他相亲娶亲的故事，离奇曲折，窘态百出，他的爱情窘史充满着酸甜苦辣、喜怒哀乐的旧农村生活色彩。如果要用一个字形容牛车车的前半生，这个字一定是‘囧’，穷囧、乐囧、情囧、富囧。无论他的生活环境发生什么样的变化，囧总是伴随在他左右。牛车车的故事充满了乡土气息，反映出几十年前偏远乡村农民的勤勤恳恳、吃苦耐劳、朴素执着的现实主义精神，犹如真实世界中发生的一部爱情喜剧。”

“听您这么介绍后，我更感兴趣了。喜剧好，我喜欢喜剧。您可以讲得更详细些吗？”

安丰答应说：“可以，但今天恐怕不行。有些事情早已忘记了，好在我有记日记的习惯，可以先复习一下日记。”

“哦……”安东医生似乎显得有点儿失望，但又无法强求。

安丰没有注意到他表情的变化，继续说：“对了，还有半个月就是2015年元旦了，我正好下个月4号要去内蒙古锡林郭勒盟开个学术会议，如果你有时间，我邀请你一起去牛车车的家乡转转。那是一个风光秀丽的大草原，只可惜冬季的草原四处白雪苍茫。如果你愿意与我一路同行，我们路上可以好好聊聊。假如牛车车真的活着，我们一定能找到他。我差不多已经感觉到他现在应该在那里——那是一个人们很难想到和找到的地方。我可以带你去那里转转，看看多姿多彩的奇山异峰、跌宕起伏的红色草原和充满刺激的异域风情。”

“好哇。我正好有一周的休假。”安东医生爽快地答应了。

“一言为定！”

“呜呜——”外面传来客轮的阵阵笛鸣。安东医生站起来走到窗前，俯视着三江口秀丽的风光。窗外早已云消雾散，透过落地窗可以观赏到江边的幽径、水中的杨柳和江面上往来的观光游轮。安丰也站起来走到窗前，感叹道：“我家这个位置观景最佳，潺潺流水碧波荡漾，白浪淘沙轻舟穿梭。美中不足的是住在江边太潮湿了，我的风湿病总也不好，特别是我们北方人不大适应这种气候。”

安东医生关心地问：“您的腿可以旅行吗？”

“欸，说来也怪，到了北方我腿痛的毛病就会好，可能是由于北方气候干燥吧。”

安东医生补充说：“还有一点，冬天，北方的房间里温暖。”

“没错。那我们就定下来了，下月4号从杭州出发去内蒙古锡林郭勒盟。”

“一言为定！”

## 第三章　高级商务学习班

杭州东到北京南的 G34 次列车缓缓启动了，驶出杭州不久，车速飞跃到每小时 350 公里以上，列车匀速平稳地飞驰在高架铁轨上。看到不远处高速公路上飞奔的轿车像鸭子似的被远远地甩在列车的后面，安东医生开心地笑了：“太棒了！中国发展日新月异呀，我们赶上了好时代。”

安丰院长说：“是啊，这么快的车速，倒退几十年几乎无法想象。我记得 20 世纪 70 年代《参考消息》曾经报道过磁悬浮列车研究结果，人们幻想着将来火车的车速可以达到每小时 300~500 公里，但是，当时几乎没有人敢相信这种幻想可以实现。有一年冬天，我们部队乘火车进入大兴安岭地区执行测绘任务，你想象不到当时火车的速度慢到什么程度。”

安东医生说：“一定比汽车还慢吧。”

安丰继续说：“我们的火车像头老黄牛似的，喘着粗气慢腾腾地在山梁上爬着。许多战士跳下火车向火车头的方向跑去，爬上火车头帮助司机师傅往列车的锅炉里铲煤。”

安东医生说：“是啊，那个时代已经一去不复返了。昨天，我带着女儿去参观复兴路一家火车博物馆，发现蒸汽机车头已经变成列车博物馆里的展品了。”

安东医生耐心地等待着安丰院长讲述牛车车的故事。

安丰信守诺言，在列车行驶一段路程之后，掏出一个陈旧的笔记本翻了一遍，然后开始详细地讲述牛车车的经历。不知是故事风趣，还是安丰语言幽默，安东医生听得津津有味，不时哈哈大笑。“安丰院长，您讲得太生动了，可以开办一场故事会了。”

安丰谦虚地解释说：“牛车车当初讲得就是这么幽默，我没有任何加工，只是重新复述一遍。”

时间回到十二年前：

杭州，2003年的夏天，碧蓝的天空没有一丝云彩的晴朗，空气中的污染指数几乎降低到零，难得又是一个双八的好日子。与久违的天空一样，人们的脸上挂满了阳光和喜气。已经久别红石草原十年的法医安丰，英俊未减当初，精神抖擞、幽默风趣，甚至潇洒胜过当年。这一天，安丰法医有一位在上海读高级商务学习班的老友放暑假没有回乡，专程从上海来杭州看他。这位三十岁出头的男子灰头土脸，有点儿沮丧地坐在他的办公室里，与一年前从草原来杭州时完全判若两人。

“这么快高级商务学习班第一学年结束了，你应该开心才对呀！”安丰率先开口说话。

“开心个屁！一无所获！”老友一脸的忿忿。

“怎么会呢？”安丰迷惑不解，“总会有收获吧！”

“嗯，有收没获！”老友点燃一支香烟叼在嘴上，全然不顾及安丰这个全国控烟标兵的面子。安丰法医克制住对这种空气污染指数PM的厌恶，脸上没有显露出任何反应，抽就抽吧，看来这位老友心情不大好。

安丰问：“没学到东西还是老师讲得不好呢？”

“和学习没啥关系。安丰法医，坦白地对你说吧，”他用力地掐灭了三四口就抽了大半根的香烟，“我们高级商务学习班，九个女生，平均二十八岁，十二个男生，平均四十八岁，到毕业时全都配对了，就我一个人剩下了。男的里，我虽然算不上最英俊，但至少我最年轻，才三十多岁，你说我心情能好吗？”

“嗯，是会有点儿失落感，你堂堂男子汉才学仪表都不差。不过，还应该有两个男生剩下呀！你不孤独，还有伴呢。”

“咳！别提了！那两个男生自己好上了。”

“啊……怪不得你如此失落！”安丰明白了他为什么沮丧，遗憾地说，“咳，你怎么不快点儿下手呢？”

“开学没多久，我还没弄清楚哪个女的有财呢，一两次聚餐后他们就全配好对了。”

“能参加高级商务学习班的姑娘不都是才女吗?”

“那可不一定，也有穷人家的姑娘。”

“才？你说的是哪个 cai 字呀?”

“当然是钱财的财了!”他做了一个数钞票的手势,“我要找财女嘛!”

“啊，原来是这样……”安丰一时无语。

“不过，我很感谢你推荐我参加高级商务学习班，读书学习增长了很多知识，我感觉到视野开阔了。我一直记着你五年前在额吉淖尔镇对我说的话：物质是财富，知识也是财富；光有钱没有知识的人，精神上是穷人；光有知识没有钱的人，物质上是穷人；有钱有知识有爱的人才是真正富有的人。你还说，有钱没爱的人，是寂寞孤独的人；有爱没钱的人，是伴随忧愁而快乐的人；没爱没钱的人，是悲惨凄凉的人；有爱有钱才是幸福快乐的人。”

“呵呵，你记得这么清楚啊!”安丰笑笑说,“看来，你马上快成为真正富有和快乐的人了。”

“可是我还是单身汉呢。”

“着急啦?”

“嘿嘿，都说杭州出美女，我也想来鉴赏鉴赏。”

“好吧，既然你已经放暑假了，就别着急回草原了，在杭州住几天。正好这一星期我比较空闲，陪你四处转转，欣赏一下新西湖的美景，说不定会有奇遇良缘呢。”

“太好了。老西湖逛过两次，新西湖还没听说过。如果真能奇遇良缘，也不枉费我花了几十万学费在上海学习 EMBA 了。”

看来安丰的这位好友此次出门读书没找到女友，真有点儿心有不甘哪！我们先祝愿他心想事成吧！

牛车车娶亲记的故事就这样开始了。

## 第四章　牛家的生意经

在上海高级商务学习班学习的这位老友姓牛，名叫牛车车，家乡在西北草原。为什么会叫这么奇怪的名字呢？他说从小家里很穷，他父亲最大的愿望就是家里能有驾牛车，所以，他出生后父亲就给他起了牛车这个名字。果然，几年后家里小富起来，真的有了一驾牛车。同学们习惯叫他牛车车，后来还给他起个绰号叫牛××。在北方，“牛车车”有一种“牛××”的含义。牛车车这个名字叫久了成了他的大名，他的人也变得有点儿牛××了。

牛车车的相貌并不丑，人高马大、四方大脸、浓眉大眼，带有草原男子汉的朴实、执着、粗犷和北方人的坦率、开朗、大方，偶尔有点儿幽默。

“你有弟弟吗？”安丰好奇地问道。

“有。”

“你弟弟是不是叫马车呀？”

牛车车惊奇地盯着安丰问道：“欸，你怎么知道我弟弟的名字？”

“呵呵！”安丰笑了，“牛车有了，你家该盼着有驾马车了，对吧？”

“那你能猜到我最小的弟弟叫什么名字吗？”

安丰调侃说：“你最小的弟弟不会是叫拖拉机吧？”

“嘿嘿，一点儿没错，就叫牛拖拉。安丰，你不愧是知名法医，当侦探也够格。我父亲说等我有了儿子，起个名字叫汽车，如果女儿，就叫轿车。”

安丰继续调侃道：“你应该胆子再大一点儿，给儿子起个名叫飞机，一步到位。”

牛车车认真地点点头，说："我提到过这个主意，可是我父亲不同意，他说买架飞机可以，但咱家修不起飞机场啊！"

"啊，这么说你们家真的富起来了？"

"嗯，后来我改名了，叫牛种。结果，我们家成立了种牛公司赚了点儿钱，成了村里的首富。现在我是个地道的种牛王，就差个有文化的媳妇了。"

"我倒觉得你是个地道的牛老五，呵呵！"

"不敢，你千万别叫我牛老五，容易弄出笑话来。"

接着牛车车讲述了一个滑稽的故事。

有一次，一个城里的女孩看到报纸上一篇关于牛车车的报道：咱村的牛老五不逊城里的钻石王老五！按照报纸上的地名专程寻找牛车车。热心的村民听说她要嫁给牛老五，把她带到牛车车他爹家门口，因为牛车车他爹在家排行老五，大家都叫他牛老五，老婆跑了多年。人还没进门，村民就高呼："牛老五，喜事临门了！"

牛老五叼着烟袋锅从屋里出来问道："啥喜事啊？"

女孩一见到牛老五立刻伤心地噗噗落泪，问道："你是牛老五吗？"

牛老五答道："是啊。"

女孩又问："你是单身吗？"

牛老五感觉十分诧异，答道："我是单身哪，而且很多年了。"

女孩还是担心见错人了，继续问道："你家创办了一个大型种牛公司，对吗？"

牛老五答道："没错呀！"

女孩抽泣着说："都说你年轻有为，前途无量，可是你咋长得这么老哇！满脸老牛皮，呜呜呜……怪不得你至今单身……"

牛老五更加莫名其妙，回答道："我先天就长着对不起观众的模样，满脸核桃纹，坑坑洼洼的，又不能拿熨斗熨平，有啥办法呢！"

女孩转身要走，有村民问她："姑娘，你不是要嫁给种牛王吗？怎么又走了呢？"

女孩答道："是啊，我是打算嫁给种牛王，可是我不可能嫁给种牛呀！"

牛老五气得哇哇大吼："喂，姑娘，你说谁是种牛？不愿意就不愿意呗，哪有这么埋汰人的！"女孩吓得一溜烟跑没影了。

"哈哈，种牛！"安丰开心地笑了，"既然你家已经很富有了，你为什么还要跑到高级商务学习班里找财女呢？你不知道高级商务学习班里只有美女，没有财女吗？"

"嘿嘿，那是开玩笑的。"牛车车脸一红，低头喃喃道，"我爹要求我找一个贤惠、斯文、有才，但家境不穷的女孩，走在村子里有点儿体面的媳妇。"

安丰迷惑不解，问："你这是什么道理呢？漂亮有才但家境穷点儿的女孩有什么不体面吗？"

"读高级商务班的未婚年轻女孩，有些是想攀高枝，在同学中找个有钱的老公，有些是想傍大款或寻找生意上的合伙人，当然，也有些是纯粹来学习或镀金的。"

"哦，原来你有这么多顾虑啊。"

"我爹担心，穷女富男，流落在外，容易学坏。他平时经常嘱咐我在城市里挑媳妇，要找个家境一般的，别太穷，也别太富的。我离家时我爹还特意告诫我，出门在外千万不能露富，现在社会上的土豪被人嫉恨，容易被算计。"

"所以你参加高级商务学习班还穿着这身挤奶时穿的工作服。"

说到这身挤奶服，牛车车说他在上海学习班里曾经碰到一件啼笑皆非的事情：

有一次班里聚餐，有个皮肤白净、大眼睛、形体瘦小，但胸部丰满的女同学，看到牛车车孤单单地一人独饮，走过来坐在他身旁的空位子上，主动举杯说："牛车车，自我介绍下，我是姚蕾，侬叫我小蕾吧。Cheers！"

"干杯，小蕾！"牛车车高兴地回答。

小蕾单刀直入，说："我从同学登记表看到侬是未婚，侬真是单身吗？"

"嗯，假一罚十。"

"大哥，一个就够了，十个吃不消。实话说，像侬这么大岁数的单身男人属于珍稀品种，像和田玉一样假的偏多，真的稀少。请问侬可保真？"

“嘿嘿，当然保真。”

“旁边那桌的几个女同学都在猜测侬为什么这么大岁数还单身，是找不着呢还是没找着？”

牛车车打量小蕾一番，小蕾年龄二十七八左右，大眼睛、双眼皮、高鼻梁、厚嘴唇，眉清目秀，说不上是俏佳人，但称得上是白领丽人。“妹子，你说话太有水平了，我要仔细琢磨一下‘找不着’与‘没找着’有什么区别……嗯……好像还确实不大一样。我属于没找着。”

小蕾接着好奇地问道：“牛车车，侬是做啥的？”

“小蕾，你又不是上海人，干吗说话总‘侬侬’的！”

“你怎么知道我不是上海人？”

“嘿嘿，我也偷看过你的学员登记表。”

“你说对了，我确实不是上海人，可你能说出我是哪里人吗？”

牛车车肯定地说：“西北的，离我家不远，说话带点儿羊膻味。”

小蕾瞪大眼睛惊呆了：“我靠，哥们儿，你太牛××了！你到底是干啥的？”

牛车车直截了当回答：“挤奶的。”

“啊！”她一只手遮挡在胸前，瞪大眼睛惊愕地蹦起来，“怪不得你的服装这么特别……我可不需要挤奶的。”说完，小蕾就逃到其他桌去了。

过了一会儿，小蕾身旁有一个身材高挑、打扮时尚的女模特扭着细腰，走着猫步来到牛车车的身边，在轻柔地碰下酒杯后悄悄地说：“牛车车，我有个姑妈，宁波人，单身一人多年，身家一百多万，年龄跟你差不多，四五十岁吧。听说你想找女友，我帮你介绍一下，你看如何？”

“啊！我有那么老吗？我才三十四啊！”牛车车差一点儿晕倒过去。

女模特脸上泛起红晕，愧疚地说：“对不起，我看年龄不准，特别是你这个年龄的男人。”

片刻后，牛车车吞下一口杯中的苦酒，佯装大度地说：“呵呵，没关系，男人嘛，年龄大些显得稳重。”

女模特点点头：“嗯，男人年龄大点儿没关系，关键是要优秀。”

“嗯，没错！”牛车车沉思片刻后一本正经地提议，“欸，我们可以把你姑妈介绍给我二爷啊！我二爷条件可比我棒多了。”

女模特马上好奇地问道：“你二爷是做什么的？多大岁数了？”

牛车车神秘兮兮地靠近她回答道：“我二爷年龄不大，虚岁才九十五岁，也是挤奶的！”

“啊！”她嘴里的酒“噗”地一下喷到牛车车的脸上。

“哈哈，我要是那个女同学也会把酒喷到你脑袋上。”安丰开心地笑起来，“看来你爹有点儿老脑筋，找穷的担心贪图你家钱财；找没文化的，又担心不体面。你这媳妇难找啊！我建议你改个名，叫牛情吧。心情好就会心想事成。”

“嗯，你的提议不错！”牛车车欣然地接受了安丰的建议。结果，安丰的这位老友现在有好几个名字，大名：牛车车，别名一大串：牛种、牛情、牛××。

安丰告诫他：“不管怎样，你现在马上把这身挤奶服装脱下来，杭州美女可经不住你的这种考验哪。”

周五晚上，安丰正好空闲，邀请牛车车到南山路西湖边一家音乐餐厅小聚。安丰要了一瓶啤酒，牛车车要了一斤烧酒，他们面对西湖美景尽情地对饮起来。

“你这么大岁数怎么还单身呢？”安丰好奇地问道。

牛车车脸色微红，坦诚地说：“我虽然相过亲，偷过情，但没正式定过亲，而且还是童身。”

“啊！”安丰大吃一惊，有点儿不敢相信，凭相貌牛车车不差，仪表堂堂，很有男子汉味道；凭身家更没说的，种牛公司的老总啊，几百头奶牛和种牛，怎么也值个几百万；凭身体，牛一样的壮。你瞧，看到漂亮女孩在他面前飘过时，他的眼神会飘出垂涎色光。这种男人没有女友，怎么可能呢！有点儿说不通。

牛车车看出来安丰的疑惑，解释说：“爱情方面，我要么阴差阳错，要么运道不好，故事多多，说来话长。”

“好啊，讲给我听听。”

“没问题。听我的故事保证你不会感到枯燥和寂寞，呵呵，我的相亲记完全可以写成一部滑稽搞笑的小说。”安丰的话勾起牛车车的回忆，他开始讲述自己早年那些离奇怪谬的相亲故事。

接下来，就盼情树开花结果了。有情有意的女孩快来报个名哦！安丰担保，保你放心。

## 第五章　赛马相亲

第一次相亲是 1993 年 8 月，草原的夏天温而不热，爽而不凉。那一年，牛车车二十四岁，高中毕业后在家务农。牛老五托同村的媒婆盈二奶帮忙给牛车车介绍一个对象，女方是外村的，同姓同族，年龄二十二岁，名叫牛花花，长得如同花朵一般的靓丽。女方家对牛车车本人还算满意，但嫌弃牛车车家太穷，家里没有马，更没有羊，只有一头快要干不动活儿的老黄牛，便提出要赛马抢亲。在这块偏僻、荒凉的土地上还保留着一些旧时的抢亲习俗，媒人向姑娘家提亲时要同时推荐两个男方，供女方家挑选。

在 8 月 8 日，一个阳光明媚的日子里，牛花花姑娘飒爽英姿地骑着一匹高大英俊的白马，站立在人群的最前头。牛车车胆怯地骑在一匹刚从邻居家借来的又瘦又矮、又黑又丑的老马背上，心里暗自埋怨牛老五没帮他借一匹高大英俊的快马。而另一位瘦长脸、鼻梁有点儿弯、长着一对斗鸡眼的小伙子，骑着一匹与牛车车的马年龄不相上下，但体格略显高大的老马，骄傲地昂首挺胸与牛车车并排而立。牛车车听媒婆盈二奶说过，这位竞争对手的名字叫羊铁龙，小名叫铁龙子，来自几十里外一个比较富裕的村庄，村名叫红格村。牛车车瞥了一眼身边的羊铁龙，形体枯瘦，相貌丑陋，怎么看都不像个铁龙子，倒像一堆牛粪。哈哈，鲜花怎会插在牛粪上呢？

牛车车记起牛老五曾经告诫他的话，马不可貌相，草原不可步量，高大英俊的马儿好看不中用。据说这匹又瘦又小的老马看似平常，可飞奔起来速度奇快，曾经在以往的赛马比赛中屡战屡胜。想起牛老五安慰他的话，牛车车心底燃起一阵自信，不自觉地挺起腰板，昂起脑瓜。

牛车车一手抓住缰绳，一手紧握马鞭，停在牛花花身后三米远的地方。比赛快开始时，骄傲的牛花花姑娘猛然回首冲牛车车莞尔一笑，牛车车惊艳一叫，“啊！”差一点儿从马背上晕了下来。在二十四年漫长的生涯里，牛车车还从没见过如此容貌美艳令人惊异的女人，圆润的额头，清秀的瓜子脸，迎风飘逸的长发，几丝旋转的刘海，弯弯的柳叶眉及一对微微上抬的核桃眼。牛花花细嫩的脸颊白里透红，像诱人的水蜜桃，似乎轻轻一捏就会流出蜜水。她那雕塑般的鼻尖下面连接着两片圆润润、水灵灵、红彤彤的肉唇，真是一副仙女般的花容月貌啊！

牛花花，我要赢！我一定要得到你！牛车车心底涌出一股强烈的求胜欲望，不自觉地喊出声来。

“臭小子，哼，没看看你半斤八两！找你陪绑算看得起你了。瞧你那匹屌马，哈哈！”羊铁龙举起皮鞭指着牛车车胯下那匹老马恶狠狠地回敬他。

牛车车下意识地打量着眼前这匹皮肤松弛、眼皮下垂的老马，突然感觉心里没底，担心地询问站在他身边的牛老五：“爹，这匹老马能行吗？”

“儿呀，你放心。这匹老马为咱村里的小伙子赢过不少媳妇。别看它老，跑起来你就知道啥叫老当益壮了。”

“真的吗？”牛车车似信非信。据说这匹老马早年参加过香港赛马比赛，教练是个洋人，所以老马还听得懂英语。如今这匹老马早已当上爷爷了，儿孙满堂。牛车车不放心地拍拍老马脖子，说：“我的爷爷呀，您还跑得动吗？”

老马摇摇头，刨了几下前蹄。牛车车紧张得身体有点儿发抖，轻轻拍拍马脖子继续对老马说：“爷爷啊，您可别摇头啊，我的幸福可全都依仗您老人家了。您老一定要快点儿跑，帮我把那个美人赢过来。”老马似乎听明白了他的意思，前蹄用力刨了刨草地，甩了甩马头，嘶叫一声，好像在说：Don’t worry，no problem！

“哈哈，我听懂了，你是说别担心，没问题。”牛车车轻轻地抚摸着老马脖颈上的鬃毛。

媒婆盈二奶一声令下，比赛开始了。牛车车因为家里没养过马，几乎没什么骑马的经验，更没有赛过马，在老马冲出去的瞬间，他害怕从马背上摔下来，双腿紧紧夹住老马的肚皮，双手勒紧缰绳。老马的脖子被勒得左右扭动几下，速度一下子慢了下来，像头老牛似的，慢吞吞地碎步小跑着。眼看落在牛花花和那个叫羊铁龙的竞争对手后边越来越远，急得牛车车汗流浃背，不停地挥动皮鞭，踹着老马的肚皮，大声喊叫："我的老祖宗啊，您能不能快点儿跑啊！"老马没有任何反应。他突然喊出一句英文，"Hurry up！"老马依旧慢慢腾腾的。"你怎么汉文、英文全都不懂啊！唉，老祖宗！"牛车车仰天长叹。

牛老五跟在牛车车身后边跑边喊："儿子，勒着缰绳马跑不快，快松开缰绳！"牛车车这才如梦方醒，松开已经勒得马脖子左右扭动的缰绳，鞋跟用力踹了一下马肚，老马仰头嘶叫一声，四蹄奋力一蹬，在草地上极速狂奔起来。前面是一座小山坡，老马越跑越快，肚子几乎贴着草皮飞起来，"嗖嗖"风一般超越了花花姑娘的白马，距离前面的羊铁龙越来越近。羊铁龙回头看到牛车车飞一般地追上来，急得惊慌失措，向前弓起腰翘起屁股，不停地挥动着马鞭回头张望。牛车车几乎与羊铁龙并行了，双方开始处于僵持状态。

前面几十米就是终点了，插在终点的一杆彩旗正在随风飘扬，牛车车向前弓起腰挥动皮鞭，"嗖"的一声从后面追上了羊铁龙。牛车车心中一阵惊喜，哈哈，真是一匹神马呀！美人是我的了！然而，就在牛车车超过羊铁龙一个马头就要率先越过终点时，牛花花在他们身后高声尖喊："铁龙子，甩掉他！"

"哼，休想赢我！"羊铁龙大呼一声，举起马鞭用力一甩，"啪"的一声，马鞭竟然落向牛车车的老马脸上，老马受惊，前蹄高抬稍微向一旁躲闪，迟疑了半秒钟，紧随羊铁龙之后约半个马身到达终点。

羊铁龙赢了，他在冲过终点的一瞬间掠走了插在地上的彩旗，激动地跳下马，飞奔到随后赶到的牛花花马前，一把将牛花花从马背上搂下来揽在怀中。他们旁若无人般地拥抱着、热吻着，激动得热泪盈眶，似乎在庆祝一场期盼已久的胜利。

"作弊，作弊！"牛车车跳下马，急得直跺脚，冲着远处的盈二奶喊道："羊铁龙犯规。"可是没有人理睬他。盈二奶骑马跟在后面，没看清楚前面到底发生了啥事，只看到终点的彩旗握在羊铁龙的手里，所以立即宣布羊铁龙取胜。

羊铁龙搂着牛花花从牛车车身边走过时，得意地讥讽道："穷小子，你养得起这么漂亮的媳妇吗？哈哈！实话告诉你吧，你今天就是赢了，花花姑娘也是我的人，你娶不走她。"

牛车车气得脸色苍白说不出话来，妈的，原来你俩早有恋情啊！我堂堂男子汉被牛粪给耍了。呜呜！鲜花插在牛粪上了！牛车车牵着老马灰溜溜地离开了草原赛马场。

回家的路上，牛车车不服气地对牛老五说："可恨的媒婆，明知道牛花花看不上我家，还故意把我牛车车找来陪绑！"

牛老五安慰他说："儿呀，不怨别人，怨就怨咱自己骑术不如人。如果你开头时松开缰绳，别说一个铁龙子，就是两个铁龙子也赢不了你。算了，你只是输掉一次抢亲而已，今后还会有好姑娘，别生气了。"

"爹，可是牛花花姑娘只有一个呀！"

"傻小子，不管牛花花还是羊花花，是你的别人夺不走，不是你的，即使是你得到了也没用。爹希望你能找一个朴实本分、能安心与你过日子的姑娘，那个牛花花除了脸蛋漂亮外，没有别的优点。"

"爹，我明白了。"经牛老五一番安抚，牛车车虽然心中不服，但闷气已消退了一半。

漂亮的牛花花从此嫁到了遥远富饶的红格村。可怜的牛车车只好自我安慰：参与最重要，只要我今后好好练习赛马，下次抢亲准能赢。

"嗨，相亲也有陪绑的啊！这是多么落后的习俗啊！"安丰觉得牛车车有点儿可怜。鲜花怎么总是插在牛粪上呢？看来，还是当牛粪好啊！

路边的野花总是快乐的，路边的牛粪也总是幸福的。杭州的姑娘们，快来给点儿爱心吧！

## 第六章　第二次提亲

一年后，媒婆盈二奶笑呵呵地走进牛家，再次帮牛车车提亲。媒婆是本村人，姓盈，大名叫盈晓叁，大家很少称呼她的大名，因为她老头子在家排行老二，人称牛二爷，所以大家都叫她盈二奶。牛二爷十年前因为酗酒过度，一命呜呼，为了养家糊口，从此，媒婆成为寡妇盈二奶的第一职业。盈二奶芳龄五十五岁，皮光肉嫩，性情爽朗，见人不笑不张口，不夸不说话。这次做媒，盈二奶是受女方家委托专程来牛车车家提亲的，因此她胸有成竹。

牛车车家所在的村庄是一个有着百十户人家、方圆几十里地内孤零零的草原村落，名叫牛村。牛村里百分之七八十的家庭姓牛，牛姓人家亲连亲，亲套亲，不是近亲就是远亲。很多年前，这个村庄与外界隔绝，愚昧落后，村民们热衷于娶个媳妇、嫁个女儿，肥水不流外人田，这叫村内交流。好在这个大家族没有什么遗传性疾病，后代都很健康，因此，乡亲们对近亲远亲结婚也并不介意。近年来，交通发达了，村子对外交流方便了，女子外嫁、男子外娶多了起来，可是，仍然免不了会有同村搭配婚姻的现象发生。

媒婆盈二奶这次提亲的女方是个本村的姑娘，与牛车车家有点儿不沾边的远亲。女方的父亲早年是个屠夫，无论多么粗壮凶猛的公牛、母牛，他找准机会一刀就让牛毙命，所以人称牛一刀。现在女方家是奶牛养殖专业户，家境十分富有。

提起牛村的牛一刀，也是百十里地远近闻名的大名人，是个斗牛高手。牛村的村长名叫牛柳，是个体育迷，特喜欢观看带有刺激性和娱乐性的斗牛节目。有一次，牛柳村长在电视里看到西班牙斗牛节目，一时心血来潮，不愤地说："西班牙斗牛士也太笨了，十几剑刺不死一头牛，还让牛撵得四处跑，最后反让牛角顶烂了屁股。咱村里弄点儿路费，送牛一刀去参加西班牙斗牛赛，一定能拿个大奖，哈哈哈！"

后来，牛柳村长感觉办理出国手续太麻烦，要照相、体检、办护照，还要签证什么的，加上路费也难凑足，出国的事情只好作罢。然而，一心要看斗牛赛的牛柳村长一直心存不甘。终于有一天，在村里搞了一场斗牛赛。

斗牛士选手之一是牛一刀，人高马大，力量十足，刀法更不用说。斗牛士选手之二是来自本村的兼职屠夫，刘佬转，瘦小的体格，属于机灵型的选手。牛一刀和刘佬转两人天生就是一对冤家，平时明里暗里经常争斗。

牛柳村长是养肉食牛的专业户，自愿从自己牛圈里选出两头性情粗野、动作凶猛的公牛参加比赛。比赛开始了，牛一刀第一个出场。他身披一身红装，手持一尺半长牛刀机敏躲过公牛的冲顶，在公牛顶空的瞬间，他身体高高跃起，竖起牛刀刺向牛颈背，公牛被他一刀毙命。整个动作干净利落，赢得村民们高声喝彩，牛柳村长也竖起大拇指，哈哈大笑。

第二个出场的自然是刘佬转了，他身穿牛仔衣，肩披红色斗篷，手里拎着长刀在斗牛场里横晃三圈，接着双手擎刀高叫："不会杀牛还叫屠夫吗！你们就等着瞧老哥我怎么阉割这头公牛吧。"

"哈哈……"场下一片哄堂大笑。笑声刚落，围栏门被打开，一头憋红眼的公牛四蹄怒刨，低头缩颈顶着一对尖尖的牛角立刻从围栏里冲了出来。刘佬转向右急闪，躲过公牛的第一次攻击，然后转过身向左躲闪避开了公牛的第二次攻击。正当刘佬转得意地面向众人招手致意时，没承想公牛一个急转弯掉头出现在他的背后。场外众人高呼：刘佬转，小心！话音没落，牛角已经顶到了刘佬转的屁股，他瞬间被掀翻到牛背上，接着，从牛脊背上滚下来重重地摔在土地上。公牛转过身看到刘佬转倒在地上打滚，再次疯狂地冲了过来。几个负责保安的年轻人一看不妙，赶忙用围栏把公牛挡住，另外几个人急忙把刘佬转拖出场外。

刘佬转手捂裤裆尖声号叫着："哎哟！痛死我了。"众人一看，刘佬转裤裆火红一片。

有人高喊："不好，伤到哪里了？快把裤子脱下来止血。"

刘佬转的裤子被扒下来，他的下身血肉模糊。"哇！"一个中年女子号啕大哭，众人回头一望，是刘佬转的老婆牛大岚。刘佬转面色土灰，伸手向裤裆处摸去，急忙大叫："老婆，快帮我找那半截！"

众人急忙进场寻找。突然一条大黄狗窜进来叼起一个东西就跑，众人立即去追狗，且高声呼喊："不好，刘佬转的家伙被狗叼跑了。"有腿快的年轻人追上去一棒子把狗打昏过去，从狗嘴里夺下一小块血淋淋的鲜肉。牛大岚号哭着接过带血的鲜肉左看右看，忽然破涕而笑："哈哈！老头子，让你逞能！这下可好，当家的没了，今后你该老实了吧。"

刘佬转气恼地说："笑啥笑，还不送我上医院做手术接上。"

牛大岚随手把那块鲜肉扔到远处："接啥接？让它喂狗去吧。"

刘佬转面色变白，声嘶力竭地喊道："臭娘们，你怎么给我扔了？还不给我找回来！"

牛大岚嘲笑说："接上也没用了！"

"哎哟，"刘佬转捂着裤裆喊着，"我还要用它尿尿呢！臭娘们，你害我呀！你想让我当太监哪！快给我找回来！"

"我瞧瞧，怎么了？"牛柳村长拨开众人来到刘佬转身旁，仔细查看一番，说："别找了，没事。"众人再仔细一瞧，刘佬转的那个家伙还在，只不过破了块皮出了一些血，没啥大事。原来虚惊一场。

众人问牛大岚："你刚才扔的是啥？"

牛大岚哈哈一笑，说："当然是牛肉了！我就是要教训他一番，都这么大岁数了，还以为自己是小伙呀！"

刘佬转自己在裤裆里摸了一把，嘿嘿笑了："三个都在，一个没少！老婆，你吓我一跳。"

斗牛赛结束了，牛柳村长总算是过了一把观看斗牛赛的瘾，随后请众人在自家大院里聚餐，美食一顿鲜牛肉。牛一刀也从此闻名乡里。

牛一刀有个女儿名叫牛丫丫，芳龄十九岁，心地单纯、善良、朴实。此女性格开朗、大方，甚至有点儿粗犷，美中不足，相貌长得有点儿怪怪的。盈二奶要提亲的女孩正是牛一刀的女儿牛丫丫。

牛车车一听说媒婆给他介绍牛丫丫，吓得脸色煞白。这个女孩可是全村出了名的奇人怪人，虽然比牛车车小六岁，但身高体壮，力大无穷，一般男孩斗不过她。牛丫丫发起怒来，可以把几个男孩子打趴在地上求饶。她硕大的脑瓜上圆下尖，一对大眼睛滴溜溜的像牛眼一样圆；她硕大的肉鼻，鼻孔能塞进一个大拇指。虽然鼻孔下一张厚唇大嘴略显性感，可是她绷紧的一脸横肉却令人胆战心寒；她的两只耳朵又厚又硬，酷似一对牛耳。因为她从小每天骑马放牛，在马背上长大，所以大家送她个绰号，牛头公主。

牛老五对这桩亲事颇满意，劝儿子牛车车说："儿子啊，咱家穷，按照咱当地差额选亲的风俗，你很难找到媳妇。你能娶个媳妇就祛了我的心病。美貌不能当饭吃，再美的鲜花也有凋谢的一天，再漂亮的女人也有老丑的时候。牛丫丫虽然相貌有点儿怪，可是，她心地善良，娶回家能过日子，能生儿子。她身强体壮，能干活、能持家。"

二十五岁的牛车车心高气盛，不满地嚷嚷："爹，我不同意娶牛头公主。"

"为啥？"

"她比我大一辈儿，我应该管她叫姑姑。"

"傻孩子，她家与咱家是远亲，没关系。"

"那我也不同意。"

"为啥？"

"她是母牛生的。"

"胡说，谁说她是牛生的？"

"牛丫丫家邻居刘佬转说的。刘佬转说牛一刀年轻时家境贫穷，娶不起媳妇，买了头母牛，他亲眼所见，牛一刀经常半夜三更往牛棚里跑，没想到母牛真的给他生了个女儿。为了掩人耳目，他谎称牛丫丫娘难产死了，还堆了个坟，立了个墓碑。其实，牛丫丫是人兽杂交的产物。"

媒婆盈二奶与牛丫丫家是近亲，与牛车车家是远亲，平时与牛丫丫家走得近一些。盈二奶一听，生气地说："这个刘佬转也太能造谣了，编得有模有样的。牛丫丫她爹干没干母牛我不敢说，但是，我敢说，这人和牛绝不可能生娃！荒唐！”盈二奶生气地拂袖而去。

牛一刀在家排行老三，小名牛老三，听了盈二奶的传话，气得炸了肺，拿起牛刀要找刘佬转算账。倒是牛丫丫镇静地拦住她爹，说：“爹，别上火！咱们找牛柳村长去评评理。”

牛一刀说：“孩子啊，跟刘佬转这种人讲不出理来。他不会承认的，我干脆豁了他的嘴，或者阉了他。”

“爹，不妥，伤了他咱还要拿钱给他看病。我有办法。你不是要给我娘换口新棺材吗？咱们请牛柳村长和牛老五一起到我娘坟前，把坟挖开，让他们鉴证我娘是人还是牛。让事实说话！”

牛一刀忿忿地说：“嗯，对！先弄清事实，然后再找刘佬转算账。这口气我咽不下去，我一定要把这个外姓人赶出牛村！”

第二天下午，牛一刀、牛丫丫、媒婆盈二奶、牛柳村长、牛老五和牛车车，踏上暮色的草原来到村东头牛丫丫娘的坟前。牛丫丫娘的坟包位于一片小树林的中央，坟前的墓碑上写着：牛妻祭奠——1975。

春风吹绿草原，夕阳斜照大地，草地遍布野花，野兔在草丛里和坟堆间钻来钻去。这是牛村四周为数不多的几块绿树林之一，绿树林里长满了绿草和鲜花，一处天然的景区。小时候，牛车车和村里的小朋友经常在这里捉迷藏，或者趴在坟堆上听鬼故事。

牛丫丫手里捧着一束野花，跪在坟前含泪呜咽道：“娘，对不起您了，别怪女儿不孝！为了证明女儿身世清白，今天不得不掘开您的坟墓。”

牛一刀说：“爱妻，今天我要让造谣者无地自容。明天我再为你买口新棺材，重新为你下葬。”

牛柳村长是村里的长辈，他威严地对牛一刀说：“老三，你们父女俩放心，我一定替你们主持公道。牛丫丫身世证明后，我要让刘佬转在全村人面前给你们家赔礼道歉，让他给牛丫丫娘买个新棺材，亲自扶棺哭葬，披麻戴孝。还有……”牛柳村长扭头对牛车车爹说：“还有你……牛老五，你儿子牛车车马上与牛丫丫定亲，将来必须娶牛丫丫为妻！”

牛老五立即应承道：“一定，一定。”

“还有，让刘佬转滚蛋，远离牛村！”牛一刀生气地吼叫着。

牛柳村长说：“老三哪，这个可有点儿难，迁户口的权力在镇上，我村长说了不算。但是，假如查实，我一定会让他受到应有的惩罚。”

坟堆很快就被挖开了，已经腐烂的棺材盖被缓缓地掀起来，六双眼睛盯着黑洞洞的棺材底……

“啊！天哪，怎么会是这样！”盈二奶尖叫一声昏了过去。惊呆了的牛丫丫一屁股坐在地上，号啕大哭。牛一刀也瘫坐在地上。牛车车则吓得扭头逃走了。

牛柳村长高声呼喊：“快把棺材盖子关上！”

安丰好奇地问道：“发生什么事了？怎么这么恐怖啊！”

牛车车回答：“当时没见到人的骨架。”

“啊？是不是挖错坟了？”安丰不解地追问道。

“没有哇，有墓碑为证，不会有错呀！”

“那就奇怪了，见鬼了？”

## 第七章　谁捣的鬼？

在牛村，牛丫丫的家庭属于近十年先富起来的第一批牧民家庭之一，家里有几十头种牛、百十头荷兰奶牛，一排宽敞高大的青瓦房，后院还有一排百米长的牛棚。他们的家庭牧场里，忙时雇几个工，平时主要靠牛一刀和牛丫丫父女俩自己劳动和经营，小日子过得很红火。镇上的领导在极力扶持各村的农牧业，每月给牧民发放养牛补贴，成立了牛羊养殖互助组。领导本想树立牛一刀为养牛致富的先进典型，让牛一刀当个组长带领十几户人家共同发展，但被牛一刀一口拒绝了。小富即安，牛一刀不想把生意做得太大，一怕树大招风，二怕遭到小人妒忌。再说，教会徒弟饿死师傅，他才不干傻事呢。

从坟地回来后，牛丫丫哭个不停，她一点儿也没料到母亲的坟里竟然出现一具牛骨架，难道她的母亲真的是头母牛吗？不可能！她的母亲是在生她的时候难产死的，家里的老人都是这么告诉她的，她和爹每年清明都给母亲上坟，没发现坟被人动过。可是，母亲的尸骨哪里去了呢？坟里的人怎么能变成牛骨架呢？她百思不解。她翻箱倒柜寻找母亲的遗像，可是，家里除了她自己的照片以外，没有任何其他女人的照片。她不在意自己长得像牛，不在意自己的丑俊，但她在意自己的家庭荣誉，她要弄清楚自己的身世，还父亲和自己一个清白。

“爹，你说实话，我到底是牛生的还是人生的？”牛丫丫看见牛一刀进屋后，迫不及待地追问道。

“你当然是你娘生的了。”牛一刀连眼皮都没抬就回答道。

牛一刀五十几岁，黑瘦的长脸，五官端正，平时寡言少语，一副憨厚刚硬的牧民相貌。自打从坟地回来后，有点儿心神恍惚、心烦意乱，坐在锅台旁默默地抽着闷烟。

“爹，我娘她是人还是牛？”

“你娘当然是人了，而且是个漂亮的女人。”

“那家里怎么没有我娘的照片呢？”

“那时候家里穷，没钱到照相馆照相。”牛一刀眼皮不抬地答道。

“那为啥我娘坟里只有一具牛骨架？”

“唉，我怎么知道你娘坟里怎么会冒出一具牛骨架呢。我也糊涂了！明明是我亲手把她葬在那个坟里，怎么会出现一具牛骨架呢？”牛一刀眉头紧锁，苦思冥想，难道有谁故意使坏，有意盗尸并调换了尸骨？谁这么坏呢？牛一刀怀疑是刘佬转干的坏事，因为他与刘佬转有仇。

“刘佬转为啥这么恨你呢？”

牛一刀叹口气说：“这件事呀还要从头说起。你娘也姓牛，与我还有点儿近亲。早年她孤身一人来牛村走亲戚，就住在我家隔壁，我和刘佬转同时看上了你娘，都托老媒婆盈二奶她娘去提亲。在盈二奶她娘裁判下，我与刘佬转摔跤抢亲。结果，我赢了，我把你娘娶回家。从此，刘佬转开始嫉恨我，处处与我作对，无论何事总想与我比个高低。明地里他打不过我，他暗地里搞阴谋诡计。上次村长搞了个斗牛赛，他被公牛顶烂了屁股，从那之后，他收敛了许多。”

“刘佬转为啥要盗尸呢？”

“抢亲失败后刘佬转曾经对你娘说过一句话：‘哼！阳间你是他的，到了阴间你还是我的。’后来你娘对我说：‘这种小人阴险毒辣，诡计多端，防不胜防，咱得离他远点儿。’”

“爹，你和我娘为啥近亲结婚呢？”

“咱村里的人不都是牛家和牛家成亲的吗？哪有几个与外姓人家结亲的？”

“那我为啥长得像牛呢？”

牛一刀苦笑说：“都是爹不好。你生下来后就没有娘，爹怕你饿死，每天把你放到奶牛肚皮上，让你自己吃奶牛的奶。可能由于你是奶牛喂大的，所以长得像牛。我后来也后悔了，唉，你一个女孩子长成这个样子……”

“爹，你说的是真的吗？”

“当然是真的。”

“那好，我不怪你。娘死后你一辈子没有再娶，一个男人把我拉扯大也不容易。吃牛的奶长大也是件好事，你瞧，我长得多么健壮。再说了，爹，我也要感谢你呢，多亏你当初没把我放进猪圈里，否则我喝猪奶长大，真不知会变成啥模样了。嘿嘿！”牛丫丫破涕而笑，反过来安慰牛一刀。

牛一刀叼着旱烟，咧着嘴，不知是哭还是笑。难道猪喂大的孩子真会长得像猪吗？唉，他望着女儿，叹了口气，心里想：我可怜的女儿呀！你将来可怎么嫁人哪？

牛丫丫揣测出牛一刀的心思，安慰说：“爹，莫愁！你就等着瞧吧，女儿最近要为你干一件惊天动地的大事！”

讲到这里，牛车车停下来望着安丰法医，问：“安丰法医，奶牛喂大的孩子会长成牛的模样吗？”

“你信吗？”安丰反问道。

“有点儿信。据说狼喂大的孩子，长得与狼很像。”

安丰摇摇头说：“不可思议！”

## 第八章 魂囧

自从看到牛丫丫娘的坟里挖出牛骨架，牛车车连续几天表现得神情恍惚、胆战心惊，闭上眼睛全是噩梦。他后悔那天跟着牛老五去看挖坟，害得他整天胡思乱想，一副雪白的牛骷髅头，尖尖的大嘴巴半张开，裸露着两排微黄的牙齿；两只又大又圆、阴沉沉的黑洞悬挂在额头下方，黑洞里还闪着荧光；几十缕女人的长发散落在牛骷髅头的两旁，两个锈迹斑斑的铁发卡还别在头发上；四只巨大的牛蹄十分显眼，散落在牛骨架的四周。妈呀！牛丫丫娘到底是人还是鬼呢？难道牛丫丫真的是牛人吗？人跟牛难道还真能生娃吗？唉，该死的牛骨架！

一个伸手不见五指的漆黑夜晚，牛老五感冒加重，突然发起高烧，躺在炕上胡言乱语：牛鬼，牛鬼，别抓我！我一定把儿子献给您！

“爹，你在胡说啥？”牛车车摸摸牛老五的额头，滚烫的。“爹，你发烧了！”

“牛鬼啊，求你别伤害我的儿子！”牛老五还在胡言乱语。

牛车车把湿毛巾蒙在牛老五的额头上，用温水给他擦身，没有任何效果，温度计里的水银柱像火箭似的，“噌”地窜到顶端。牛车车翻箱倒柜没找到一片退烧药，不得已，打着灯笼去镇上给牛老五买伤风感冒药。

从镇上买药回来时，牛车车心急如焚，疾步穿行在荒漠的草原。接近牛村时，牛车车抄了一段近路，直接走进村东口的一片寂静的小树林里。一阵凉风刮来，树林里响起“沙沙”的树叶声，地上冒现“嚓嚓”的脚步声。牛车车看到空中有无数个萤火虫在闪动，这些萤火虫聚集在一块儿，形成一个人的形状在空中游荡着，他感到恐惧，止住了自己的脚步。突然，漆黑的树枝上响起一种带着颤音的猫头鹰般凄厉的尖叫声，他倒吸一口冷气，不自觉地倒退了几步。他不敢叫喊，怕惊醒鬼魂，借助灯笼向四周张望，漆黑一片，有无数个黑影向他扑来。“妈呀，这是啥地方啊?”吓得他心脏抽动，浑身颤抖，抬起腿向前跑了起来。

“扑通”一声，牛车车摔倒了，趴在一个土坡上，啃了一嘴泥巴。“呸”他把泥巴吐出来，从地上爬起来，借着灯光看到刚才绊倒他的东西是个石碑，上面写着：牛妻祭奠——1975。牛车车吓得身体战栗，刚想爬起来，“扑通”一声又摔倒在地上。借助灯笼仔细一瞧，原来他正趴在牛丫丫娘的坟头上。妈呀，这里是坟茔地呀！他扔下手里的灯笼爬起来就跑。可是，他感觉自己的两条腿不听使唤，怎么也跑不快。突然，牛车车感觉有一只大手用力地抓住他的肩膀把他拎起来，他伸手一摸，是一只又大又硬的牛蹄子。他回头一望，“啊！这不是牛丫丫娘吗?”他被重重地摔在一个坟包上。牛车车看见一个白花花的牛骷髅头贴近他，牛头上的长发飘落在他的脸上。“牛鬼！你是牛鬼!”他失声地尖叫起来。

“牛鬼”用女人尖细的厉声对牛车车说：“既然我的坟被你们挖开，全村人都知道我家的秘密了，你牛车车就必须娶我女儿牛丫丫为妻，否则，我让你也变成一头牛。说！你答应不答应?”

牛车车蜷缩在地上抽动着，上下牙齿颤抖着说不出话来，只是不停地摇头。

“哼！你敢拒绝我？我现在就让你变成一头疯牛!”“牛鬼”尖声地咆哮道。

牛车车心里嘶喊着：不！不！可是他的嗓子被牛蹄子掐住了，发不出声来。他拼命地摇摇头。

“妈的，你还拒绝我!”牛蹄子狠狠地扇了他一个嘴巴。牛车车不得已像小鸡啄米似的不停地点头。

“哈哈!”“牛鬼”开心了，松开牛蹄子，牛车车立刻透出气来。“哼，臭小子，你看来还挺识相，明天马上与牛丫丫成亲!”

“啊，明天就成亲啊?”

“怎么？你想反悔吗?”“牛鬼”把牛车车从地上拎起来，然后又狠狠地扔到地上，牛蹄子踏在他身上，尖叫，“你到底答应不答应？说!”

“我答应，我答应。”

“那好，回家准备去吧。明天赶着你家的牛车带着彩礼到我家去接亲，如果你失信，我饶不了你。”

牛蹄子把牛车车从地上拉起来，狠狠地踹了他屁股一蹄，牛车车踉踉跄跄地往家的方向跑去。

“爹！爹！救命啊！”牛车车朦朦胧胧看到家里窗子透出灯光，眼前一黑，晕倒在自家的院子里。

……

“儿啊，喊爹干啥？”

牛车车隐隐约约地听到牛老五的声音，定眼一看，牛老五正站在他跟前。牛车车慌张地说：“爹，牛丫丫娘在后面追我。”

牛老五回头向窗外望着：“哪里会有牛丫丫娘呀！她娘不是在坟里埋着吗？”

“我刚才遇见牛丫丫她娘了，还被她娘教训一通，逼迫我娶牛丫丫为妻。”

“胡说！不可能的。牛丫丫娘都变成骷髅了，还会说话，那可是活见鬼了！”

“真的，爹，我真的见到牛鬼了，白色的骷髅头，长长的黑发，碗大的牛蹄……”牛车车见牛老五听得目瞪口呆，怕吓着牛老五，没继续说下去，接着，他关心地问：“爹，你现在还发烧吗？”

“你才发烧呢！满口胡话，我是被你吵醒的。”牛老五用手摸摸牛车车的额头。“儿呀，你真有点儿发烧，我给你倒杯开水吧。”牛老五转身到厨房去了。

牛车车摸摸自己的额头，欸，是他妈的有点儿热度，难道我也感冒发烧了吗？他四下打量一下：哎呀，我买的退烧药哪去了？是不是丢在坟茔地里了？我怎么盖着被子坐在炕上呢？难道是我爹给我抱回来的？他再一看自己身上穿的是裤衩背心，浑身是汗，屁股下的床单湿了一大片。牛鬼呢？看来牛鬼没敢进屋。嘿嘿，他傻笑着。

牛老五在厨房里喊道：“哪来的牛鬼！”

真他妈见鬼了！吓尿了！

牛车车一连几个夜里尽做噩梦，梦见自己娶了一头母牛，在老牛鬼的逼迫下与母牛上床睡觉，生了一堆小牛崽。从此以后，白天在村里远远见到牛丫丫，牛车车扭头就跑。牛车车家住村西头，牛丫丫家住村东头，到镇上逛集市要走村东口，可是牛车车宁愿从南向东绕着走远路，也不走牛丫丫家的大门口。他实在是被吓怕了。

老子宁愿一辈子光棍也不娶牛鬼的女儿！牛车车的心底在大声呐喊。

听到这里，安丰笑了："牛车车呀，你还真的挺逗。"

"嘿嘿，大哥，你继续听吧，"牛车车端起酒杯抿了一大口，"好戏还在后头呢。"

# 第九章　牛老五

谁也不知道牛车车爹叫什么名字，村里人都叫他牛老五。牛老五家里原本有五口人，他、老婆和三个儿子，牛车车、牛马车和牛拖拉。三个儿子之间均相差两岁。牛车车娘生了牛拖拉没多久就失踪了，说是外出打工，六七年没有踪影，渺无音讯。牛家有一大片草场，以收割羊草为生，爷四个每到秋天一起在草场里割羊草，羊草堆得像山一样高，外贸公司收购时只给1000多块钱就都拉走了。一家人每年就依靠这点儿羊草钱过着清贫的日子。两间土屋、一间牛棚，一个猪圈里养着两头肥猪。到年底了，杀掉一头肥猪卖钱，一家人能过个好年。

牛老五的家庭算是村里典型的贫困户。因为家里没有女人，疏于清扫和整理，院子显得肮脏、凌乱，屋子里更是空气混沌不堪，毫无清洁可言，邻居们都捂着鼻子从他家门前走过，连最亲近的叔叔婶婶都不愿意到他家串门。与隔壁日子过得红红火火的邻居牛柳村长家相比，他家门庭冷落，生活尽显孤零、凄凉。牛车车出生后不久牛家如愿以偿，添了一驾牛车，可是，老二马车都二十多岁了，家里也买不起马，拖拉机更没影。看来牛马车和牛拖拉，这两个名字算白起了。

牛老五只有小学文化，但喜欢读书，特别是读历史书籍，讲起历史故事头头是道。牛老五年轻时家境贫寒，娶不起媳妇，抢亲几次都失败了，一直到三十出头还没成家。1969年的春天，有一次牛老五在去额吉淖尔镇赶集的路上，偶然发现有一个人晕倒在路边草丛里，他跑过去一看，是个年轻貌美的姑娘。从姑娘的穿着打扮看，好像是个城里下乡的知识青年。他好心把姑娘背回家安顿在自家刚刚搭建好的空牛棚里，每天给姑娘喂水喂饭，精心照料。几天后，姑娘终于苏醒了，看到自己躺在陌生人家的牛棚里，感觉恐惧，挣扎着要离开。牛老五说："姑娘，你身体还很虚弱，还不能独自行走，再养一段时间再走吧，到时我借个牛车送你一程。"看到眼前搭救自己的这个男人是个老实巴交的农民，姑娘放心了，没有急于离开牛棚。"谢谢您，大哥！我将来一定会报答您的救命之恩。"

身体十分虚弱的姑娘在牛老五的精心照顾下，身体一天天好起来，慢慢地恢复了健康和活力。

姑娘的体貌美如草原上的花朵，平卧在草垛上显得自然和谐、娇而不艳、绚丽多彩，给牛老五消沉、死寂的生活带来了一线生机。牛老五见到姑娘时总是傻呵呵地笑着，这可是他第一次近距离看着女人，感受着与女人在一起的快乐。有一次相互交流时，姑娘告诉牛老五她姓杨，叫杨桂菲。听到姑娘的名字，牛老五乐了，眼前这位姑娘果然如同唐书里描写的杨贵妃那样美丽动人。姑娘问牛老五："好心的大哥，您怎么称呼？怎么救的我？"

开心的牛老五幽默地答道："姑娘，唐玄宗李隆基正是鄙人。你我有缘哪！"

姑娘扑哧一声笑了："我又不是杨贵妃，你装李隆基有什么用。"两人的距离一下子拉近了，从此相互之间无话不谈。

杨桂菲是一个杭州下乡青年，因为不堪在异乡遭受生产队队长凌辱和折磨，打算逃回城里，没想到在草原上迷了路，又渴又饿又虚弱，结果晕倒在草地上。杨桂菲感激牛老五的救命之恩，承诺今后回城后一定涌泉相报。

一个多月后，杨桂菲打算离开牛老五家时，忽然发现自己怀孕了，她没有任何惊慌、不安或吵闹的举动。在哭泣了一夜之后，她决定不走了，坚决地留了下来，嫁给了牛老五。牛老五捡了一个漂亮的媳妇，一段时间里上了村里的新闻头条。不过，大家议论最多的是，杨桂菲肚子里的孩子到底是谁的。一直到牛车车出生，闲言碎语还未止。从时间上看似乎与牛老五有关，可是这牛车车长得一点儿不像牛老五啊！是个从外面带来的野种吧？后来，杨桂菲又接二连三生了马车和拖拉，特别是牛拖拉出生后，长得与牛车车极其相像，此后，村里人也就不再议论了。

风水轮流转，村里好几户原来贫穷的人家都富起来了，村东头的牛丫丫家，父女俩靠养种牛和奶牛盖起十间瓦房，就连外姓人刘佬转养了七八十头奶牛也富得流油。风水轮流转，怎么还没转到他牛老五家呢？牛老五家里只有一头老牛，还是头公的，奶水没有半滴，草可不少吃。老天似乎不公，命该让牛老五家受穷啊！

媳妇看来是跑了，狠心地扔下了三个亲生的儿子，害得牛老五又当爹又当娘，一把屎一把尿把牛拖拉喂养大。好在牛车车长大了，家里家外能帮上他很多忙。看着已经长大了饿不死了的儿子们，牛老五的心里充满着安全感和成就感。虽然他时常感觉孤独，但他知足了。

牛老五有五十六七岁，是个老实人，方脸，五官端正，黑瘦瘦的，颧骨突突，眼睛凹凹，满脸布满了地图上弯弯曲曲的等高线，相貌比实际年龄至少提前了十几年。牛老五自己也说不清楚他的家族到底是汉族还是蒙古族，他一句蒙古语也不会说，但是他的老祖宗在这个草原上已经生活五六百年了。他身体棒棒的，但有点儿弯腰驼背，一辈子除了喝酒、抽烟，没有什么别的嗜好。长期没有女人的生活，让他的雄性欲望一点一点地淡漠了，他都忘记干女人是什么滋味了。牛老五认为自己一把年纪了，委屈点儿没什么，但他不能让儿子委屈，他唯一的愿望就是争取给大儿子牛车车娶个媳妇。他做梦都想抱孙子，甚至连孙子的名字都想好了，不管男女，不叫“轿车”就叫“飞机”，管他以后牛家能不能买得起轿车或飞机呢，名字先起好再说。

牛老五的这桩心事成了他的不了情，令他坐立不安，没事时，他就蹲在院子里抽闷烟。可怜的牛老五，有时候他是在想老婆，心里默默念叨着：“贵妃呀，你啥时候回来呀？我李隆基在等你呢！”

“你娘现在有消息吗？”安丰问道。

“目前没有确切的消息。我这次来杭州也打算顺便寻找一下她。我现在有钱了，想找到我娘尽点儿孝心。”

“你有什么线索吗？”

“我娘是杭州下乡知青，她有个姐姐叫杨桂芬，也是个知青，在杭州郊区一个叫什么湖旁边的村子插队，据说嫁给了当地的一个村长。我娘或许是投靠她姐姐去了，也可能嫁在了当地。”

“杭州地区有名的湖有西湖、青山湖、湘湖和千岛湖。”

“千岛湖？嗯，好像是千岛湖。”

“我有个朋友在淳安县公安局户政科工作，我先帮你打听一下，说不定能找到你娘。”

“太感谢你了，安丰。”

“不用客气。你继续说吧，你的故事很有趣，我已经被吸引住了。”

“嗯，既然你喜欢听，那我就继续讲。”牛车车端起酒杯娓娓道来，“不久后，我又经历了一次不同寻常的抢亲。”

## 第十章　再提亲

冬去春来，转眼之间牛车车二十六岁了。这一天，牛老五买了一包高级点心跑到村中央的盈二奶家，央求媒婆盈二奶再帮助他儿子提亲。按照过去的老话说，媒婆的嘴，拉煤的腿，都能给他人带来温暖。在落后的封建愚昧的时代，媒婆这个行业备受敬重。

媒婆盈二奶家境富裕，四间瓦房，屋里屋外收拾得整洁干净。媒婆盈二奶年龄比牛老五还小一岁，但辈分在上。牛老五进门时盈二奶正盘腿坐在炕头，抽着旱烟。知道牛老五来意后，盈二奶尖酸苛刻地说："要不是看在我是你太爷爷的小舅子的外甥女的小叔子的大女儿的面子上，姑姑我不会再帮你家提亲了。你说，那牛丫丫有啥不好的？同姓同族，家境富有，在咱村里也算赫赫有名的富二代，就算相貌丑点儿呗，可好歹也是个女人，女人身上该有的东西，人家一样也不缺。自古以来，丑妻近地家中宝，相安无事过到老。你牛老五不会不知道这个道理吧？娶个漂亮媳妇等于惹祸上身，将来万一跟别人跑了，还不等于零！"

牛车车爹脸孔有点儿发热，感觉有把锥子在戳他的脊梁骨，他就怕别人提他老婆跑了的事情，赶忙打岔："姑姑啊，你是大好人，净做善事，积福积德呀。我们都是过来人，这道理哪能不明白呢！我也认为我儿子娶牛丫丫最好，但就是这小子死活不肯。唉，我也没办法。"

"你看看，你家牛车车那天多不识好歹，还说啥宁肯一辈子打光棍也不找牛鬼的女儿。有种你就光棍一辈子，别再来找我呀！"

牛老五把手里拎的那包点心放在桌子上，说："他姑奶奶，你大人有大量别跟他小屁孩一般见识。我回家一定好好修理他一顿。您老费心再帮助牛车车提一次亲，事成之后，我让牛车车夫妻俩伺候你到老。"

"好吧，大侄子，看你为人忠厚老实，老婆又不在身边，一个人带孩子挺不容易的，我也同情你，就再帮你家做件好事吧。"

"成人之美，福星高照。我替我儿牛车车谢谢姑奶奶！"牛老五毕恭毕敬站在炕边鞠了一躬离开了。

三个月后，牛老五在村口遇见盈二奶，盈二奶神秘兮兮地冲牛老五招招手："大侄子，你过来，近点儿说话。"她的嘴巴贴近牛老五的耳根悄悄地说，"邻居红格村有一家养羊专业户很富裕，有一个独养女叫羊丹丹，长得秀气、俊俏，她爹是村长……咳咳咳……"媒婆盈二奶近两天有点儿气管炎哮喘，一说话就要大口地喘气，不时还要咳嗽几声。

"村长！"牛老五惊呆了，村长那可是不小的官呀！他这辈子见到最大的官是村长，第二大的官是副村长。平时村长忙，难得见上面，副村长倒是能经常见到。你瞧，他家邻居牛柳村长有多牛，在村里说一不二。

盈二奶大喘几口气后继续说："她爹是村长的助理，人家要招上门女婿。那可是肥羊家庭啊！你赶快回家问问你家牛车车愿不愿意。"

"我的姑姑，你这大口气喘得够长的啊。助理也中，至少也是村里三把手啊。"牛车车爹喜上眉梢，"嘿嘿，我愿意，我有三个儿子，上门一个就上门一个呗，没关系。"

媒婆盈二奶说："你愿意有个屁用！如果凭本事抢亲的话，你家牛车车肯定没用。万幸的是，羊家不缺钱，不嫌弃你家穷。实话告诉你吧，他家女儿看中了你……咳咳。"

"看中我？姑姑你没搞错吧？"牛老五迷惑不解。

"看中你个屁！你想得美！"盈二奶又一个大喘气和咳嗽，继续说，"他家女儿……看中了你家的牛车车，主动找我帮忙提亲。这次抢亲，牛车车会被内定，十拿九稳。"

"他姑奶奶，你别急，慢点儿说。你关键地方大喘气，我有点儿吃不消。羊丹丹怎么会看上牛车车了呢？"牛老五好奇地问道。

"这个，我也不知道。"媒婆盈二奶摇摇头说，"可是，羊丹丹她爹说的话有道理，他说红格村的找牛村的，可以避免近亲结婚，将来生的孩子一定比爹聪明。"

“这说的叫什么话呢！应该是比爹妈都强。”

“牛五啊，你就别挑剔了，人家红格村人从来不近亲结婚，所以瞧不起咱牛村人。红格村的姑娘能看上你儿子，那是你托你祖上的福。同意不同意，你尽快给我个话。”

“太好了！他姑奶奶，你放心，这事我做主，一定尽快回话。”牛老五一溜烟跑回家。此刻，他的心里充满着喜悦，这回真该抱孙子了，孙子的名字就叫飞机。飞机来了，还缺飞机场吗？咱草原上到处都是平地！我他妈的还犹豫啥！机不可失，时不再来，风水终于转过来了。

安丰插嘴说：“牛车车，你爹也蛮可爱的。”

牛车车说：“是啊，我爹是个善良人，一辈子穷怕了，生怕我娶不上媳妇，痛苦一辈子。”

安丰调皮地问：“牛车车，我有个问题，你说你爹连干女人是什么滋味都忘记了。你怎么知道的？”

“大哥，讲故事嘛！总要发挥一点儿了，否则你该睡着了，哈哈！”

“你发挥的蛮符合逻辑的，我也深有体会，多年没有女人了，真的不知道那是一个什么样的滋味。”

“大哥，你年龄不算大，还可以找。”

“不找了。还是说说你的第二次抢亲吧，这回应该没问题了吧。”

“是啊，我当时也这么想的，时来运转，人不会总走背运吧。呵呵！”

## 第十一章　上门女婿

牛车车听说媒婆盈二奶要给他介绍红格村的羊丹丹，差点儿没笑掉大牙，羊丹丹那可是远近闻名的大美女呀！念中学时，追她的男人少说有一个排。牛车车与羊丹丹在额吉淖尔镇的同一所中学里读书，他大羊丹丹两个年级，与她有过一面之交。有一次在学校后面的胡同里，牛车车看见有三个男孩子在调戏一个漂亮的女生，女生的上衣几乎被扯碎，裸胸露背的，他急忙跑过去解救那个女生。在他与那三个男孩对峙时，被调戏的女孩趁机逃走，结果，他一人不敌那三个男孩，被痛打一通。第二天，那个女孩领着男友来感谢他，牛车车才知道女孩叫羊丹丹，是红格村人。她的男友是个比她大七八岁的不务正业的社会混混，找来了一些哥儿们把那三个男孩狠狠地教训了一通，算是为羊丹丹和牛车车报了仇。

此后，牛车车与羊丹丹再没有过接触，但是他一直记得羊丹丹那张漂亮的脸蛋。每当想到羊丹丹，牛车车都会情不自禁地叹息道，羊丹丹这朵鲜花算是插在一坨地道的牛粪上。

时隔多年，牛车车没有料到羊丹丹现在不仅未婚，而且还单身，他喜出望外，甚至有些忘乎所以。哈哈，老天哪，你太公平了！你把最好的女人留给了我。

“爹，啥时候相亲呢？”牛车车迫不及待问道。

“你姑奶奶正在与女方家联系，抢亲的日子初步定在今年 8 月 8 日。”

“啊，又要抢亲。爹，算了吧，羊丹丹身边男孩多得是，如果抢亲，恐怕我又是个陪绑的。”牛车车一下子泄了气，想起 8 月 8 日他就一肚子气。妈的，正是那天老子被羊铁龙和牛花花给耍了。

“还有几个月的时间，你好好准备准备，练练骑马。”

“如果我还是陪绑的准备有个啥用!”

“儿呀，这次不同了，你姑奶奶说羊丹丹亲点你的名，抢亲只是个形式，另外找一个红格村的人陪绑。放心吧，你十拿九稳，一定能抢上!”

“真的?”牛车车瞪大的双眼闪射出一道牛老五从来没见过的光芒，脸上绽放出灿烂的笑容。

“当然是真的，爹还能骗你吗!”牛老五不紧不慢地说，“不过，人家有个条件。”

“啥条件?”牛车车有些紧张不安，心里想千万别是彩礼什么的，咱家穷，拿不出钱来。

“要求你上门。”

“让我当上门女婿?爹，你同意啦?”牛车车揪起来的心一下子松了下来，有点儿心花怒放，可是又不敢表现出来。

“我有啥不同意的!上门就上门呗，你怎么着也是我的儿子啊!”

“爹，你想过没，如果我上门，将来生的轿车和飞机可全不是咱牛家的了。他们可都要姓羊啊。”牛车车有点儿犹豫不定，“要么我还是再等等孙鲭吧。”

牛老五沉思片刻，嘴巴上的胡须抽动了几下，说:“唉，谁让咱家穷了。爹是怕你讨不到媳妇啊。爹知道你喜欢刘佬转家的寄养女儿孙鲭，那个孙鲭也喜欢你，可是，这是不可能的。刘佬转这个人势利得很，他家富，咱家穷，他瞧不起咱家。即使他家穷，他也不会同意孙鲭嫁给你，你就死了这条心吧。”

“爹，这个道理我懂，所以我尽量回避孙鲭。自打她到锡林郭勒盟念书后，我们就中断了联系。孙鲭倒是很坚决，让我等她毕业。”

“儿呀，你是个懂事的孩子。为了爹，为了你两个弟弟，你就‘嫁’了吧!”

“爹，你说啥?我嫁了?我嫁给谁呀?我又不是女的。”

“咱村有个说法，上门女婿就是‘嫁’儿子。唉，甭管他们怎么说，你娶到媳妇将来过上好日子，这是真格的。”

“爹，我能不能不上门啊?”

“那你就打一辈子光棍！”

牛车车不语了，他的眼前浮现出一张甜蜜漂亮的脸蛋，他不知觉地咧嘴巴笑了。太好了，值了，为了鲜花，我甘心当回牛粪。“哈哈”，牛车车乐得笑出声来。

一连几晚，牛车车尽做美梦了。

# 第十二章　相见恨晚

在荒漠的大草原，相隔几十里才有一个村庄，这不算什么稀罕的事情。红格村和牛村就相隔五六十里，两村的牧民平时很少往来，偶尔举办这种村际间的抢亲活动，牧民聚集在一起像过节似的热闹非凡。由于两村的贫富差距悬殊，红格村富，牛村穷，常常是牛村的姑娘被红格村的小伙子抢走。这次的抢亲活动比较新鲜，是红格村招上门女婿，这让贫穷的牛村小伙子们心中点燃了希望。

抢亲日最终改在七月第二周的礼拜天，抢亲的地点选在牛村和红格村之间的一个山坡上。这里风景宜人，站在山坡上可以一览草原美景。蓝蓝的天空飘着朵朵白云，空气清新甘甜，一边是平坦油绿的草原和弯弯曲曲的小河，另一边是连绵起伏的绿色丘陵。远处的一道道石山峻岭头顶黑云，深藏在云雾之中。

抢亲的那天上午，牛车车牵着上次抢亲时骑过的那匹老马，早早来到山坡上。他骑在马背上顺着山坡遛弯，熟悉赛马线路，牛老五和媒婆盈二奶坐在草地上休息。山坡上早已聚集了一些看热闹的村民，有牛村的，也有红格村的。

远处一行人骑着马儿顺着草地缓缓向山坡这边走来。牛车车认出来了，骑着白马走在最前面的一位年轻靓丽的姑娘正是羊丹丹，她比上学时显得更漂亮、更性感、更富有魅力和女人味了。

参加抢亲的另一位红格村的男青年也到场了，据说是羊铁龙的弟弟，大名叫羊铁单，绰号铁蛋子，是羊丹丹的仰慕者和追求者。羊铁单牵着一匹枣红色赤兔马来到现场，身材矮墩墩，粗壮结实，长得一对浓眉小眼，赤红颧骨，一看就是一个地道的牧民。羊铁单的脚似乎有点儿问题，走路时有点儿跛，看到大家都在注视他，他极力地掩饰自己的缺点，有意放慢脚步，踮起一只脚尖，边走边自言自语："妈的，这路怎么有点儿凸凹不平呢！"

牛车车笑了，这个男人要型没型，要貌没貌，神色呆滞，举止笨拙，自己一条腿短还嫌路不平！简直是癞蛤蟆想吃天鹅肉，比自己更牛粪。哈哈，这回我要为牛村的男人们争个光，也为自己两年前输给他哥哥羊铁龙出口气。

羊丹丹的爹名叫羊伟，留着山羊胡，昂胸抬头，威风凛凛地站在媒婆盈二奶的左侧，黄色长袍加身，摆出一副国王的派头，仿佛是国王在为公主招驸马。村里的首富就这么牛啊！牛村的男青年都看傻了眼。

羊丹丹紧随父亲身后，身穿紧身红袍，昂起秀丽的脸蛋，长发随风飘起，挺着高耸的胸脯端坐在马背上。她收起缰绳，翻身下马，扶着马鞍站在白马的右边，向牛村人那边望去。她一眼就认出牛车车了，微笑地举起手向这位几年不见的校友打了个招呼。牛车车心潮涌动，不自觉骑着老马走到羊丹丹身旁，与羊丹丹握握手。当他的手掌触摸到羊丹丹细嫩的手心时，一股电流刺向他的心窝。这算是他第一次身体上与异性密切的接触。

"羊丹丹，你好！"牛车车脸色微红，心里暖流翻滚，情潮澎湃。

"牛……你好！"羊丹丹一时想不起他的名字，"对不起，老牛……"

"嘿嘿，你就叫我牛粪吧。"牛车车随口幽默地调侃一句。

羊丹丹阳光般的笑脸，发出"咯咯"的笑声。"你怎么叫这个名字？那我是不是要改名叫鲜花了。"

"呵呵，你是当之无愧的鲜花。"

"哦，我想起来了，你叫牛车车。我是前些天听你们村里人讲你与牛头公主相亲的故事后，才知道你还单身，所以我特意让媒婆盈二奶请你参加今天的抢亲。"

牛车车有点儿受宠若惊，脸色紫红，低头喃喃道："丹丹，你还是这么美丽动人，我以为你早就嫁人了。"他的心里痒痒的，恨不得一把将羊丹丹搂在怀里。他回想到羊铁龙抢亲胜利后与牛花花忘情拥抱的情景，暗自决心等到这次抢亲取胜，他也要疯狂地表现一回。

“是啊，我本该几年前就嫁人了，无奈我爹他顽固、死不让步，坚持要我找上门女婿。这些年来，追求我的朋友让他逼疯了一个，逼跑了三个，吓退了至少十几个，所以我就剩在家里了。”

不远处，竞争对手羊铁单显得焦躁不安，身体一跃骑在他那匹高大威猛的枣红赤兔马背上，凸显雄伟高大。牛车车看着自己那匹黑色的瘦弱矮小的老马，心有余悸，胆怯地说：“丹丹，抢亲风险可太大了，万一……”

“犯规！你俩犯规！我抗议，他凭啥私下接触丹丹？”羊铁单用马鞭指着牛车车，不满地嚷嚷道：“丹丹，你别理他！他赢不了我！你是属于我的。”

“铁蛋子，你瞎嚷嚷啥！我俩是多年没见面的中学同学，说几句话还不行吗？”接着，羊丹丹低声对牛车车说：“牛哥，别怕，他骑的枣红马别看外形可怕，实际上，跑不快。嘿嘿，你放心，你准赢。”

牛车车听了丹丹的话，心里激动得要命，几乎痛哭流涕：“丹丹，我中学时就喜欢你，虽然我不敢表白，但我心里一直爱你。这些年来，我洁身如童，等得值得！我愿意一辈子做你的牛粪，插上吧，鲜花！”

羊伟没听清他们在谈什么，就听到牛车车说了个“插”字，心里不悦，狠狠地训斥了一句：“插啥插！结婚前不许插！抢亲赢了再说。”

牛车车吓得浑身一抖，差点儿从马背上摔下来，摇晃几下，翻身下马。“丹丹，你爹够魔鬼了，啥话都敢说呀！”

“爹，你瞎说啥！耳朵不好乱打岔！”丹丹窘得脸色红紫，眼圈红润，扭头对牛车车说：“别理他！只要你答应我爹上门，剩下的事……哼，我是鲜花我做主！”

“嗯，丹丹，你爹说得对，抢亲赢了再说。”牛车车还是担心抢亲出现什么闪失，不敢高兴太早。

“牛车车，真想不到你也是单身，媒婆盈二奶告诉我时我都没敢相信。你在我心目中英雄伟岸，绝非牛粪，我忘不掉多年前你舍身救我的情景。当我变得孤独、身边没有朋友的时候，我第一个想到的男人就是你。”

“嘿嘿，”牛车车擦去脸上的泪水，得意地笑了，“丹丹，那第二个想到的是谁呀？”

羊丹丹一愣，片刻后才反应过来：“讨厌，第二个还没有呢！你要有信心，抢亲一仗，只许成功，不许失败！”

“丹丹，对不起，刚才我是开个玩笑！我知道你身边追求者不计其数，我能做你心中的第一个，已经感觉非常荣幸了。”接着，牛车车身体高高一跃，坐在老马背上，几乎是疯狂地喊着：“铁蛋子，你过来，你说比啥？怎么比？我一定要赢你！”

“赛马！”羊铁单斩钉截铁地说。

“好，赛马就赛马！”

赛马就要开始了，赛马场的人群沸腾起来。牛村的人们高喊：牛村，就是牛气！红格村的人群着急了，也喊起来：红格村，就是羊气！

哈哈，从来都说“牛气”，没听说过“羊气”。

羊铁单高叫一声：“我今天就让你们看看啥叫‘羊气’！”

“是阳痿吧。”牛村人群里不知谁喊了一嗓子。“哈哈”，大家哄堂大笑。

“红格村的村长助理叫啥名？”

“‘阳痿’！”人群中又是一阵哄笑。

羊伟急眼了，大吼道：“笑啥笑！没有我羊伟哪来的这么天仙般美貌的公主！”

盈二奶着急了，冲着牛村人群嚷道：“喂，傻小子们，有这么闹的吗？气坏老爷子对谁好？”

人群立刻安静下来。

比赛就要开始了，牛车车回头看了一眼羊丹丹，羊丹丹挥手向他竖起大拇指。牛车车趾高气扬地挥动着马鞭高声喊道：“红格村的兄弟们，今天我要让你们看看，我牛××个爷们儿！”

安丰插嘴说：“牛车车呀，牛车车！这样发展下去，我看你童身难保了！”

牛车车气馁地摇摇头：“天有不测风云啊，半路杀来……”

“啥？”

“你接着听吧。”

## 第十三章　抢亲

抢亲活动是一项早在“文革”期间就被废弃的地方陋俗，可是最近几年，又死灰复燃。一些有钱家庭利用抢亲活动炫富、摆阔，另一些家庭举办抢亲活动是为了解决选夫婿的争执。父母看上的女儿不满意，女儿相中的父母看不上，只好抢亲。招上门女婿的家庭更喜欢采用抢亲。乡亲们参加抢亲活动是看热闹、求刺激。羊丹丹家举办抢亲活动，估计这三种原因兼而有之。

抢亲就要开始了，媒婆盈二奶正式宣布抢亲的规则：“今日举行赛马抢亲比赛，根据差额竞选的原则，选手是牛村的牛车车和红格村的羊铁单，胜者将荣幸地成为红格村首富家的上门女婿，‘嫁’给草原上最美丽的姑娘，羊丹丹小姐为夫。娶赛马胜者为上门女婿，请问羊家同意不同意？”

“同意！”羊伟骑在一匹高头大马上，豪爽地答应。

“牛家同不同意？”

牛车车面带得意地看着牛老五，没言语，因为他知道他是内定的，羊铁单是陪绑的。牛老五盘腿坐在自家牛车上，扯着嗓子开心地喊：“同意！”

媒婆盈二奶最后问：“羊铁单，你同不同意？”

羊铁单不满地说：“这还用问吗？不同意我能来参加比赛吗！”羊铁龙和羊铁单并非亲兄弟，羊铁单从小是个被遗弃的残疾孤儿，没有其他亲人，三岁时被羊家收养。羊家在红格村开了一个铁匠铺，他从小给别人家放羊，长大了他和他哥哥羊铁龙都做了铁匠，虽然他走路一瘸一拐，跑步、摔跤劣人一等，但骑马可是他的强项。

“好，既然大家都同意，那么，抢亲马上开始。”媒婆盈二奶手里的皮鞭在空中划了一圈，“啪”地发出清脆的响声。两匹赛马“嗖”地冲了出去。红格村的青年们高声叫喊："铁蛋子加油！铁蛋子加油！"

羊铁单不愧是马背上长大的放羊倌，屁股一撅，身体紧贴马背，"嗖"地一下冲到前面。牛车车骑在那匹瘦小的黑马背上，一起步就落后有五六米。

"加油，牛车车！加油，牛车车！"牛村人焦急地呐喊着。两匹马一前一后冲下山坡，向对面山冈跑去。羊铁单的枣红马越跑越快，已经领先牛车车有二十几米。按照事先的规定，率先到达前方山顶，抢到插在山顶上的黄旗者为胜。牛车车有点儿绝望了，这匹老马，不比不知道，一比就知道它有多老了。不妙，我要输了！汗水从他的额头冒出来了。不是讲好的吗，我是内定的，他是陪绑的，怎么他还跑得这么快呢？原来我又被忽悠了，弄了半天，我还是陪绑的。

羊铁单领先有五十米了，他回头看了一眼落在后头的牛车车，嘴角显露一丝笑意。赛马，他从没输过。羊铁单用力踹了马肚子两下，枣红马几乎贴着草皮飞了起来。牛车车拼命在后头追赶，心里别提有多么郁闷。唉，牛车车呀，牛车车，你怎么这么笨呢！这么好的机会又要失之交臂。

前面是一条干枯的河床，枣红马的马蹄踏在河床的鹅卵石地面上，发出"哒哒"的金属声，突然，枣红马的一条前腿扭了一下，跪在地上，马身一斜，差点儿把羊铁单甩到马下。这叫马失前蹄。换其他人早摔下来了，但羊铁单骑技高超，经验丰富，身体附在马背上搂住马脖子，没摔下来。他双手扯紧缰绳，身体向后一仰，把马前腿拉起来。接着，他策马加鞭继续向山上奔去。然而，枣红马速度明显慢下来。而此时，牛车车的老马却越跑越快，"嗖"的一声，箭一般地从羊铁单身边越过，瞬间超出他几十米。

哈哈，黄旗就在眼前，几乎是垂手而得，牛车车回头看一眼羊铁单，枣红马变得像老牛一般，在百米之外一瘸一拐、吃力地往山上爬。哈哈，牛粪！你果然是牛粪，癞蛤蟆想吃天鹅肉！丹丹是我的了。牛车车挺起身板，得意地放慢了速度，向早已等候在黄旗周围欢呼跳跃的牛村乡亲们挥手。胜利确定无疑了，他就要伸手去拔黄旗，他几乎在憧憬把羊丹丹搂在怀里的滋味，完全沉浸在迟来的幸福之中……

突然，山坡上黑云翻滚，尘土飞扬，似乎是一条搅动山峦的巨龙迎面扑来。牛车车还没明白到底发生了什么事，就感觉自己的腰被一条有力的臂膀缠住，身体腾空，在空中翻转了半圈。“哎哟”他刚张口叫喊，“扑哧”一下，他面朝下横卧在另外一匹白马的马背上。这真是半路杀出来个程咬金，牛车车稀里糊涂被掳下马来。他用力挣扎着想翻身看看什么力量制服了他，可是他被一只巨大的铁蹄用力压在马背上动弹不得。他感到自己的脸几乎贴着草尖，这匹白马正飞一般地远离山坡上的黄旗。轰鸣的马蹄声淹没了四周村民的尖叫声。

“你是哪路神仙？为啥要坏我的好事？”牛车车面向草地大声责问道。

“哈哈哈哈……”马背上发出一声刺耳的惊天动地的怪笑。牛车车被这个声音惊吓得毛骨悚然、胆战心寒，他感觉自己被一个怪物俘虏了。牛车车心里暗自猜测这是啥怪物？他极力扭头向天空望去，隐约看到马背上坐着一个怪人，巨大的身躯顶着一个飘着长发的白色牛骷髅头。牛车车浑身瘫软，闭上眼睛惊惶地叫起来：“牛爷爷啊，饶命！救命啊！”

这匹白马四蹄生风，风驰电掣，急速流星，一缕尘烟地向远处云雾中的石山峻岭方向飞奔而去。牛车车的脑袋垂吊在马肚子下面，他瞪大眼睛透过马肚皮向刚才赛马的山坡望去。透过马蹄扬起的尘烟，他朦胧地看到了离他远去的山坡，可是黄旗早已不见了。

完蛋啦！羊铁单一定把黄旗抢到手了。唉，鲜花又插在了牛粪上！我的羊丹丹啊！抢亲不成还要搭上一条小命。爹啊，我怎么命这么苦哇！“哇……”

“啪！”牛蹄子照他屁股拍了一掌。“牛妖怪”尖声呵斥：“哭啥哭，再哭，我砸烂你的屁股！”

牛车车乖乖地闭上嘴巴。他头冲下，头皮发麻，四肢冰凉，头晕脑涨，两眼昏花，拼尽力气大声喊道：“妖怪，你要带我到哪里呀？”

“牛妖怪”一声不响，向前方的石山峻岭方向策马疾奔。

## 第十四章　惊囧

牛头怪人在赛马场从众人眼前旋风般地劫走了牛车车，一路向西策马疾奔，不知跑了多久，进入一个荒凉、偏僻的峡谷里，最后在一个山坳的尽头停了下来。此处是一个避风谷，三面环山，一面是鸿沟，从山缝里冒出来的溪水像长蛇一样，沿着岩石的沟槽顺流而淌，在鸿沟一侧形成一条清澈的小溪。牛车车倒挂在马背上紧张地四下张望着，眼前的场景不仅全部颠倒，且上下颠簸着，山在旋转，水在倒流。他确定这是一个他从来没来过的地方，心里感觉绝望：完蛋了，这一定是魔鬼的老巢。我今天是死定了。

此时的牛车车，吓得像一只瘫软的毫无反抗能力的羊羔，附在马背上一动不动。突然牛车车感觉自己被铁蹄抓起来，接着被高高地抛起，他的身体在空中旋转了 720 度，一连串的侧滚翻。“啊！”他尖叫一声，心想，这又不是高台跳水，落地准被摔死，干吗这么狠呢……“扑通”一下，他重重地落在一个松软的大草垛子上。他心里刚松开一口气爬起来要逃跑，牛头怪人嗖地一阵风似的从马背上腾空飞起，“扑通”一声骑在他的腰上。多亏牛车车身下是松软的草垫，否则牛头怪人肥大的屁股说不定会把牛车车的肚子压爆。怪人两只铁蹄重重地压住牛车车的肩膀，他无法挣脱，只好乖乖地躺在牛头怪人的胯下。牛头怪人动手撕开牛车车的上衣，裸露出他的胸膛和肩膀。

牛车车心里一惊，手脚冰凉，心中暗自叫苦，这下可糟了，牛妖怪要吃人了，据说牛妖吃人先挖心脏。他惊恐地喊道：“牛爷爷，别吃我！饶了我吧。我家有头公牛送给您老享用。”牛车车用一种令人怜悯的眼神望着骑在他身上的这个牛头怪人。

“谁是牛爷爷！谁稀罕你家的公牛！”牛头怪人仰天长啸，“哈哈，我啥都不要，我今天就要你，牛车车！”

牛车车总算听清楚了，这个牛头怪人尖声细嗓的，原来是个母牛鬼。他乞求说：“牛奶奶，饶了我吧，你要啥我给你啥。”

“真的，你说话算话？”

牛车车一听有活命的希望，拼命点头：“真的，我说话算话！”

“那好，我啥都不要，我就要你的身体。”

“我的奶奶，你要啥都行，就是这身体不行啊！我还没相过亲呢，我不想死呀！”

“谁是你奶奶，我是公主！”

“是，是，我的公主，你要啥都行，就是别吃我。”

“谁说要吃你了。”

“你不吃我？”牛车车眼神一亮，“只要你不吃我，我甘愿一辈子给你当牛做马。”

“此话当真？”

“大丈夫一言九鼎。”

“那好吧，今天先把你的身体给我，明天与我成亲。”

“啊？你要……”

“我要你的童身。你不是整天为你的童身得意自豪吗？今天本公主就破了你的童身。”牛头怪人一边解开自己的上衣，一边开始动手解牛车车的腰带，把手伸进他的裤裆里。

“妈呀，救命啊！”牛车车拼命呼喊。

“喊啥，我又不会害你！”牛头怪人三下五除二剥光牛车车的上衣，坐在牛车车的身体上，牛车车的两个胳膊被压在牛头怪人的腿下，他赤裸着上身动弹不得。此时，牛车车仍然担心这个牛头怪人会吃掉自己，他恐惧地观察着，奇怪，这位骑在自己身体上的牛头怪人动作逐渐变得温柔些了，难道真是个女怪兽？他提心吊胆地注视着怪兽的一举一动，仔细打量怪兽的身体。突然，他大吃一惊，牛骷髅头下面有一个洁白的脖子，半开的衣领露出圆滚滚的胸脯，地道的人奶。牛骷髅的眼眶里有一对亮晶晶的眼睛，牛蹄子下面是一双纤细的活动自如的人手。

牛车车脱口喊道：“啊！你不是鬼！你是……你是牛丫丫！我看到你的眼睛啦。”牛车车明白了原来是牛丫丫在装神弄鬼，立刻镇静了许多。

“哈哈，总算被你认出来啦。”牛头怪人把手从他的裤裆里抽出来，伸手摘下牛头面具，扔到一边，摘下手腕上栓着的两只大铁蹄，用手拢拢蒙在脸上凌乱的长发。果然是牛丫丫。

被剥光上衣的牛车车脸色绯红，缩成一团，惊愕地说：“牛丫丫，真的是你！你吓死我了！你到底要干啥？”

从牛丫丫认真、坚韧、一不做二不休的表情就可以看得出她想要干什么，她来者不善，绝对不是闹着玩的。“牛车车，此地除了野狼，再没有其他喘气的了，有种你就继续喊吧！”

## 第十五章　来者不善

年轻的牛丫丫长发扎成两个牛角辫，浓密的黑发遮住她那硕大的脑袋和额头，露出一双弯弯的眉毛和黑亮的大眼睛。如果遮住她那硕大的鼻孔和嘴巴，你一定认为她是一个秀女。她平时心地善良、性格爽朗、为人友善，但发起疯来，脸蛋鼓得圆圆的，像一头没有被驯服的野牛，性情十分粗野。她温和时，人显得憨厚、朴实、彬彬有礼。如果谁招惹她，引她发怒，她瞪起眼睛，显得粗鲁、凶神恶煞。小的时候，村里的孩子们在一起玩，见到她生气了，男孩子们撒腿就逃，逃不及的会被她捶倒在地。被男孩子欺辱了的女孩子，都愿意找她帮忙报复，她是女孩子眼中的神，男孩子眼中的魔。

牛车车被牛丫丫压在身下，挣扎着说："牛丫丫，你这是干啥？有话好说嘛！"

"我干啥？你别装糊涂！"

"你干吗把我劫到这个荒凉的山沟里？"

"既然你喜欢当上门女婿，我就成全你，把你'娶'到我家来，怎么样？牛车车，别怨我牛丫丫不客气，我今天要与你生米煮成熟饭。"

牛丫丫边说边动手扯开他的裤链，牛车车竭尽全力反抗，可是无济于事，牛丫丫用力地扒下他的裤子，随手扔到一边。此刻，牛车车已经全身赤裸被牢牢地压在牛丫丫的胯下，他意识到无法逃脱，只得双眼紧闭，束手就擒。

微风袭来，一阵寒气透进肌肤，牛车车的身体抖动着，他从来没接触过异性，甚至在同性面前都没暴露过身体，他的心"扑通、扑通"地跳到了嗓子眼里，烧红的脸灼热传遍周身。他感觉有无数只眼睛在望着他，有无数个脸孔在嘲笑他，他睁开眼睛惊惶地环顾四周，低声哀求着："牛丫丫，好妹妹，有话好说，你别动武呀！求你别这样，让人看到多难为情啊。"

"哈哈，你也知道难为情啊！我今天就是想让你尝尝被人扒光衣服的滋味，看你以后还怎么嚼舌头。"

"牛丫丫，求你别胡来，我没嚼舌头……"牛车车发现这个怪人是牛丫丫后，显然镇静了一些。他知道牛丫丫任性，脾气火爆，知道自己不是她的对手，可是男子汉的尊严让他不得不反抗，他挣脱出一只手去抓自己的裤子。牛丫丫摆出一副不肯善罢甘休的样子，用力把他的双手扭在一起，从自己裤兜里掏出一根麻绳迅速把他的双手捆绑上。

"牛车车，你还想反抗吗？你如果不按我的要求做，我对你绝不客气。"牛丫丫瞪大眼睛狠狠地威胁道。

牛车车看见牛丫丫眼睛里放出的凶光，知道她这是要动真格的，不再继续挣扎了，老老实实地躺在草垛上，任凭她摆布。牛丫丫是个吃软不吃硬的人，牛车车不敢激怒她。

"牛车车，你怕难为情吗？你知道我喜欢你，甚至爱你，主动让媒婆盈二奶到你家提亲，可是，你不仅伤害我的感情，还伤害我的家庭名誉。"牛丫丫一边脱下自己的外衣，一边嘴里唠叨着。在解开内衣衣扣的瞬间，她似乎犹豫了一下，手停住了："牛车车，你来帮我解开！"

"不！"

"哼，你以为我不敢吗？"她毫不犹豫地脱下最后一件内衣，赤裸地坐在牛车车的身上。牛车车一时目瞪口呆，胆怯地闭上眼睛。妈呀，这世界太疯狂了！

牛丫丫激动得声音都变了调，歇斯底里地喊着："你说我是牛生的，不是人，是怪胎。好吧，今天本公主就撕破脸皮让你看看我到底是人还是怪胎。牛车车，你睁开眼睛看呀！我到底是人还是牛？"

牛车车躺着半睁双眼向上望去，牛丫丫身宽体壮，宽阔厚实的前胸像一堵坚实的城墙，一对巨大的葫芦倒挂在城墙上。牛车车浑身哆嗦，嘴里嘟囔着："不要，不要！牛丫丫，求你穿上衣裳。"

“哈哈，你一个抢亲的败将还胆敢说不要！”牛丫丫俯下身，让牛车车透不出气来。

牛丫丫有点儿疯狂了。牛车车拼命地摇晃着脑袋，大喊：“牛丫丫，你要憋死我呀！”

“哈哈，我怎么舍得憋死你呢，我的白马王子。我不仅要与你温情一场，而且还要与你成亲，为你生儿育女呢。告诉我啥味道，哈哈！”

牛车车嘴里全是草屑，他“噗噗”地把草屑吐出来，苦着脸说：“啥味道？野草的味道呗。”

“这叫香草味！哈哈！”牛丫丫开始从上向下抚摸牛车车的身体，有意地挑逗他。

“牛丫丫，求求你，强迫我是没用的。”

“哼，强迫你？我不强迫你，你能主动跟我吗？本公主今天就是要强奸你！”牛丫丫失去了耐心，命令说，“你给我爬上来！”

牛车车说：“我的手被你捆绑住了，我还能动吗？”

“好吧，我解开绳索，但你要听我的话，主动配合我，不许反抗。”

绳索解开了，牛丫丫用自己肥胖的身体紧紧地压住牛车车。她变得温柔些，用厚厚的肉唇亲吻着牛车车的面颊、脖子和身体。她牢牢地抓着牛车车的手，逼着他把手放在她的身上，声音颤抖地说：“抚摸我，让我尝尝男人的滋味。”她有点儿动情了，呼吸有些急促，而牛车车身体微微颤抖，纹丝未动，没有任何反应。

牛车车双目紧闭，心里没有一丝温情。他不敢抬起眼皮，一看见牛丫丫那张狰狞可怕的面孔，就头皮发麻、四肢发抖、魂飞魄散。可是这大白天的，不想看都不行，每次睁开眼，他心里都要后悔半天。牛车车有点儿胡思乱想，要是夜里啥也看不见，或许他还能有点儿情绪。

牛丫丫看到牛车车半天没有任何反应，不满地说：“没出息，胆小鬼，怎么像小鸡见了黄鼠狼，吓得软绵绵的。”

牛车车辩解说：“我的奶奶呀，碰到你这么凶悍的女人，就是狗熊也吓瘫了。”

牛丫丫气急败坏地说：“哼，我把它连根拔掉算了！”

牛车车面色苍白，额头冒出黄豆粒大小的汗珠，不自觉地用手护着自己的下身，央求说："大姐，你冷静点儿，我还靠它为我爹造'飞机'呢！我可不是故意的。"

"不对，你就是故意跟我作对。"

"牛丫丫，我真不是故意跟你作对，你就放过我吧，千万别伤害我和你自己！你我同村同族，这事要是传出去，你我还有脸面吗？"

"啥脸面！我已经被你们妖化得脸面尽失，今天我让你也丢丢脸面有何不可！"牛丫丫搂着牛车车在草垛上翻滚一圈，逼迫牛车车趴在她的身上。"牛车车，你主动点儿把你的童身给我，否则我今天绝不善罢甘休。"

"妈呀，牛丫丫，我都快被你吓死啦，还哪来的什么童身哪！你今天就是杀了我也没用，不行就是不行。"

牛车车呀，牛车车，真是个牛××！霜打的茄子，瘪了！牛丫丫急得上下直打转，拿他没有办法。折腾十几分钟后，牛丫丫也泄气了。她明白了，这一招确实不灵。怎么办呢？不达到目的她确实心不甘。

"呜呜……"牛丫丫突然痛哭流涕。

## 第十六章　时来运转

牛丫丫费了九牛二虎之力，累得满面汗水还是没能得逞。她无可奈何地坐在牛车车身上，脸色红得发紫，嘴里喘着粗气，心里恐怕有点儿骑虎难下的滋味。两人就这样僵持了许久，最后，牛丫丫不得不让步，说："算了，今天我就饶了你。"她擦把眼泪和汗水，从草垛上捡起衣裳穿在身上，双手系上衣扣，然后翻身坐在牛车车的身旁，自找台阶地说："牛车车，其实我懂得，这种事是两厢情愿的，我强迫你也没用。我今天不过是要出口气，所以与你开了个玩笑。"

此时，牛车车虽已淡定但仍心有余悸，摇摇头说："牛丫丫，你这玩笑开得也太大了，不仅坏了我的大事，而且差点儿……你还是送我回去吧。"

"哼，坏你的大事？不就是那个羊丹丹家的上门女婿吗？羊丹丹事先作弊，她嫌弃铁蛋子是个瘸子，在铁蛋子马的铁掌上做了手脚有意让你赢，你知道吗？这是丑闻！"

"这事你怎么知道的？"

"牛村的什么事儿我不知道呀！媒婆盈二奶是谁？她是我奶奶的弟妹的小叔子的媳妇，能不告诉我吗？羊丹丹以为她家是红格村首富有钱有势，依仗她脸蛋子漂亮，就可以为所欲为呀！哼，肥水不流外人田，她红格村的女人想抢我牛村的男人，没门！有我牛公主在，她休想得逞！"牛丫丫面色苍白，艴然不悦，越说越生气。

牛车车怕激怒牛丫丫，缓和地说："好吧，我们就当啥事情都没发生，我不告你调戏我，也不追究你的责任，你赶紧放我回去。"牛车车伸手去拿自己的衣裤。

"且慢！"牛丫丫瞪着眼珠咆哮，"牛车车，你想告我吗？本公主敢做敢当，我才不怕你告呢！今天我还有话对你说，你不听清楚就别想离开这里。”

好汉不吃眼前亏，牛车车一看牛丫丫发怒了，马上乖乖地坐在牛丫丫的眼前，任听她吩咐。算了，羊丹丹的那桩事肯定是没戏了，吃亏就吃亏吧，面对两三个男人都难以对付的牛丫丫，牛车车只好忍气吞声，默默地穿好衣裤。

牛丫丫呀，牛丫丫，你怎么比男人都凶猛啊！牛车车胆怯地看着她，刚才发生的事情像做梦一般不可思议。突然，他发现比起刚才的牛头怪人，现在的牛丫丫面相不算太怪，变得眉清目秀有点儿顺眼了。

牛丫丫表情凝重沉默着，似乎在思索着心事，她的头发和衣裳沾满了草屑，活像一头刚在地上打过滚的母牛。牛车车不知道她在想什么，心里没底，担心他和牛丫丫之间还会发生什么事情。难道她还在打我的主意？难道我命中注定要娶牛丫丫为妻吗？不，不！我决不答应。他心里在呐喊：牛车车，你要挺住！娶了这个女人你就死定了。牛车车打算穿好衣裳找个机会逃走。

牛丫丫看到牛车车穿好衣裤，心中不甘但又无奈，瞪着牛一般的大眼睛，怒问：“牛车车，你是不是很讨厌我？你是不是觉得我很下贱？”

牛车车害怕她再次发疯，不敢正面回答，说：“牛丫丫，你虽然相貌有点儿怪，但你心肠好，是个好女孩。今天的事，我知道你没有恶意，我也不介意。其实，都是我不好，我那天不该说你的坏话，我知道那不是事实，都是你家邻居刘佬转编造的鬼话。”

听了牛车车说的话后，牛丫丫不知是激动还是伤心，忽然坐在草垛上蹬腿号哭起来。她的大嗓门在山坳里回旋着，她的头趴在牛车车的腿上，越哭越悲伤，泪水浸湿了牛车车的裤腿。“呜呜……”

“牛丫丫，别哭了。”牛车车不知该如何安慰她。他的劝说没有任何效果，牛丫丫反而哭得更厉害。看到她如此伤心，牛车车顿时心生怜悯，一只手轻轻抚摸着牛丫丫的头。突然，牛车车的手像触电似的，抽搐起来，迅速收了回来。

“你怎么了？”牛丫丫止住哭泣，抬头问道。

牛车车面色煞白，带着一脸掩饰不住的恐慌，说：“没，没什么。”

“我的头怎么了？你害怕了吗？”

“没，没害怕。”牛车车不敢说实话。他的手刚才抚摸牛丫丫头的时候，感觉到她头顶有两个尖尖的突起，像没发育好的牛角，不免惊慌起来。难道她真是母牛生的？怪不得她能干出一般人干不出来的怪事！想到这里，他的身体惊吓得战栗不止。

“牛车车，你莫怕，我从小缺钙，脑袋长得不平。我不是牛生的，我娘不是牛，她是人。听我爹说她是个漂亮的女人。我知道你会奇怪我为什么会长得像牛。我也问过我爹这个问题，我爹说因为我是母牛喂养大的，所以长得像牛。”

牛车车心里想，哼，骗谁呢！母牛喂大的就长得像牛？村里人谁不是喝牛奶长大的，但嘴上附和说：“欸，好像是听说过，狼喂养大的狼孩长得像狼，甚至连脾气和秉性都随狼，带有狼性。”

“我要是狼喂大的，我第一个把你吃了。嗷！”牛丫丫面色不悦，咧开大嘴学了一声狼嚎，吓得牛车车身体向后躲闪。“妈呀，公主饶命！”

“哈哈，放心吧，牛车车，牛天性善良，如果我真是牛生的就更不会伤害你了。”

待在牛丫丫身旁，牛车车实在是太紧张、太拘谨了。他抬头看看太阳，站起身来打算跳下草垛：“牛丫丫，时候不早了，我们该回家了。”

“不行！我还有话要说。”牛丫丫伸手把他按在草垛上，“你坐下听我把话说完。”

牛丫丫一脸严肃，认真地说：“自从我娘坟里挖出一具牛骨架，全村上下沸沸扬扬，都说我是母牛生的，我和我爹就是浑身有口也难辩是非。”

“牛丫丫，后来我可是什么都没再说呀！”

“我知道你什么都没说，你们家都是老实人。可恶的是刘佬转，到处散布谣言。村里人见到我，包括你，全都躲着走，一时间，我家门可罗雀。”

“这个刘佬转为什么这么坏呢？他与你们家有什么深仇大恨吗？”

“我问过我爹，开始我爹认为是由于早年他与刘佬转都追求我娘，因为抢亲结下的仇。后来，我们发现根本不是这个原因。这个刘佬转到处散布谣言，有着更大的阴谋。”

牛车车不解地望着牛丫丫，有些好奇，想知道事情的真相。

牛丫丫说：“我家的奶牛品种纯正，产奶量高，100多头奶牛，有80多头产奶，每一头荷兰 Holstein Friesian 品种的奶牛日产奶量达到70公斤，而且，由于我们净化饲料、优化饲养环境，既不掺水又不添加三聚氰胺，我们家的奶味纯正香浓，销路非常好，常常是奶源供不应求。而刘佬转家办的佬转奶牛场，奶牛品种差，日产奶量只有20多公斤，奶里掺水，奶质稀薄，靠添加剂调味，早已失去了商业信誉，生意惨淡。”

牛丫丫很聪明，没念过多少书，但嘴里还能蹦出英语单词，养牛经也挺地道，令牛车车刮目相看。他称赞说：“我也听村里人说过你家的牛奶好喝。”

“然而，最近一个月来，奶商们听信了谣言，说我家的牛奶是鬼奶，小孩喝了会变成鬼，不敢进我家大门。受谣言的影响，我家鲜奶销售一落千丈，每天都有数吨鲜奶因为卖不出去坏了，不得不倒掉。我爹心痛病犯了，卧床不起。而刘佬转奶牛场的生意红火起来，销量急剧增长。你说气人不气人！”

牛车车开始同情牛丫丫，说：“啊！原来是这么回事啊！这也太欺辱人了！”

“是啊，我们父女俩实在没有办法了，我想来想去，只好找你帮忙。”

“我？你找我帮忙？我能帮上什么忙呢？”牛车车迷惑不解。

“能，只有你能帮上我家的忙。”牛丫丫把嘴巴凑近牛车车的耳朵前，和颜悦色地耳语一番。听着牛丫丫的附耳细语，牛车车的脸色开始由红变白，接着由白变黄，脑袋摇得像拨浪鼓似的。

牛丫丫气急败坏地厉声呵道：“牛车车，你不要给我牛××！真没出息，小男人！你这种人穷一辈子不奇怪。你自以为是白马王子，很高贵呀，要不是我牛公主遇难在此，十个你这样的男人白给我，我都不要。哼，你不同意没关系，本公主可以一辈子不嫁，生意我照做，钱照赚。”

“丫丫，你就别损我了，允许我回家与我爹商量商量。”牛车车的脸色由黄变红，脑袋不再摇动，表情豁然晴朗。

牛丫丫听到牛车车称呼她丫丫，立马气顺了许多。她从小到大还是第一次听到男人叫她丫丫，爽快地表示：“嗯哪，我们这就回去。你回家商量好了，尽早给我个回话。”

牛丫丫和牛车车跳下草垛。牛丫丫把马牵过来，说：“上来吧，我骑马带你回去。”

“你走吧，我自己走回去。”

“你不想活了！这里可是百里荒山野岭，野狼的王国。想活着回家就跟我走。”

“好吧，快到村口时你要把我放下来，别让人看见。”

“我知道。”牛丫丫轻松一跃，骑在马背上，伸手一把将正笨拙地往马背上爬的牛车车拎了上来。

白马奔驰在草原上，牛车车自然地靠在牛丫丫的怀里，牛丫丫松软、富有弹性的前胸让他感到很惬意，他闭上眼睛尽情地享受着这一美好的时刻，似乎身体里冒出一点儿感觉。至少，他是个被追求的男人，他感到一丝虚荣。牛车车长嘘一口心中的闷气，噩梦醒来，时来运转。啊，看来我牛车车要发财啦！他差一点儿喊了出来。

牛车车回头望着笼罩在黑云中的石山峻岭，这时，他才注意到四周地形地貌十分奇特，连绵的丘陵、红色的沙土地、奇异的石林、奇形怪石的山峦以及延伸到草原的峡谷。“牛丫丫，这里是哪呀？”

“远处黑云笼罩的石山叫大黑山。周边方圆几十里地连绵的丘陵、红色的沙土地、奇异的石林，那些地形地貌十分奇特的地方，据说就是著名的红石草原，是野狼出没的地方，没有人烟，没有牧场，也是我近几年常来收割羊草、砍柴、打猎的地方。呶，那边有一个我刚刚搭建的小木屋，我还用羊草席子围了一个院子，如果你愿意的话，下次我到大黑山砍柴时你跟我来这里住几天。”牛丫丫指着山谷不远处露出的一个木屋顶。

“牛丫丫，你太能干了！”牛车车望着黑黝黝的山谷，心里冒出一股凉风。大黑山、红石草原，这是啥地方啊！这个牛丫丫胆子也太大了，竟敢到这种地方割草、砍柴、打猎，甚至居住。哼，打死我也不会再到这个地方来了。

安丰问："大黑山就是后来我与东乌旗警察去过的牛丫丫的别墅吧？"

"是的。牛丫丫不知道什么时候在木板房的地方翻建了一幢精致的别墅。后来还……"

"哈哈！"安丰笑声打断了牛车车的话。

"你笑什么？"牛车车问道。

"我笑你太倒霉了，啥稀奇古怪的事都被你碰到啦！"

"你嘲笑我，安丰法医？"

"不，绝没有嘲笑的意思，只是感觉你遭遇的事情有点儿滑稽好笑。"

"那我不讲了。"

"别，别，我很想听下去。"

"真的？"

"真的！"

"那好吧，反正都是过去的事情了，我也不怕你笑话，我的故事才刚刚开始，悬疑的事情还在后头。"

## 第十七章 秘密交易

在抢亲比赛现场看热闹的人，谁也没看清楚掳走牛车车的是啥人，只见一匹快马、一股风尘，翻过几座丘陵，瞬间消失得无影无踪。随后，羊铁单骑着他那匹瘸马，费了九牛二虎之力终于赶到了山坡上，看到黄旗还在，大吃一惊，伸手拔出那杆插在山坡上的黄旗，举在空中，开心地摇晃着。跟在他身后的羊丹丹看到这个情景，两眼一黑，身体一晃，栽下马来。媒婆盈二奶在红格村众人的逼迫下，无可奈何地宣布了抢亲比赛结果：羊铁单获胜。

红格村的青年们欢呼跳跃，把羊铁单举起来，高高地抛向天空。羊伟虽然心中不悦，但也不得不接受比赛结果。羊铁单挺胸昂头，骄傲地走到昏倒在草地上的羊丹丹身旁，把她抱起来，一瘸一拐地向山下走去。鲜花就这样插在了牛粪上。

众目睽睽之下牛车车被掳走，让全村的人惊慌失措，整个下午，大家找遍整个草原，也不见他的踪影。

傍晚，牛车车回到家里，人还没进院子就嚷嚷起来："爹，我回来了！"

一家人看到牛车车回来了，喜出望外，围住他问个究竟。可是牛车车嘴巴紧闭，啥也不讲。

"哥，你被谁掳走了？有人猜测是牛妖怪把你掳走了，是吗？"大弟弟牛马车问道。

"哥，你是被哪个仙女掳走了吧。"小弟弟牛拖拉笑嘻嘻地说。

牛老五叼着烟袋，说："儿呀，回来就好。人没事，别的都无所谓，媳妇以后还可以慢慢找。你一定饿了吧，先吃饭吧。"

牛车车明白牛老五的意思，羊丹丹已经属于别人的了，他毫无疑问又失败了。不过，他心里还有另外一件大事等着跟牛老五商量，所以，顾不上再问抢亲的事情。

吃过晚饭后，牛车车看到牛老五蹲在大门口愁眉苦脸地抽着旱烟，心里清楚爹又想娘了，他走过去蹲在牛老五的身边，看着可怜的老爹，不知该说点儿啥安慰话："爹……"

牛老五扭头瞥了牛车车一眼，竟然眼眶涌出泪水："唉，爹看到你，总是想起你娘，你们哥三个，就属你长得最像你娘。"

"我娘她为啥不回来了？"

"那还不是因为咱家穷嘛。但是，我不恨你娘。几乎所有的下乡青年早在十年前都离开草原回城了，你娘算是离开草原最晚的一个。生你之后，你娘本想抱着你回城，但是，她自己思想斗争了十几天，后来还是放弃了这个打算，她说她不能让你生下来就没父亲，她留下来与我一起生活了近十年，为我又生了两个孩子。"

"娘的家乡在浙江什么城市？"

"听你娘说过几次，好像是杭州。你以后要是去上海、浙江一带打工，可以顺便找找你娘。不管她现在如何，愿意不愿意回这个家，我要知道她的消息。"

"爹，不知道具体地址怎么找呀！再等等吧，说不定再过两年我娘她年龄大了，退休了，该回来看我们了。"

"我也不知道你娘家地址。唉，都是你爹我没能耐，害得你几次抢亲都失败了。"牛老五脸上挂着亮晶晶的泪珠，指着村东头一排排整齐的牛舍，叹了口气，说："要是咱家能有十几头奶牛，办个小奶牛场，你们就都有希望了，说不定你娘也会回来。"

"爹，别难过了！你一个人把我们哥三个拉扯大，已经很伟大了，你是我们敬重的父亲。关键是儿子我没出息，让你操心了。"牛车车眼圈红润，手里夹着一根刚刚卷好的纸烟。

"儿呀，不行的话，你外出打工去吧。说不定在大城市里能混出个模样。"牛老五从内衣口袋里掏出一叠钱，"这是咱家几年来的全部积蓄，三百元。你先拿去吧。过几天收购羊草的人就该来了，门前那一大堆羊草又可以卖点儿钱。”

牛车车把牛老五捏着钱的手推开，一串泪珠顺着鼻沟流下来，他哽咽着说：“爹，我打算给牛丫丫家打工。”

牛老五吃惊地看着儿子，有点儿不相信自己的耳朵，问：“你说啥？”

“我想为牛丫丫家打工。”牛车车重复一遍，声音比刚才降低了一半。

“你为啥要为她家打工呢？”

“牛丫丫是个好姑娘，她现在需要我的帮忙。”

“既然如此，你为啥不娶她呢？”

“爹，你别提这档事了，我现在还想不通。”

“好吧，爹不难为你了，儿子。唉，你要真是想不通的话，就不要勉强自己了，也别去牛丫丫家打工了，还是去外地打工吧。”

“爹，牛丫丫家碰到难事了，自从她娘的坟里挖出来牛骨架，她家的生意一落千丈，而隔壁邻居刘佬转家的生意则蒸蒸日上。牛丫丫今天正式向我求助，并提出两个意向供我选择：一、如果我同意做她家的上门女婿，我今后就是奶牛场的场长，全权代她管理奶牛场；二、如果我不同意娶她，牛丫丫希望我们家拿出20万入股她家奶牛场，她家的奶牛场迁到我们家草场，由我们两家共同管理。”

“20万？你没说错吧？”

“是啊，20万。”

“你的意见呢？”

“我同意后一条意向，入股。”

“我的小祖宗啊，咱家哪来的钱入股呀！我要是有20万，我们自己家就可以办奶牛场了，还用得着入股吗？”

“嘿嘿，爹，”牛车车脸上露出微笑，“钱你别愁，牛丫丫知道咱家没有钱，她不需要我们交钱，只需要有一个入股协议，然后就把奶牛场搬到我们家草场。我们用草场入伙，你我从此在奶牛场里打工。”

“真的？呵呵，好主意！”牛老五笑得皱纹全都舒展开了，“我说牛丫丫是个好姑娘嘛。既然如此，我们今后要好好地为奶牛场打工了。”

“爹，这可是商业机密，绝不能泄露出去，否则，刘佬转又该造谣了，说咱家的牛也是鬼变的。”

“嘿嘿，你放心，爹不傻。你赶快给牛丫丫家回话吧，我们愿意合作。”牛老五脸上乐开花。

“好，爹，你我一起去。”

第二天，牛车车专程去额吉淖尔镇的新华书店买了一本《奶牛场的经营和管理》专业书籍，认真地学习起来。他的内心产生了强烈的求知欲望，希望自己尽快地掌握养殖奶牛的理论知识和实践技能。

好日子就要来了，牛车车这回真的做成了一个美梦。

# 第十八章　七星奶牛场

牛村的农户以养殖奶牛为生，大多数家庭都养殖三五头奶牛，每年收入一两万块钱，过着舒适的小日子。少数家庭养殖种牛、肉食牛，收入三四万或更高些，盖起了二层楼房。大规模养殖奶牛的家庭养殖户，全村只有两家，都在村东头，一户是牛丫丫家，另一户是刘佬转家。最近，刘佬转家门庭若市，生意兴隆，还添加了不少奶牛。而牛丫丫家则受谣言影响，门庭冷落，生意惨淡，大量的鲜奶卖不出去不说，这几天，就连到村里收牛粪的人都绕开她家的大门。一些村民为她家奶场的衰败而叹息，而少数村民却幸灾乐祸。

然而，谁也没有料到，在随后不到四个月的时间里，村东头牛丫丫家的牛场逐渐萎缩、倒闭、关门的同时，一个规模更大、牛舍和设施更先进的奶牛场，在村西头落成了。这个奶牛场就建在牛车车家草场的西北角，木制的牛棚并列三排，牛棚后面还有两个简易的工作间和一个饲料仓库。牛棚前面有一排办公房。这个奶牛场与以往村里的家庭奶牛场不同，它建立在村外的草场上，规模宏大，气势蓬勃。四方大院的南端竖立了一座高大的木制牌坊，上面写着“七星奶牛场”五个大字。大门旁边有一排小木屋，门上挂着一个小招牌，写着：品奶吧。嘿，这个奶牛场还挺洋气的。

1995 年 10 月中旬，七星奶牛场正式开业了。开业典礼就在大门口那座牌坊下举行，奶商和村民来了近百人，每人领到一瓶鲜奶，还可以免费到品奶吧里品奶。牛车车准备了鞭炮和礼花炮，小孩们像过节似的围着他要糖吃。牛柳村长代表村里讲了话，号召村民向牛车车家学习，敢于改革进取，大胆创新，鼓励大家把家庭养殖场做强做大，相互协作，共同致富。

村民们站在牌坊前好奇地问：“为啥叫七星奶牛场呢？”

牛车车自豪地回答：“因为我们奶牛场里的奶牛都是七星级奶牛。”

村民又问：“七星级奶牛啥样？”

牛车车又答：“日产奶量 70 公斤的奶牛就是七星级奶牛。”

“啊，这么多啊！这么说日产奶量 50 公斤就是五星级了。”

“是啊，这就是本奶场制定的星级标准。”

“唉，我的妈呀！我家的奶牛才是二星级。草不少吃，奶出的不多，怪不得养奶牛这么多年没赚到钱。”其中一个村民自愧不如。

“那是因为你家奶牛的品种有问题，如果要想致富，需要改良奶牛的品种。本场提供纯正的中国荷斯坦—牛车车牌杂交奶牛，最高等级十星，欢迎购买。”牛车车连编带造地背诵着牛丫丫这几天教他的一些关于奶牛的知识。

“有牛犊吗？我买一头。”

“牛车车，给我留两头十星级奶牛。”

“我也要一头。”

一个村民掰着手指头算计着，自言自语：自家养一头十星级奶牛一天产奶 100 公斤，一年 300 天产奶 3 万公斤啊，不用买草，不用雇工，不用租房，牛粪还能卖钱。只要会挤奶，牛棚勤打扫，奶牛不生病，坐在家里纯赚钱哪！他兴奋地叫喊：“我买十头！”

“牛车车场长，可以入股吗？”有几个年轻人对这个现代化养牛场的前景感兴趣，急切地问道。

“这个吗……我还没想过，不过，我可以请示我们董事长。”

“董事长是谁？”这些年轻人追问道。

“你们不认识，是外地的。”

“男的还是女的？”

牛车车没想到他们会问这个问题，嘴里支支吾吾，说：“这个重要吗？”

“这个当然重要。”

“女的。”

“哈哈！”下面的人哄堂大笑。“年轻吗？漂亮吗？”

“这个问题一定要回答吗？”

这群年轻人齐声喊道：“这个必须回答。”

“嗯哪，年轻又美丽。”

“哈哈！”下面又是一阵哄堂大笑。“牛车车，你真是牛××呀！傍上女款了？她有妹妹没有，介绍给我，哈哈……”

“你想得美！”

“有姐姐吗？年龄大点儿也行。”

“有啊！”

“漂亮吗？”

“美丽动人！就是缺条腿。你要就送给你。”

“哈哈……”下面一声哄笑。

一群奶商从品奶吧里出来，直接来到会场。奶商们议论着：不错，这奶的味道确实好！价格也合理。

一个奶商喊道：“牛场长，我预定每天3吨鲜奶，合同期一年。”

另一位奶商抗议说：“你全年的份额我都包了！合同期三年。”

奶商们立马争吵起来，价格越炒越高。很快就接近市场价格了。有一个聪敏的奶商没有跟着他们争吵，悄悄走到牛车车身旁，低声用南方口音说：“牛场长，我是你娘的外婆的孙子媳妇的弟弟的小舅子，你跟我签合同，我给你回扣。”

牛车车眼睛一亮，嘿，这个人与自己还有点儿近亲哪，急忙问道：“我不要你的啥回扣，我这是自家生意。你能帮助我找到我娘吗？”

“能。”来者一拍胸脯，“你告诉我你娘去哪里了，我准能找到。”

“我也不知道哦。”

“那你娘叫牛啥？亲属在哪个城市？”

“他娘叫杨贵妃，找唐玄宗去了。哈哈！”

咳，你连我娘姓啥都不知道啊！原来是个骗子！你以为牛村人全是近亲结婚哪！我娘她不姓牛。牛车车扭头不理睬他了。

躲在人群里的牛丫丫看到牛车车几句话蒙住了众村民，捂着嘴巴偷偷地乐起来。看来这个场长算选对了，刚一开张，就卖掉十几头小牛犊，还签了一堆鲜奶销售合同，她心里的一块石头总算落地了。牛一刀的心口痛的病也好了，与牛老五一起在车间里劳动。哈哈，两家人皆大欢喜！

全村最穷的牛车车家竟突然办了一个全村最大的奶牛场，这也太不可思议了。这个连媳妇都娶不起的牛车车竟然还当上了七星奶牛场的场长。他哪来的钱？是不是抢银行了？村里有眼红的，冲动起来想报警。刘佬转就是这种人。他最不能忍受别人比他强。牛村里只有牛柳村长了解七星奶牛场成立的实情，牛柳村长为人正直，德高望重，虽说他与牛车车家为邻，但他家是养殖肉食牛，与奶牛场市场没有业务冲突，而且还有市场共鸣效应，所以，他全力支持七星奶牛场开业，严格保守秘密，没有声张。村东头的刘佬转被抢了生意，有点儿坐立不安，他想侦察侦察这个七星奶牛场到底是怎么个来头。因此，刘佬转也主动参加了七星奶牛场的开业典礼。他不声不响暗在中观察着。

“这个刘佬转绝对不是个省油的灯，你要提防他点儿。”安丰不由自主地为牛车车担心。

“嗯，害人之心不能有，防人之心不可无，我是这么对牛丫丫说的，绝对不让刘佬转知道我们的底细。”

刘佬转四处打听七星奶牛场的秘密，最后还是没弄明白到底是怎么回事。

## 第十九章　小富

七星奶牛场开张后迎来了开门红，第一个月，卖奶又卖牛，销售额过了 50 万，随后的每个月，卖奶、卖牛粪，都保持在 40 余万的销售额，因为没有雇工，两家人辛勤节俭，草原上羊草充足，奶牛场的成本不高，利润不菲。

第一个季度过去了，牛车车家分到了第一份 5000 块钱，牛老五欣喜若狂地捧着一兜子钱，高兴得泪流满面。“菩萨呀，祖宗呀，风水转回来了。我要给我儿娶个媳妇!”第二天，他就忙着张罗盖新房，要为牛车车娶亲创造最好的条件。

半年后，牛车车家的新房建成了，四合院，六间红砖瓦房，铝合金门窗，整扇的大玻璃窗，气派明亮。高高的围墙，连门楼盖得都像个房子一样又大又宽敞。大门口还挂了两个大红灯笼。奶牛场又一连分了几次红，牛车车家里也有了几万元存款，从此小富起来。

有一天，在车间里吃午饭时，屋子里只有牛老五父子两人，牛老五问牛车车：“儿呀，你啥时候娶牛丫丫呀?”

牛车车低头吃饭没有言语。

“牛丫丫家对咱家不错，牛丫丫对你也不赖，咱可要对得起人家，不能忘恩负义呀。”

牛车车继续低头吃饭没有言语。自打七星奶牛场开业以来，他忙得是脚打后脑勺，既管生产又管销售，还要每天和牛丫丫一起挤奶。牛丫丫公开身份是挤奶工，实际上是奶场的董事长，大事由她说了算。虽然，奶牛场买了几套机械挤奶设备，可是，牛丫丫说手工挤奶效率更高，不主张使用机械挤奶设备。七星奶牛场的工作分工是这样的：牛丫丫掌管技术和幕后管理，负责技术上和财务上的工作；牛老五和牛一刀两人专门负责运送饲料、喂牛、挤奶、运奶和清理牛粪；牛马车和牛拖拉负责在地里割牧草，兼挤奶工；七星奶牛场里最忙的人还是当数他牛车车，除了挤奶，销售和采购等出头露面的事情都靠他。

“儿呀，你到底怎么想的？”

“爹，这是两码事，我们跟她家签的是生意协议，不是订婚协议，更不是我的卖身协议。你不要总逼我娶她。”

“爹哪是逼你呀。爹是觉得牛丫丫与你挺合适的，我们两家相处又融洽。俗话说……”牛老五向门外瞥了一眼，看看四周没人，小声说，“俗话说，丑妻近地家中宝，相安无事活到老。”

“爹，你整天磨叨这几句话，烦不烦呀！”牛车车脸上显露出不耐烦。

“爹是为你好啊！男人哪有不找女人的。再说，爹年龄大了，也想早点儿抱孙子。你不为你自己着想，总要为你爹我、你弟弟和这个家想想吧。退句话说，就算牛丫丫丑点儿，可是，你不是也承认牛丫丫心肠好吗，你娶了她能吃亏吗？丑妻生财呀！”

牛车车有点儿心烦意乱，瞥了他爹一眼，生气地说：“爹，你别说了，你再劝我也没用。我宁肯一辈子不娶，也不娶她。你要是看她好，你把她娶回家吧。”

“你……”牛老五被牛车车的话噎住了，气得脸色煞白，浑身发抖，“混账！怎么跟爹说话的！”

“牛车车，你说啥？你再说一句！”一股冷风随话音扑面而来。牛车车扭头一看，妈呀，牛丫丫啥时候跑进来了，正双手掐腰站在他的身后。

“董事长，你啥时候来的？”牛车车脸色吓得煞白，惊慌失措，浑身战栗。

“牛车车，你把刚才的话再说一遍！”牛丫丫脸色一块白一块红，双手掐腰站在他的面前。

“我没……啥也没说呀。”

“你以为我没听着吗？你说的话我在门外都听到了。你不娶我可以，但你不能侮辱我。我牛丫丫有啥地方对不起你牛车车？你凭啥这么对待我？”

牛老五知道自己闯祸了，“啪”地扇了自己一个耳光，“都怪我多嘴。丫丫姑娘，你要有气就骂我吧。这事不怪牛车车，是我把他唠叨烦了，他说了气话。”

“丫丫，对不起，我刚才说的是气话。你别生气。”牛车车尴尬地站起来。

“嘭”牛丫丫一拳头砸在桌子上，愤怒的双眼喷出泪水，“呜……”她一屁股坐在凳子上，头俯在桌子上号啕大哭。她感到巨大的委屈，她也是个天真、浪漫、充满幻想的健康女孩，她心里充满着爱，也渴望爱，可是，这个世界总是那么不公平……

牛车车的心被牛丫丫的哭声搅乱了，他觉得自己确实对不住牛丫丫，几度伤她的心。要不是牛丫丫善良地拯救，他们全家现在还生活在水深火热的苦海里，每年靠卖羊草赚的1000块钱，过着牛一样的生活。虽然牛丫丫也依赖他的帮助摆脱了生意上的困境，可是，他牛车车家的获益确实是意外的，犹如天上掉下来的馅饼。无论如何，他都应该感激牛丫丫。他的内心颤抖地对自己说：牛车车，你干脆投降吧，与牛丫丫成亲吧，生意、父亲、家庭皆大欢喜。答应了吧，牺牲你自己，成全两家人。再说，做人也得讲点儿良心呀。人家牛丫丫对你不薄啊！

“呜……”牛丫丫的哭声凄惨，撕裂心肺。

牛车车眼含泪水，咬咬牙齿，下定决心，像准备英勇就义的烈士一般，昂胸抬头走到牛丫丫的身边，他将向牛丫丫正式求婚：我牛车车决定牺牲自己的爱情，娶你为妻，今后绝不反悔。嫁给我吧，牛丫丫！

“丫丫……”牛车车把手放到牛丫丫的头上，“我……”他的话还没说出口，突然，手像触电似的，又抽回来。他摸到了牛角，吓得面色土灰，浑身发抖。

牛丫丫突然止住哭声抬起头，用手擦了一把泪水，双手拢了拢凌乱的头发，站起来说：“算了，感情的事，我看淡了。今后谁也不要再提娶亲这类事情，我们只是合作伙伴，一切事情公事公办。大家不要因为私事影响奶牛场的生意。”

“丫丫，我……”牛车车决定要表白自己的决心，被牛丫丫斩钉截铁地打断：“你什么你，你工作中是个男子汉，生活上就是个小男人，没出息！想让我嫁给你，没那么容易。”

牛丫丫转身走了，牛车车一屁股坐在凳子上，头埋在桌子上，“哇”地一声哭了起来。我怎么这么没出息呀！我堂堂的牛××怎么变成了一个小男人了呢？

# 第二十章　失算

刘佬转五十五六岁，八字眉、月亮眼、长长的鼻子、弯弯的脸，体形瘦小，但身板硬朗。他处事圆滑，见人不笑不说话，属于那种面善心不善、占便宜卖乖、吃亏不饶人、当面说好话背后捅刀子的人。刘佬转的老婆叫牛大岚，年轻时喜欢钻牛角尖，绰号牛角尖，是牛柳村长弟弟的小舅子的媳妇的舅舅的女儿，与牛柳村长是八竿子打不着的亲戚。刘家有一个儿子、两个女儿。儿子和小女儿是他们亲生的，而大女儿是寄养的，名叫孙鲭。牛大岚在家里说一不二，蛮横不讲理，连脾气暴躁的刘佬转都不得不谦让她三分。她对自己的孩子溺爱有加，虐待养女孙鲭时则像个母老虎，尖酸苛刻、心狠手辣。村里人送她另一个称号：最佳后娘。有时候连她自己的大儿子都看不过去，偷偷护着他这个妹妹。

其实，刘佬转这个人出身不错，只是后来变了味道。他 1968 年当兵，第二年参加了中苏自卫反击战，在一次雪地伏击战时，他一个人击毙两个苏联士兵。在另外一次防御战时，一枚苏军的手雷落在坑道的土坡上，滚落到他的脚下，看到冒着黑烟在雪地上旋转的手雷，他一时惊慌失措。当时，在他身边的指导员孙文斌奋不顾身将他拉倒，随手捡起手雷向坑道外投去。结果，手雷在空中爆炸，他幸免于难，可是孙文斌被炸伤了头部，致双目失明。战后，他和孙文斌都立了功。刘佬转喜欢谈论这一段光荣历史，生活困难那几年，他经常得到村里的生活补助。1978 年，指导员孙文斌在山西家乡，因战伤恶化，最后全身瘫痪，不治而亡，留下一个四岁的女儿，孙鲭。刘佬转参加了孙文斌的葬礼后，为报答孙文斌的救命之恩，收养了孙文斌的遗孤。为此，他受到民政局的赞扬和奖励。他本想把养女的名字改为刘鲭，可是他老婆牛大岚死活不肯。

刘佬转早年当过屠夫，后来因为村里养肉食牛的农户越来越少，他放弃了这个职业。刘佬转这个人变了味道是在 20 世纪 90 年代，当时，市场经济浪潮席卷草原，头脑灵活的人先富起来了。刘佬转本来就不笨，脑子转得快，他发现先富起来的那些人并不是因为规规矩矩地饲养牛羊，而是靠快速倒买倒卖，用老话说叫投机倒把。一些从前不合法的事，现在不仅合法了，而且十分荣耀。谁发财谁光荣，谁贫穷谁狗熊，所以，他很快转变了观念，赶着牛车四处收购羊毛，倒手再卖给城里来的羊毛贩子，几个月下来，他轻松地赚了几万块钱。但是，好景不长，牧民们很快就与羊毛贩子直接接上头了，甩掉了他这个中间商。刘佬转用倒羊毛赚的钱买了十几头纯蒙古奶牛，办了一个佬转奶牛场。奶场日产鲜奶几百公斤，既可以自己喝又可以卖钱，他很快富裕起来。特别前段时间挤垮牛丫丫奶牛场后，他的生意更加兴隆。

刘佬转有个习惯，喜欢喝刚挤下来的生牛奶，他说生奶味道鲜美，营养充足。有时候，他甚至钻到母牛肚皮下面去喝生奶。有一次，他正躺在母牛肚皮下一边挤奶一边喝奶时，让牛大岚碰个正着。牛大岚雷霆大怒，训斥他一通："喝生奶本身就不好，细菌多，容易生病，你还直接吸母牛的奶头，你说你下流不下流。老头子，我看你是不是有点儿变态！你要是胆敢干出啥荒唐的事，小心我敲碎你的脑壳。"

"老婆子，息怒，咱家牛健康，又没结核病，又没生乳腺炎，喝了生奶不会生病。再说，你不是说隔壁牛丫丫是母牛喂大的吗，你瞧，那牛丫丫有多壮。"

"你能跟牛丫丫比吗？她是母牛生的，当然喝生奶不生病。你看你，一天拉三次屎，瘦得像个干猴。以后不许再喝生奶了！"牛大岚一把将他从母牛身下揪了出来。

刘佬转在村里是个有名的"气管炎"，怕老婆，但他又不是个老实人，他有自己的主意，任凭牛大岚随意唠叨，权当耳旁风，表面点头承诺，随后该咋干他照样干。牛大岚不在家时，他照旧钻到奶牛肚皮下喝生奶。

自从村西头的七星奶牛场开业，村东头佬转奶牛场的生意每况愈下。开始时，靠降价还能拉回点儿生意，但精明的奶商很快发现刘佬转家的牛奶里掺水，结果，他失去了信誉。后来，即使他家的牛奶不掺水，大家也拒绝收购他家牛奶。

每天晚上，当把卖不出去的污奶倒进自家门前的水沟时，刘佬转都心痛地连哭带骂，捶胸跺脚，仰天长号。他憎恨七星奶牛场，但他不知该如何出气。他费尽心机击垮了邻居牛一刀，竟然成全了牛车车。他嫉恨牛车车，这个连对象都找不着的穷小子，平日烂衫不堪，贫困潦倒，鄙陋交加，怎么会突然发达了呢？他苦思不解。唉，人不可貌相啊！真是三十年河东，三十年河西，风水转到牛车车家了。

他该怎么办呢？刘佬转突然想起了自己那个正在锡林郭勒盟读护校的二十岁如花似玉的养女孙鲭。想当初，牛车车这个穷小子对他家孙鲭有点儿黏黏糊糊的，是他愣挡在他们中间，把他们分开的。对呀，把养女许配给牛车车，自己不就是……嘿嘿，他想到了他的媒婆姑姑。嗯，这主意太棒了！找盈二奶帮助提亲。

第二天，刘佬转买了大包小包礼物来到媒婆盈二奶家里。盈二奶算是牛大岚的远亲。

盈二奶看到刘佬转拿着礼物来看她，以为他是求她为儿子介绍对象呢，不解地问："大侄子，你儿子不是自己找到对象了吗？"

刘佬转说："姑姑啊，我是想为小女找个好夫婿。"

"哪个小女，大的还是小的？"

"当然是大的了，孙鲭。"刘佬转从口袋里掏出一张照片递给盈二奶。

盈二奶带上老花镜看着这张照片："哎哟，这闺女真是女大十八变，越变越好看啊，两只水灵灵的大眼睛，高鼻梁，还有两片不大不小、不厚不薄的樱桃红唇。简直就是大美女呀！"

"那当然，嘿嘿，我的女儿嘛！"

"别吹啦，又不是你亲生的。"

"姑姑，虽然不是亲生，女儿可是谁养的随谁。你瞧，孙鲭是不是与我有点儿像。"

"没一点儿像的地方。"盈二奶嘴角一撇，摇摇头，"孙鲭不是在锡林郭勒盟城里读护校吗？还用你操心吗？将来毕业了在医院里工作，在锡林郭勒盟找个婆家留下多好哇。”

“嘿嘿，那可不成，虽然她不姓刘，可是自幼我待她不薄，她要留在我身边为我养老送终，所以我要求她毕业后必须回来，我打算在村里给她找个人家。”

“你看中哪家了？”

“嘿嘿，”刘佬转眯着眼睛把嘴巴凑到盈二奶的耳边，“牛老五家的牛车车，这个穷小子你看如何？”

“嘿嘿，你挺有眼力呀！牛车车现在可是咱这四周几个村庄身价最高的小伙子呀！”盈二奶端起长长的烟袋锅，点燃旱烟，吧嗒吧嗒地抽了几口，笑眯眯地说：“你们刘家，除了你和你家那个母老虎人品差点儿，其他条件还都不错。”

刘佬转瞪起眼珠显得有些不悦，但他克制着脾气，深吸口气，往喉咙里咽下几口唾沫，压住怒火，轻声问道：“姑姑，您这是啥意思？”

盈二奶没理睬他的反应，继续说：“在咱们村里，你家算不上地主，至少也算富农，家境算上等，而且你的那个金枝玉叶更是千里挑一，聪明伶俐、善良勤劳、贤淑雅韵、出水芙蓉。有这么个养女也算是你的福气。”

听了这句话，刘佬转心火消下去一半：“是啊，是啊，我的福气。不过，我亲生的小女儿刘巧也不错呀！”

“刘巧嘛，人长得不赖，就是……”盈二奶打了个岔，抽了一大口烟，用力把烟雾喷到刘佬转的脸上。

“就是岁数还小，还不急。”刘佬转把话接过去。

盈二奶大喘口气，说：“有点儿随你，满肚子坏水，跟她娘学的，总愿意欺辱人。全村人谁都知道她天天欺辱她姐姐孙鲭。我说得没错吧。”

刘佬转尴尬地咧开嘴苦笑着，心里暗骂道：老糟婆子，有你这么损人的吗？打一巴掌，再给个甜枣。况且我手里还拎着礼物呢。他忍住怒气，说：“姑姑，你看孙鲭的事没问题吧？”

“孙鲭是个好姑娘，以后有合适人家我会想着她，但与你和牛角尖没关系。”

刘佬转心里十分窝火，他这个八竿子打不着的媒婆姑姑今天可算找到机会开涮他了。就因为盈二奶这张臭嘴不好，牛大岚几年都不与她来往。今天要不是想与牛老五家结亲家，他根本不会踏进她家大门。他忍着性子，脸上赔着笑脸说："嘿嘿，我哪有那么坏呀。姑姑，你别忘了，我可是个当过兵、扛过枪、打过仗的英雄啊。"

"那都是老黄历了。你看你现在的模样，黄鼠狼的心、狐狸脑袋、大灰狼的嘴。哈哈……"

"嘿嘿，姑姑，别开玩笑啦！说正经的，你说孙鲭的事情没问题吧？"刘佬转脸色红白相间，打断盈二奶的笑声。

"没问题吗？"盈二奶把烟袋锅在鞋底敲敲，不紧不慢地说，"那是不可能的！"

"为啥？"

"牛车车早就有主了。"

"真的？"刘佬转脸色铁青，白让你数落一通了！他拎着礼品扭头离开了盈二奶家。

"哈哈哈……"盈二奶开心地笑了，她与牛丫丫家是近亲，对于刘佬转干的那些缺德事情，她一直愤愤不平，这回总算替牛丫丫家报了仇。

不管怎么说，这个孙鲭确实是个好姑娘。

## 第二十一章　内战

找盈二奶提亲的事，刘佬转事先没跟牛大岚说，一是因为牛大岚跟媒婆盈二奶关系紧张，二是牛大岚对女儿孙鲭不好，不许他管孙鲭的事。他平时事事屈从他老婆牛大岚，忍气吞声，可是今天，他决定自己做一回主，打算事成之后再跟牛大岚讲。没想到，不仅竹篮子打水一场空，还在盈二奶家挨了一通嘲弄。刘佬转闷闷不乐地回到家里，坐在自家大门槛上，把礼品扔到门边，端着一尺长铜杆的烟袋锅，吧嗒吧嗒地抽着闷烟。

其实，刘佬转的老婆牛大岚更坏，很多事情刘佬转都是替牛大岚背了黑锅。就说虐待养女的事情吧，他一直想阻拦，可是，拦不住。早年，家里生活困难，全家吃不饱穿不暖，他带回来的又是额外的一张嘴，牛大岚怀疑刘佬转带回来的是他的私生女，经常与他吵闹，所以他理不直、气不壮。后来，家里富裕起来了，可孩子也都长大了，十五六岁的孙鲭长发飘飘、亭亭玉立，只要刘佬转对她好一点儿，牛大岚就醋性大发，骂孙鲭是狐狸精，要赶她出门。弄得刘佬转左也不是，右也不是。好在孙鲭考上了护校，离开了这个家。最近，刘佬转有心想让孙鲭嫁给自己的大儿子，可是，孙鲭死活不肯，他大儿子也不同意，他们兄妹从小一起长大，情同手足。无奈，他只好放弃这个打算。

关于搞垮牛丫丫家奶牛场的阴谋，主意是牛大岚出的，开始时他不同意，乡里乡亲，又是邻居，低头不见抬头见，他不想把关系搞得太僵。养殖户多了，牛村名气大了，各方奶商慕名而来，奶源供不应求，大家各赚各的钱，何乐不为。结果，他被牛大岚一连骂了十天十夜，愣是半个月不让他碰。夫妻打架女人最后一个蠢招就是一连数天不让男人碰，直到男人讨饶。刘佬转私下不止一次骂道："臭婆娘，老子总有一天再找个小的，破了你的招数。”

后来，刘佬转不得不妥协，与牛大岚一起加害牛丫丫家。至于谣言，也都是牛大岚亲自散布的。牛大岚不认为这是谣言，她说她确实见过牛一刀在牛棚里强奸母牛，后来母牛肚子大了，生出了牛丫丫。刘佬转不相信，但也不敢反驳。后来，刘佬转不仅不制止，甚至还同流合污，因为他开始尝到了谣言的甜头，牛丫丫家生意垮了，他家生意好了。在这件事情上，他们夫妻俩配合得天衣无缝。可是现在，刘佬转有点儿后悔，干吗要干掉牛丫丫家呢？鹬蚌相争，渔翁得利。他感觉是自己挖了一个坑，不小心自己掉进了进去。唉，头发长见识短！每当想到这里，他就憎恨自己家里这个愚蠢的老太婆。

“吃饭了。”牛大岚在炉台边喊了一声。刘佬转早已气饱了，没有胃口，吧嗒吧嗒地抽着旱烟，没有言语。

“吃饭了。”牛大岚又喊了一句，刘佬转仍旧没吭声。

“吃饭了！”牛大岚提高嗓门喊着，“你聋啦！”

刘佬转心烦意乱，白了她一眼，没好气地说：“叫啥叫！像个大叫驴似的。”

牛大岚扭着肥腰走过来，双手掐腰，问道：“老头子，谁惹你了，怎么今儿个你的脸拉得比驴脸还长呢？”

“谁脸比驴长？你没看看你的屁股比牛屁股还肥吗！”

“欸，你今天是怎么了？吃错药了！我没招你惹你，你对我撒什么气！”

“我今天挨狗屁呲了……”

“哎哟，你今天怎么吃豹子胆了？竟敢骂老娘我。”牛大岚恼羞成怒，不等刘佬转说出下一句话，抬起手，“啪”一个嘴巴扇在他的脸上。刘佬转的脸火辣辣地痛，两只眼睛冒出金星，瞬间脸上露出五个指印。刘佬转顿时火冒三丈，噌地跳起来，抡起烟袋锅，“啪啪啪”，照准牛大岚的脑门敲了三下，牛大岚肥大的身躯“扑腾”一下摔倒在地，脑门上鼓起三个烟袋锅头大小的青包。片刻之后，她清醒过来了，意识到自己被刘佬转打倒在地，咧开大嘴号哭，在院子里打起滚来：“你打死我吧，我不活了！”

大儿子和小女儿听到哭闹声，急忙从屋子里跑出来，从地上把她扶起来，“娘，你咋了？”

牛大岚指着刘佬转怒斥：“你爹他无缘无故打我！”

“爹，你怎么打我娘呢？”

“我哪里打她了，我就是用这个东西敲了一下。”刘佬转挥挥手上的烟袋锅，“是你娘她先打我的。”

“你爹他先骂我的，我喊他吃饭，他说被狗屁呲了。”

刘佬转解释道：“我没说你被狗屁呲了，我是说我被狗屁呲了。”

“那还不是一样吗？你这不是骂我呢吗？”

“我哪里是骂你呀，我是骂……那个，那个二奶。”刘佬转脑筋一转，突然想到不能提刚才找媒婆盈二奶的事，更不能提找盈二奶帮助孙鲭提亲的事，否则这个醋坛子……咳，不能这么说。干吗说二奶呢，这也不妥。这个该死的盈二奶！他脑筋转了一圈，说：“嘿嘿，我是骂狗呢。”

“呜呜……孩子们呀，你们听听，他当着你们的面骂我是狗哇！你们瞧瞧我脑袋上的大筋包，这不是打人吗？”牛大岚号啕大哭，“呜呜，你爹他刚才出去找二奶了，心情不顺，回来拿我撒气。”

“我不是骂你，我是骂……咳，我哪有二奶呀，你别胡说八道！”

“你敢说你没有二奶？你刚才拿着这些礼品去看谁了？哪个二奶？”

“咳，我刚才是……”他突然止口，他还是不想提去盈二奶家的事，免得招惹麻烦，“我刚才是昏了头。你说，咱家生意好的那阵子我都没出去找二奶，现在生意破落了，我更不会找什么二奶了。”

“那你说，你拿着这么多礼物去看谁了？是不是去了村东头的李寡妇家？”

“胡扯！我和李寡妇有啥关系。人家李寡妇是牛柳村长的情人，我看上她，她还看不上我嘞。”

“这么说你是看上她了？”

“哪能呢。她看不上我，我能看上她吗！笑话！我刘佬转在村里也算赫赫有名，一表人才啊。”

“算了吧，三块豆腐高，瘦猴一个，还一表人才呢。你交代，你到底去谁家了？”

“我，我哪家也没去。我打算去牛晓叁家。”

“怎样，儿子，你爹他交代了吧，他承认打算去什么小三家。”牛大岚瞪圆眼珠子：“你说，哪个小三？”

“咳，老婆子，你扯哪去了。我要去那个媒婆盈二奶，牛晓叁家。”

刘佬转儿子问：“娘，媒婆盈二奶的大名叫牛晓叁吗？”

牛大岚摇摇头：“没听说她叫这个名字。一定是你爹在胡编。”

刘佬转神气地说：“亏得她还是你的姑姑嘞，连她的名字都不知道，净在那里瞎胡闹。”

牛大岚坐在地上噘着嘴：“我没这么个姑姑，八竿子打不上的亲戚。”

刘佬转小女儿说：“娘，你别闹了，我好像听说媒婆盈二奶的名字是叫牛晓叁。”

“哼！”牛大岚不服气，问，“你去她家干吗？”

“还不是想让她帮你儿子介绍对象。”

“爹，我不是说了吗？我的事不用你们操心。”

牛大岚一只手拄地，翻个身，跪在地上，撅起硕大的屁股从地上爬起来，扭着肥臀走到大门边捡起两包礼品，说：“哼，老妖婆子，给她送礼，没门！老头子，我丑话说前头，你要是敢找二奶，我打断你的腿！”她拿着礼品回屋了。

刘佬转儿子问：“爹，你真要去媒婆家呀？”

“算啦，不去了。儿子，明天你跟爹去趟牛柳村长家。”

“到牛柳村长家干吗？”

刘佬转没回答。

咸鱼翻身了，把牛大岚教训一通，刘佬转有点儿得意扬扬，他继续坐在自家的门槛上，吧嗒吧嗒地抽着旱烟。他打算到牛柳村长家探探七星奶牛场的内情。最近，他感觉有点儿怪，隔壁牛丫丫家的奶牛场关门后，竟然一点儿动静都没有了。牛一刀家那些奶牛哪去了？牛丫丫和牛一刀都不见了，他们跑到哪去了呢……

# 第二十二章　招聘

两年多过去了，七星奶牛场的生意越来越红火，鲜奶的销售供不应求，奶商们经常是昼夜排队抢购，奶场大门内外车水马龙，热闹非凡，就连来草原旅游的客人，也喜欢到奶牛场的奶吧里品奶。看到市场前景十分乐观，牛丫丫与牛车车又购进了几大批奶牛，奶牛场的规模扩大，再扩大。

到了 1997 年的秋季，七星奶牛场的生产规模扩大了，人员和设备也增加了许多。挤奶车间使用了机械化自动挤奶设备，产量剧增。牛丫丫也转变了观念，开始相信报纸上常说的话：科学技术是第一生产力。技术人员多了，奶场下设了多个部门结构，牛车车当了总经理，管理了几十号人。

为了进一步扩大产业结构，牛车车总经理征得牛丫丫董事长的同意，向外发布了招聘技术工人的广告。听说七星奶牛场工作环境好，工资待遇高，四面八方的乡亲慕名而来，应聘者蜂拥而至，络绎不绝。

招聘的面试地点设在奶牛场的场办公室里。场办公室分里外屋，里屋是牛车车的办公室，场办公室在外屋。招聘开始了，牛车车坐在一张硕大的办公桌后面，办公室副主任盈二奶坐在他身旁。办公室外面聚集了一群等候面试的应聘者，一些应聘者透过玻璃窗向室内窥视，七嘴八舌叽叽喳喳议论着。

“牛车车长得啥样？”

“喏，办公桌后面那个毛头小伙就是牛车车。”

“这小子这么年轻啊！”

“旁边的那个叼着长长的旱烟袋的老女人是谁？不会是他老婆吧？据说他傍上一个女款。”

"听说她是办公室副主任兼秘书，主管人事。"

"办公室副主任怎么这么老哇！"

"听说是董事长家的亲戚，原先是个媒婆。"

"啊，媒婆也改行当办公室副主任啦！"

"还正科级嘞，比村长都大一级。"

"她叫啥名？"

"听大家背后叫她二奶。"

"这么老的二奶呀？不会吧！"

外面叽叽喳喳的议论声传到办公室里，牛车车听到了心里不悦，走到窗前喊道："去去去！谁这么爱嚼舌头。"窗前的应聘者迅速散去。

牛车车本来想找个年轻的知识女性做办公室主任，一方面可以帮助他料理日常文秘工作，另一方面还可以帮助他接待客户，如果酒量好点儿，还可以陪陪客户喝酒，做点儿公关工作。可是牛丫丫不同意，强行把媒婆盈二奶安排到他的身边。

媒婆盈二奶五十五六岁，人长得圆圆的，脸圆、眉毛圆、眼睛圆、身体上滚下圆，白白胖胖，营养甚佳。她虽然嘴巴能说会道，但大字不识一个，拼音更不懂。牛车车配给她一台笔记本电脑，让她随手扔到一边。人脑都不识数，怎么会用电脑呢！她反过来责怪牛车车，说："你小子不是在有意刁难我吧！我这么聪明的人还用得着电脑吗？这电脑哪有我人脑有用啊！方圆百八十公里地的各村，哪家小伙子要娶，哪家闺女要嫁，哪家寡妇要改嫁，甚至哪家媳妇养汉子，哪家汉子偷鸡摸狗，全都在我的脑子里。"

"既然您老媒婆的事情干得很好，干吗还换工作呢？"

"咳，姑奶奶我也是身不由己呀。董事长说了，这七星奶牛场办公室副主任的差事，非我莫属。"

"可是，这办公室里很多事需要电脑啊！"

"电脑、电脑，你就知道电脑！电脑要真能完成这办公室主任的职责，还需要人来当这个办公室主任吗？"

"那你的职责是啥？"牛车车哭笑不得地问道。

媒婆盈二奶笑而不语。

办公室的工作她是一窍不通，整天就是坐在办公室里抽旱烟。不过，媒婆盈二奶也有优点，为人机警，善于察言观色，见啥人说啥话。

唉，牛车车无可奈何，只当没有这个办公室副主任，遇事亲自为之。

“下一个。”媒婆盈二奶冲着门口懒洋洋地喊道。

门开了，进来一位四十岁左右的男士，身材修长，五官秀气，但略显憔悴，举止文质彬彬，脑袋刻意做了个贝克汉姆的发型，如果不看脸蛋，典型的帅哥外形。他身穿不知是哪家奶场的工作服，显得精干，还有点儿老练，站在办公桌前递上简历，有礼貌地问候一句：“牛总经理好！小三主任好！”

盈二奶的脸孔勃然变色，站起来，“啪”用力拍了一下桌子：“谁家的毛猴子，这么没有教养！晓叁是你该叫的吗？”

来者吓了一跳，脸色苍白，立刻道歉，说：“对不起，主任，我不是故意冒犯您老，是外面有人告诉我要这么称呼您的，说您就喜欢别人称您小三。”

“胡说！谁这么卑鄙？本人叫牛晓叁，在家排行老三，小名小三，江湖人称媒婆二奶，明白吗？”

“明白，二奶主任，我错了，您息怒。”

“啥二奶主任，太难听了，就叫我盈主任吧。”

“盈副主任好！”

盈二奶气消了一半，重新坐回到椅子上，轻轻揉揉自己的手腕，表情有点儿痛苦，刚才拍桌子时用力太大，伤了手腕。“告诉你叫盈主任，你偏叫盈副主任，你不嫌费劲呀！好吧，愿意叫啥就叫啥吧。”

牛车车感觉来者有点儿面熟，但一下子想不起来在哪里见过。他开门见山地问：“你来应聘啥职务？”

“奶场设备维护。”

“介绍下你自己吧。”

“本人刘萌萌，男，三十七岁，技校毕业，牧场机械制造专业，近八年在八家牧场工作过，羊场、牛场全都熟悉。善于维修吸奶泵、冷冻机、压力泵和过滤离心机。”

盈二奶斜眼瞟着他，指着简历说：“这么年轻啊！是有点儿萌，嘿嘿，瞧你这张照片也真够可以的了，我以为你都五十多岁了呢！

“沧海一粟，不惧横流。”

“哟，还文绉绉的。欸，你怎么八年换了八个牧场呢？”

“不瞒您说，牛总、盈副主任，牧场机械经过我的维护和保养，长期运行良好，老板觉得我可有可无了，所以，我就不得不另外找工作。”

牛车车点点头：“你说的有道理，如果机器没毛病，肯定觉得你没用。如果机器没问题时或空闲时安排你做些其他工作，你同意吗？”

“愿意服从牛总的安排。”

“好吧，你留下吧，明天过来上班。正好我们有两台机器出毛病了，需要修理。”

“牛总，我能提个要求吗？”

“可以，提吧。薪水和待遇的事情招聘单上已经写清楚了。”

“不是薪水的事。我前几年住在额吉淖尔镇，来回上下班不便，场里能否包吃包住？”

“这个不是问题。奶牛场嘛，牛奶随便喝。”

“哦，谢谢牛总和盈副主任。”

媒婆盈二奶把这位男士送到大门口，挥挥手：“拜拜……撒油那啦！”接着，又补充一句不太标准的朝鲜话，“爱你呀卡赛哟！”

大门外的一群应聘者发出惊叹：“哇啊！会三国外语哪！二奶了得！”

媒婆盈二奶自豪地说：“姑奶奶我还有一国话没说呢。爸压儿抬！”

“哦！”人群一声哄笑。

“你们笑啥？你们笑我蒙古话说得不地道是吗？我是逗你们玩呢。”她环顾四周，重新说了一句标准的蒙古语再见：“巴雅尔台！”接着，她慢悠悠地问：“还有男士没有？男士优先！”她看了一眼应聘的人群，左边一排穿戴花俏的年轻姑娘，右边一排装饰艳丽的年轻媳妇，最后还站着几位风骚的寡妇，剩下的全是女的了。她嘴里暗自嘟囔：这世道真他妈的变了。突然她看到小媳妇队伍里有个熟悉的面孔，她仔细打量，是羊丹丹。“欸，羊丹丹，你怎么也跑来了？”

羊丹丹噘着嘴，说：“这有啥奇怪的，我早就应该来啦。”

“你家不是很富有吗，怎么还来我们这小地方应聘呢？”

“谁说我来应聘的？”

“不应聘你来干啥？”媒婆盈二奶面色不悦，心里暗自决定：这个女人绝对不能要！她扭头对门卫说：“每次只能放两人进来。”

## 第二十三章　惊艳

“下一个。”

随着媒婆盈二奶呼声落地，办公室的门被推开了，一位年轻的女性从门外轻盈而入。“姑姑，早安！”这位年轻女人进屋先冲媒婆盈二奶问候一声。

“哟，这不是我的大侄女牛花花吗，啥风把你吹来啦？”媒婆盈二奶站起来，扭着圆圆的腰背走到她的身边，亲切地拉着她的手说，“哎哟，这细皮嫩肉的小手哟。你不会是也来应聘的吧？”

牛花花亲切地说：“姑姑啊，我正是慕名来应聘的。”

盈二奶说：“我刚才在大门口怎么没看见你呢？”

“姑姑，我没在那里排队，我从侧门悄悄进来的。”

牛车车抬头一看，真的是牛花花。他奇怪，牛花花怎么管媒婆盈二奶叫姑姑呢？这不是比自己还大一辈了吗？

“哟，牛总，您好啊！”牛花花娇滴滴地向牛车车打了个招呼。漂亮的牛花花虽然穿着简单朴素，可是，与当年抢亲做姑娘的她相比，女人的味道更足了，更加媚气、艳丽，富有魅力。

“你不是嫁到红格村当阔太太了吗？怎么跑到这里来应聘了呢？”牛车车想到自己抢亲时被当作陪绑的那个情景，心里酸溜溜地不爽。

“牛哥，你当初要是赛马抢亲赢了，我现在就真成阔太太了。”说着，牛花花的脸上还挂上了几滴泪水。

“这话咋讲？”

“牛总，论辈分我是你姑姑，论年龄我是你妹妹，论缘分，你我也算相过亲，我就叫你牛哥吧。”牛花花漂亮的眼睛闪烁着泪花对牛车车说，

“牛哥，别提那个红格村了，我嫁到那个鬼地方四年多，难呀！唉，肠子都悔青了。”接着，她扭头对媒婆盈二奶说：“姑姑啊，你可要替我作证啊，当初相亲时我相中的可是牛哥啊，都怪那个羊铁龙从中作弊，赛马抢亲赢了牛哥，把我推到了火坑里。”

“呜呜”，牛花花呜咽起来。

牛车车有点儿哭笑不得，原本是盈二奶说媒时你嫌我家穷，事先与羊铁龙商量好把我当成陪绑的，抢亲时拿我当猴子耍，羊铁龙作弊不说，你俩竟然当着我的面拥抱接吻，毫不顾忌我的感受，而现在却说当初看中的是我。唉，这个女人也太会做戏了，明明是看到我牛车车现在事业有成，后悔当初……算了，做人要谦让、含蓄、包容些，多给他人余地。牛车车无奈地摇摇头对媒婆盈二奶说：“姑奶奶，你劝劝她别哭啦。让窗外头的人看到多不好意思，还以为我们在欺辱人呢。”

盈二奶说：“牛花花，你是我的亲戚，牛车车也是我的亲戚，咱牛村可是一笔写不出第二个‘牛’字，都是沾亲带故的，我可不能偏向谁，欺骗谁。当初你可是自己看上红格村那个歪鼻子的，哭喊着死活要嫁到红格村。现在后悔了，你可不要怨我呀！”

牛花花擦擦泪水，说：“姑姑你说得对，我当初年幼无知，鼠目寸光，误入歧途。路是自己走的，受苦受难全怪我自己，我不会埋怨姑姑你。脚是自己的，鞋子合适不合适，只有我自己清楚，我不说谁能知道呢？所以见到亲人我就想诉诉苦，没有别的意思。”

媒婆盈二奶责怪说：“既然嫁人就好好过日子呗，跑回来干啥呀？难呀！哪家没有难念的经呢？”

“唉，我牛花花是真有难言的苦衷啊！羊铁龙是个铁匠，手艺好，能赚点儿小钱，嫁给他后日子还算过得去。但是，他有一个最大的缺点，就是心胸狭窄，喜欢胡乱猜疑。别人都说我是鲜花插在牛粪上，他听了心里很有压力，久而久之，他的心态有点儿扭曲。自打嫁给铁龙子后，我就算被关进铁笼子里了，他说我年轻貌美，开朗善谈，追求者多，怕我给他戴绿帽子，不允许我出门、不让我用手机、不允许我上网、不允许我与其他男人说话，他甚至还……姑姑，我真是难为情，开不了口。开始，我以为他这是爱我爱得发疯，我还挺开心的，后来越来越觉得不对劲。”

媒婆盈二奶说：“这有啥不对的！这就是爱情，爱是自私的，谁家都一样。就连我家那个五十几岁老头去世前还经常吃我的醋呢，何况你这么如花似玉的俏佳人，铁龙子能不吃醋吗！”

“姑姑啊，我实话对你说吧，这个羊铁龙他越来越变态，他总怀疑我与哪个男人有一腿，对我极不信任，更不放心。最近，他看到报纸上报道的《变态丈夫怕戴绿帽子给老婆穿铁裤衩》的新闻后，竟然照葫芦画瓢自制了一个带锁的铁裤衩逼我穿上。你们难以想象，大白天穿着铁裤衩的滋味，走起路来像个鸭子，两条大腿都磨破了。可是他却厚着脸皮对我说：亲爱的，这铁裤衩好啊，冬暖夏凉。你说说他是人吗？我都快被他逼疯了，所以，我坚决要离开他。我只求牛哥和姑姑给我一次机会，我需要一份工作，再苦再累都不怕，我要自食其力，重新开始我的生活。”

“这不是变态虐待狂吗！”牛车车替牛花花感到愤愤不平，“你怎么不让他穿个铁裤衩呢？”

“哼，就他那种男人，还用穿铁裤衩吗，光个屁股都没人看！也就是我瞎了眼昏了头，稀里糊涂地嫁给他。牛总，我好悔呀！我要是能找到像你这么优秀的男人，你给我做几个铁裤衩都行，我心甘情愿换着穿。”

“啊……我的姑奶奶，多亏我抢亲没赢啊！”牛车车心里暗自琢磨，这世界上不仅有施虐狂，还有被虐狂啊！

这牛花花今天是怎么了？有点儿疯疯癫癫的。媒婆盈二奶走过去用手摸摸她的额头：“大侄女，你是不是发烧了？”

“姑姑，我清醒着呢，没发烧。只是因为从前跟牛车车熟悉，所以随口开句玩笑罢了。我今天真是来应聘的，我的心沧桑、凄凉、无助无望，希望你们帮帮我。”说着说着，牛花花“呜呜”两声，又哭泣起来。

牛车车此刻对牛花花的感觉，绝非像“一笔写不出两个牛字”形容的那么纯朴和简单，他感觉从自己身体的深处涌出一股从没出现过的陌生情感，炽热、烧灼、翻腾，仿佛把他的身体熔化成一股热浪飘荡在牛花花的周围。也可以说，在他认识的女人里再也找不出第二个这么漂亮的女人。那次相亲时，牛花花迷魂般的容貌早已深深烙在他的心里：瓜子脸、柳叶眉、核桃眼、尖尖的鼻子、樱桃小嘴，简直就是仙女般的花容月貌。与几年前当姑娘的牛花花相比，现在的牛花花虽然脸色略显微黄，皮肤有些粗糙，身体也略显丰满，但是，美中飘艳，女人的味道更浓。当牛车车发现牛花花正冲着他微笑时，他胆怯地躲开牛花花大胆的对视，把目光不自然地向下移动了15度，盯着牛花花的脖颈和上身。透过牛花花那件半透光的纱衣，他看到一对高耸、挺直、迷人的前胸，伴随着呼吸在缓缓起伏和轻微地颤抖。他心中感叹，牛花花太美了，甚至比当初的校花羊丹丹还要更胜一筹，可惜自己当初没有得到。

“牛总，你愣啥呢？”盈二奶发现牛车车眼神发呆，直勾勾地盯着牛花花，心里咯噔一惊，妈呀，牛车车这是要中邪呀！牛车车没有丝毫反应，仍然死死盯着眼前的牛花花陷入幻想中。盈二奶用烟袋锅敲敲桌子：“愣啥呢，我的种牛？”

“哦，没啥。”牛车车的幻想被打断，望着眼前这个的娇媚、无助的女人，心里有一种怜香惜玉、花落泪流的感觉。突然，牛车车反应过味儿来：“欸，我说姑奶奶，你说谁是种牛？”

“傻小子，刚才叫你牛总你没有反应，叫种牛你倒反应挺快。看吧，看吧，让你过过眼瘾。”盈二奶扭过头不再理睬他，她懂得，这种痴情汉一旦遇见那种令男人拥有一夜死了都值得的女人，想阻止他多看美女几眼是绝对办不到的，但让他看得到摸不着，这倒是能办得到的。盈二奶吧嗒吧嗒连抽两口烟后，还是忍不住嘟囔起来：“傻小子，怎么像八辈子没见过美女似的呢？”

牛车车附在盈二奶耳边悄声说：“姑奶奶，这你可说错了，我天天不是都能见到你吗？”

“哈哈！我年轻的时候……算了，不提当年了，我现在能当个老美女也不错。说正经的，牛总，你啥意见？”

牛车车反问道：“姑奶奶，你的意见呢？”他没有急于表态，用目光征求盈二奶的意见，他知道盈二奶是牛丫丫派来监视他的，他的一举一动、一言一行，媒婆盈二奶都会直接向牛丫丫汇报。虽然牛丫丫对他已经不抱啥希望了，但是，牛丫丫说过，她得不到的东西，别人也休想得到。她不会轻易让别的女人投入到他的怀抱里。倔强的牛丫丫态度很明确：你牛车车不同意娶我可以，但要静下心来把生意给我做好，不许与其他女人来往，甚至不许胡思乱想。牛车车更倔强，不想就不想，反正有事情做、有钱赚，但婚姻方面，不到万不得已，我绝不投降。因此，七星奶牛场开业以来，牛车车一心扑在生产和销售上，个人的事情，从不去想，工作做得有条不紊。可是，今天见到牛花花，特别是听到牛花花刚才说的话，不管真假，反正勾得他心里痒痒的。

媒婆盈二奶上任之初，牛丫丫董事长给她交代了办公室副主任兼人事科长的职责：一是不能让牛总被哪个女人迷住；二是不能让哪个女人被牛总迷住；三是不能让牛总被哪个女人缠住；四是不能让牛总缠住哪个女人；五是不能让牛总失去童身……媒婆盈二奶听了牛丫丫的指示，心里偷着乐，这办公室副主任也太好当了，前面四条都是一个意思，比较好办，只是后头一条有点儿挑战。她当即表态："董事长孙女，你放心，这个工作正是我盈二奶的强项，保证完成任务。"

此时，盈二奶似乎有点儿为难，如果同意招聘牛花花，怕牛丫丫那里不好交代。不同意吧，又是自己的侄女，不好意思开口。她扭头看一眼牛车车的表情，发现他虽然故作镇静，实际上，心弦早已乱动。媒婆盈二奶是干啥的，读书写字不行，男人心里这点儿小九九，她一眼就能看懂。她不相信有她在中间监视着，牛车车和牛花花能弄出点儿啥事来。她的眼珠子转了两圈，说："这样吧，花花，如果牛总没意见，你就先留下来干吧。牛总，你同意吗？"

牛车车的魂早就飞了，直勾勾的眼神盯在牛花花的身体上，根本没听到媒婆盈二奶在说啥。盈二奶不得不扯着大嗓门喊："牛车车，你同意吗？"

"同意，同意。鲜花，你就留在销售部吧，协助我接待客户，工资待遇从优。"

"什么鲜花，你想当牛粪啦！"媒婆盈二奶白眼珠一翻，瞪了牛车车一眼，"那可不行……销售部里狼多，不能到销售部，这个我说了算，先安排到牛棚里挤奶去。"

"挤奶就挤奶，女人哪有不会挤奶的。"牛花花爽快地答应了，"我正好想当技术工人，好好学习技术。”

送牛花花出门时盈二奶悄悄问牛花花：“红格村的羊丹丹是和你一起来的吗？”

“嗯，我俩一起来的。”

“她来干啥？”

“应聘呗。”

“她家那么富还会到我们这来应聘当挤奶工？我不信。”

“姑姑，实话告诉你吧，她想找牛车车学习些办奶牛场的知识，她父亲给了她300万，她想投资办个奶牛场。你知道吗，她与牛车车是同所中学校友，有交情。”

“不行，绝对不行。”

送走牛花花后，媒婆盈二奶对等候在门外的人群说：“此次招聘到此结束，请各位返回吧。”

众人不满说：“我们排了半天的队，还没面试呢，怎么就结束了？”

羊丹丹跑过来，忿忿地问：“下一个就该轮到我了，怎么就结束了呢？不行，我要见牛车车。”

“你家是红格村首富，不愁吃不愁喝的，你一个千金小姐，来这里凑啥热闹。”盈二奶白了羊丹丹一眼。

“你怎么知道我是来应聘的呢？我和牛车车是同学，我就不能来看望他吗？”

“这年头，二奶当道，一手遮天。”人群中不知哪位喊了一句。

盈二奶刚想发怒，一看众人围了上来，她鼻子里“哼”了一声，没搭理他们，扭身关上大门。

哪来的这么多大姑娘？媒人都不用了，直接跑来啦！妈的，连小媳妇也跑来了。牛车车呀，你要小心点儿！我看你这回是要死定了！盈二奶恨恨地瞪了牛车车一眼。

# 第二十四章　诱惑

自从牛车车家的新房盖好以后，四面八方的亲朋好友来访络绎不绝，与以往的门庭冷落相反，现在的牛家则门庭若市，宾朋满院。牛老五善良好客，待人接物彬彬有礼，不管男女老少，不管贫富贵贱，来者都是客，一杯奶茶、一把椅子、一包瓜子，一视同仁。乡亲们有来聊天的，有来学习取经的，也有来怀旧攀亲的。四面八方的媒婆不远百里怀揣一沓沓漂亮姑娘们的照片，来牛家帮助牛车车提亲。女方家给出的条件十分诱人，不抢亲、不差额挑选、不要彩礼、无条件嫁人。可是，这些胸有成竹、信誓旦旦的媒婆待在牛家大院里，翘首远眺，盼到了星星和月亮，却看不见牛车车的身影，最终，全都失望而归。牛车车则干脆躲在奶牛场里不回来了。

牛花花天性聪明伶俐，自从进了七星奶牛场，虚心好学，工作积极进步，很快掌握了机械化挤奶技术，在技术员刘萌萌的帮助下，她负责的第二奶牛车间奶产量大增。开始时，媒婆盈二奶对牛花花不放心，悄悄盯着她。三个月过去了，牛花花白天在车间里工作，晚上住在牛棚旁边的小集体宿舍里，除了工作就是吃饭睡觉，盈二奶没发现她与牛车车有啥接触，倒是空闲时喜欢与刘萌萌聊天，似乎两人还聊得挺开心。别人如何盈二奶不管，只要牛车车没事，她就放心了。这办公室副主任的差事也太容易了，比当媒婆介绍对象可简单省事多了。

七星奶牛场成立两年多来，除了牛车车、媒婆盈二奶和他们的家里人以外，没人知道谁是七星奶牛场的董事长。牛丫丫虽然当上了董事长，可是，她喜欢劳动，仍然每天工作在挤奶一线，外人都以为她是个挤奶工。她负责第一奶牛车间的挤奶工作，她不习惯机械化挤奶，仍然延续手工挤奶的方法，产量大不如牛花花负责的第二车间。牛车车几次劝她学习机械挤奶的方法，可是，牛丫丫就是不肯。

“牛丫丫，我们都是年轻人，不能让人家嘲笑我们保守，要想提高产量，必须学习和使用现代化挤奶技术。你瞧，牛花花负责的第二车间最近产量提升多快呀！”

牛丫丫不服气，说：“哼，谁说我保守？我牛丫丫也算正宗的七零后，我会保守吗？咱奶牛场里那些自动化吸奶机器，哪个不是我同意购入的？我只是有点儿怀旧，老的手工挤奶方法舍不得丢弃。”

“怀旧就会守旧，守旧就是保守。”

牛丫丫反驳说：“守旧也不都是落后。我不反对其他车间采用机械化挤奶，你也别干涉我手工挤奶。我第一车间里奶牛不多，又都是老奶牛，它们习惯于我手工挤奶。现代的挤奶设备再好，人手挤奶的手艺也不能丢，万一设备不灵了呢？万一停电了呢？”

牛丫丫说得也对，手工挤奶是个技术，很多挤奶工学会了机械挤奶技术，就荒废了手工挤奶技术。在外人眼睛里，年轻的牛丫丫机灵、聪明，但有点儿倔强和保守。但实际上，牛车车心里清楚，牛丫丫需要用双重身份来掩护自己，既然牛丫丫暂时不能暴露自己的身份，也就无法公开参与奶场的管理，因此她只能当个车间主任兼挤奶工。牛丫丫身强力壮，不惧苦和累，她有意安排一车间人工挤奶，二车间机械化挤奶。牛丫丫自我调侃说：“我是个不拿工资的挤奶工，我的工资都算在了媒婆盈二奶的头上，算我给盈二奶打工了。”

牛车车回敬她：“谁让你要养这个二奶嘞！”

“哈哈，我养二奶自有用意，天机不可泄露。”

牛丫丫的这一招还真很灵，刘佬转调查了两年多，虽然发现牛丫丫跑到七星奶牛场当挤奶工了，愣是没弄清楚谁是七星奶牛场的董事长。刘佬转直到现在还怀抱着未来能当上牛车车的岳父的奢望呢。盈二奶了解刘佬转心里的小九九，她说，这样也好，只要他的这个愿望没完全破灭，他就不会背后拆七星奶牛场的台。

牛丫丫对牛车车的工作很满意，奶牛场的管理井井有条，规模逐渐扩大，已有员工几十个，产量月月升高，唯一令她不尽心意的是牛车车那种不亲不疏、情不开窍的态度。她既要顾全大局，不能轻举妄动，又有些情心不死，不想善罢甘休。哼，留有青山在，不怕没柴烧。只要看牢你牛车车，让你光棍到老，有七星奶牛场把你我捆绑在一起，早晚你还是我牛丫丫的。

盈二奶也很得意，自己往办公室里一坐，透过中间的玻璃门，牛车车在办公室里的一举一动尽收眼底。牛车车夜里不回家，她就不离场。牛车车在里屋办公室里加了一张床，她就在外屋办公室里摆个长沙发。名义上，她住在场里是要照顾牛车车，帮助他打饭、打水和收拾卫生，实际上，是为了二十四小时监视他。盈二奶发起狠来也很可怕：姑奶奶我拼了！看你小子能坚持多久！我要一直坚持到逼你娶牛丫丫为止。

不过，她现在还不敢掉以轻心，这两天，她在牛车车办公室接到几个奇怪的无声电话。什么人打电话不敢说话呢？好在现在牛车车还没配手机，她只要守住座机，就不担心什么骚扰电话。

前一阵子，有些客户为了便于业务联系，送牛车车手机，都被董事长没收了。前些天，董事长正式宣布盈二奶兼任七星奶牛场的保卫科副科长，并且明文规定，凡是亲朋好友来访，一律要经过保卫科的同意，凡是客户送礼，一律要经保卫科副科长过目，特别是通信工具一律要上交。任何参加牛头协会的人都要记住这两项规定。开始时，牛车车有点儿抵触情绪，七星奶牛场里又没有什么重要的商业机密，你设啥保卫科呢？笑话，还让媒婆当保卫科副科长！凭啥不让我用手机，这不是侵犯人身自由吗！

牛车车不服气说："我是总经理，她是副科长，她凭啥管我？"

牛丫丫董事长理直气壮地告诉牛车车必须服从盈二奶的监督，因为七星奶牛场成立了牛头协会，盈二奶兼任协会副主席。牛丫丫严肃地告诫牛车车，入了七星奶牛场就要入牛头协会，所有人都要按会员管理，要节俭、要清廉、要自觉接受媒婆盈二奶的检查，遵守牛头协会的各项规定。

媒婆盈二奶不知道自己脑袋上的头衔哪个大，一个是办公室副主任、一个是保卫科副科长，还有一个是牛头协会的副主席，但是，她对自己的职责非常清楚，那就是要牢牢地盯住牛车车。

牛头公主垂帘听政，盈二奶狗仗人势，专管牛车车。牛车车有点儿哭笑不得，又无可奈何。唉，管就管吧，谁让自己是打工仔啦。可怜的牛总经理，到现在连手机都没用过。好在他们的牛奶生意都是客户上门订单，他既不需要出差，也不需要主动对外联系，有没有手机也无所谓。

牛车车是哑巴吃饺子心里有数，他并不在乎牛丫丫对自己的监视，他要干事业、要赚钱、要脱贫，还要对得起牛丫丫家的恩情，把奶场办好。所以，两年多来，他没想过自己的事，一心扑在工作上。

四个月前招聘面试时，牛花花的出现，让他的情感骚动了一阵子，他好几次打算到第二奶牛车间去看望牛花花。牛花花的娇容神曦令他神魂颠倒，她的悲惨遭遇令他深信他俩情韵相系，同命相连。他有一种要见她、与她倾吐衷肠的想法，有一种情场求胜的征服心理，有一股雄性欲望的强者冲动。然而，每当他走到第二车间的大门口时，屡屡收回自己的脚步。他害怕媒婆盈二奶的那双贼眼，也害怕牛丫丫的吵骂，更害怕世俗的讥讽，牛花花毕竟是个有夫之妇啊！他不想现在轻易地丢掉自己的工作。他明白，他这个总经理虽然头上光环四射，光彩照人，但却是个高级打工仔。他可以平步青云，也可以一落千丈。他需要累积经验、提高能力、积累资本，希望将来创出自己辉煌的事业。

又三个月过去了，牛车车的心情平和许多，繁忙的生意谈判和雪花般的订单，让他几乎忘掉了牛花花的存在。天气逐渐回暖，他推开办公室的窗户，尽情地享受着春季草原清新的空气和花草芳香。中午吃过午饭后，他靠在皮椅上，双脚搭在办公桌上不知不觉地睡着了。

“啪嗒”一个声响把他吵醒，他揉着惺忪的睡眼向四周望去，屋子里什么情况也没有。他回头一瞥，皮椅后面的窗户仍然半开着，一阵带有泥土芬芳的清风吹了进来。他看到办公桌上有一个纸团，机警地伸手把纸团握在手里。

“啥声音?”媒婆盈二奶从外屋走进来，警觉地问道。

“不知道，好像风把窗子吹开了。”牛车车把纸团悄悄地放进裤兜里。

媒婆盈二奶走到窗前，脑袋探出窗外四处张望。院外阳光明媚，微风吹动树叶，树上的知了叽叽喳喳地叫个不停，没有任何人影。她奇怪地自言自语："这声音是哪来的呢？"顺手关上窗户，插上窗栓，说："牛总，你继续睡吧。"

牛车车用余光看到盈二奶关上房门，回到她自己的屋子躺在沙发上，他悄悄地从裤兜掏出那个纸团。一张信纸包着一块石头，他轻轻地摊开信纸，看到信纸上歪歪扭扭写着：车车，今天晚上 8 点后，在奶牛场后面的小树林里见。花花，1998 年 5 月 10 日。

牛车车的心扑通扑通乱跳起来。他急忙把信纸揣进口袋里，假装靠在椅子里睡觉，可是，此时的他困意全消。牛车车呀，牛车车！这诱惑真的来了，怎么有点儿要挡不住了呢？你该咋办呢？

## 第二十五章　赴约

整个一下午，牛车车六神无主，发愁了，今夜这个约会去还是不去呢？他想来想去拿不定主意。去，孤男寡女树林里约会，恐怕要发生点儿什么事情。就算神不知鬼不觉，可是，以后该怎么办呢？那个牛花花恐怕不是逢场作戏，要是她动了真格的，又该如何？自己能负起这个责任吗？不去，辜负了美女的期望不说，还会被她耻笑为懦夫、狗熊、笨蛋，或者获得一个更难听的称号。当初抢亲失败，他已经丢过一次面子了，这次再丢面子，以后还如何做男人啊。去，怎么掌握好火候呢？牛花花可是有夫之妇啊，恐怕比起牛丫丫这个黄花闺女的火辣，说不定有过之而无不及，自己能吃得消吗？不去，这牛花花真是少有的美丽，错失良机，太可惜啦！

去，管他三七二十一，既然她也喜欢我，大不了今后娶了她。牛车车脑门一热，做出最后的决定：去！

怎么去呢？外屋的盈二奶把自己盯得牢牢的。如果让她发现自己夜不归宿，或不在家里，她肯定要四处查寻。如果她发现牛花花也同时失踪了，那还了得，还不把整个草场翻个底朝天。恐怕她第一个搜查的地方，就是奶牛场后面的小树林。一望无际的大草原，草地哪里藏个人，站在高坡处一目了然，即使是夜里，如果手电筒的光线足够强，找个人也并非难事。唉，草原上能隐蔽的地方实在太少了，他家这么大的一片草场上也只有这一片小树林。如果今夜他要赴约，一定要计划得无衣无缝，不能让盈二奶有丝毫察觉。

有了，分身记！嘿嘿，神不知鬼不觉。他看了一眼窗外，得意地笑了。

吃过晚饭，牛车车像往常一样，在奶牛场的前院散步片刻，媒婆盈二奶也与往常一样，坐在奶牛场大门口，观察着出入奶牛场的人群。看到牛车车早早地回到办公室，她锁上大门跟着回到了办公室。

“姑奶奶，我今天有点儿头痛，可能是伤风感冒了，想早点儿休息。”牛车车有意编了个谎话。

“嗯，牛总，我今天一下午看你脸色不对，神情恍惚，就怀疑你身体不好。你早点儿休息吧，我帮你烧碗姜汤水，你喝了发发汗。”

盈二奶帮助他铺好床铺就去了厨房。片刻，盈二奶端着一大碗姜汤水来到牛车车床边：“牛总，把这碗姜汤水喝了，蒙上被子睡一觉就好了。”

“谢谢姑奶奶。”牛车车端起大碗，一口喝光了姜汤水。“姑奶奶，你也早点儿睡吧。”牛车车把盈二奶送出门，回身拉上门栓。

“牛总，你别插门哪，万一你发烧，我还要进来照顾你呢。”

“没事，我睡一觉就会好，不需要你照顾。你好好休息吧。”牛车车一头钻进被窝里。

盈二奶站在玻璃门外说：“牛总啊，你这是过度操劳啊！用不用告诉董事长，让她来看看你呢？”

牛车车把头从被窝里伸出来，喊道：“我的姑奶奶，你千万别告诉她，千万别让她来看我，千万千万，否则我的病好不了。”

“哼，看你吓得那个样！我一提董事长你就哆嗦。牛丫丫那可是千里挑一的好姑娘啊。要不是你们前世有缘，你打着十个灯笼都找不到这么好的女人。”盈二奶扭身离开玻璃门，回到自己的沙发床上。

天色早已漆黑，月光透过玻璃窗洒落在水泥地上。野外的蛐蛐声此起彼伏，偶尔，响起几声犬叫。

“牛总，你好点儿了吗？”

“好多了。”

“唉，你呀，放着好日子不过，自找苦吃。你要是与牛丫丫成亲，这奶牛场不都是你们一家人的了么。你还用天天住办公室吗！”

“那您老不是没事干了吗？”

“话不能这么说。我嘛，可以继续当我的办公室副主任，你俩要真成亲了，我猜我的任务可能就更重了。丑妻近地家中宝啊，你没有压力了，她牛丫丫该有压力了。你对她来说是鲜花，她对你来说却变成牛粪。鲜花插在牛粪上，牛粪一定会有压力。到时候我还得继续当我的保卫科副科长。我这个人哪，当了一辈子婚姻工作者……”

牛车车“扑哧”一声笑喷了。嘿嘿，还婚姻工作者呢，就是个媒婆呗。

盈二奶喘了一大口气，接着说：“我这一辈子不说是走遍千山万水吧，至少也走过千家万户，尽跟人打交道。都说女人是祸水，实际上，应该说漂亮脸蛋才是祸水。你们男人啊，就喜欢漂亮脸蛋。其实，老婆嘛，漂亮也好，丑也罢，夜里闭了灯还不是都一样。再说，媳妇要挑健康的、贤惠的。身体不好总生病，花钱看病不说，搅得一家人不得安宁。不贤惠的女人，有的甚至像泼妇，你更吃不消了。我那个侄女牛花花，脸蛋儿是够漂亮，比仙女还要美。多亏你那次抢亲不成，否则呀，现在戴绿帽子的就不是那个铁龙子，而是你啰。”

盈二奶终于闭嘴了。她在整理床铺，接着，火光一闪，一股生烟的味道顺着门缝钻了进来。盈二奶“吧嗒吧嗒”抽着旱烟袋锅。

牛车车看了一眼手表，七点半了。这个老媒婆，她怎么还不睡呢？

“牛车车，你好点儿了吗？”盈二奶在外屋问道。牛车车翻个身没有回答，他心里烦死了，不愿意继续与她对话。

“牛车车，我听到你辗转反侧，你睡不着吧。”

嘿，她的耳朵够好使的了，连我翻个身的声音都听得到，看来她没睡着之前，我是不能走啊。他没好气地说：“拜托，你要不抽烟，不说话，我就睡着了。”

“好吧，你睡吧。”外屋的烟光消失了，牛车车从玻璃门看到盈二奶肥胖的身躯钻进被窝里。

不知过了多久，外屋传来盈二奶轻柔的呼噜声，不时伴随着一阵阵的磨牙。看来这老太太总算睡着了。牛车车看了一眼手表，九点一刻了，糟了，约会时间过了。他脑瓜子急出一头冷汗，这个约会自己去还是不去呢？还是去吧。不管牛花花此刻还在不在小树林里，我总要赴约，否则不让人笑成孬种了吗。

他悄悄地钻出被窝，把事先准备好的一条毛毯做成了人形，蒙在被子里，穿上一身黑白相间的运动衣裤，在黑暗中蹑手蹑脚离开床铺，摸到窗前，轻轻拉开窗栓，“吱嘎”一声推开窗户。

“回来！你往哪里跑！”外屋的盈二奶突然一声尖叫。牛车车吓得浑身一抖，刚说：“姑奶奶，我……”外屋传来一阵磨牙声。牛车车侧耳一听，又传来细小的呼噜声。我的姑奶奶呀，原来你说梦话都在看着我呀！牛车车毫不迟疑，翻身跳到窗外。他把脑袋探进窗里，听到隔壁传来断续的磨牙声，放心地关上窗户，转身向后院跑去。

牛车车终于摆脱了那双整天盯着他的双眼，像一头自由的梅花鹿，蹦蹦跳跳地离开了奶牛场，翻过奶牛场的木制围栏，钻进奶牛场后面的小树林里。

## 第二十六章　幽会

这次幽会算是牛车车第二次正式与女人约会，虽然感觉是在偷情，但也别有韵味。数年前，他二十岁情窦初开时，曾经鼓起勇气主动约过刘佬转的养女孙鲭一次，孙鲭当时十四岁正在念初二，含羞地答应了他。孙鲭的小名叫鱼儿，大家都称她小鲭鱼。虽然她衣着素色简朴，却掩饰不住她自然纯朴、天真无邪的美丽。老人们凭经验异口同声地认定，将来小鲭鱼长大了一定是村里第一大美人。

那天，牛车车不等天黑，就早早地来到约会地点，兴高采烈地坐在村东头的小河边的一块石头上，嘴里唱着情歌，不时向河水里投掷石头。看到石头在水面上滑出一连串的水花，他开心地笑了。他面对河水轻声呼唤着："鲭鱼儿，鲭鱼儿，我爱你！就像小鸡爱黄豆，就像小猫喜欢鱼。如果你也爱着我，请你快快游过来，我要轻轻捧着你。"

天黑了，他左等右等没见到孙鲭，刚要离开，却看到刘佬转手里举着打狗棍子向他走来。刘佬转把他臭骂一通："小毛孩子，恬不知耻，不自量力，癞蛤蟆想吃天鹅肉！想钓我家鱼儿，没门！"被刘佬转这么一骂，牛车车感觉自己像个暴露的窃贼似的，无地自容，脚底抹油，迅速溜走了。

童情简朴，真挚可爱，可惜难以生根发芽，更不可能开花结果。从这之后，他再也不敢轻易约哪个女孩了，他开始有点儿自卑。最近几年，一连串的抢亲失败，又给他带来沉重的打击，让他在村里抬不起头。

看来，这次桃花是真来了。牛车车像一头天真的小鹿，欢快地钻进小树林里。茂密的树叶遮住了天空的月光，他在漆黑的树林里四处寻找他的目标。寂静的树林里没有一丝动静，看来牛花花已经离开了。他失望地看了一眼自己手腕上的夜光表，九点半了，他迟到了整整一个半小时。唉，第一次约会就迟到，牛花花是不会原谅的，她一定生气地离开了。

第一次约会他稀里糊涂地失败了，这第二次约会恐怕又要落空。牛车车呀，牛车车，你怎么这么不走桃花运呢！还记得有一次，去额吉淖尔镇赶集，有一个算命的瞎子给他算命，说他命里泛桃花，是个情种，牛车车开心得差点儿乐掉下巴。他告诉算命的，他还从来没谈过恋爱呢。瞎子说."别急，小伙子，桃花来的时候挡也挡不住。"

"啥桃花运！纯粹扯淡，骗钱的把戏！"他自言自语，转身打算往回走。突然，树林里传来一声抽泣。他竖起耳朵，仔细听着，确实是女人的抽泣声。"牛花花，是你吗？"他顺着抽泣声的方向走去。

"欸！"从一棵"歪脖子"大树后面传来的声音，牛车车看到树下有个人影。"牛花花，是你吗？"他走过去定眼一看，正是牛花花站在大树的后面。"牛花花，真是你！你没走啊！"他开心地笑了。

"呜呜，"牛花花伤心地哭起来，"你为啥来这么晚呢？我以为你不会来赴约了呢。"

牛车车走过去，不自觉地拉住牛花花的双手，说："对不起，我来晚了。真没想到你等我这么久。"牛花花的右手握着一个温热的茶水杯。

牛花花呜咽说："我与男人约会，从来没有等过这么久。抢亲前，我曾经与羊铁龙约会过，每次只要约会时间一到，他没来，我就会离开，甚至一分钟都不等。可是，这次我不知怎么回事，我一直站在这里没动，我等了你足足有一个半小时。可能是我以为你不会来了，太伤心了，不想离开。"牛花花说着，张开双臂勾住牛车车的脖子，头俯在他的肩膀上伤心地抽泣起来。

牛车车双手挽住牛花花纤细的腰背，把她紧紧地揽入自己的怀里。她柔弱的身体随抽泣而抽动着。她那海绵般高耸的双乳随呼吸起伏，有节律地撞击着他的前胸；她那飘着玫瑰芳香的秀发触碰着他的脸颊，刺激着他的神经。牛车车不自觉地把她搂紧，侧过头亲吻她的秀发。"别伤心了，花花，都怨我。"

牛花花抬起头，用泪盈盈的双眸望着他，问："车车，你为啥来得这么迟？"或许这是一句双关语，或许牛花花真想知道他心里的想法。

“你知道，盈二奶就住在我的隔壁，她没睡着我不敢走啊。”

“你说的是那个媒婆姑姑吧，你为啥这么怕她呢？你是个单身汉，恋爱自由呀！”

“咳，你有所不知，她是董事长派来监视我的。”

“董事长是谁？”

“董事长是……嗨，这个你就别问了。嘿嘿，这是协会的秘密。”

“你是协会会员吗？”

“这与会员有啥关系？”

“会员政治性强。我就喜欢你这种政治上、经济上和生活上优秀，身体还健壮的男人。我一直后悔当初看走眼了，选择了羊铁龙。好在我现在及时醒悟，再次遇到你，我今后要好好爱你。”

牛车车从小到大从来没听到过女人夸，牛花花夸得他心里开花了，他捧起牛花花的脸蛋狂亲起来。“花花，我喜欢你。”他没敢说出“爱”字，因为他心里有个阴影，牛花花现在有老公。

聪明的牛花花似乎看穿了牛车车的心事，说：“牛哥，你放心，我会尽快离开铁龙子，然后嫁给你。”

“真的，花花，一言为定。你可不能再节外生枝哦，也不许在搞啥抢亲啊！还有，你要死心塌地……不能给我戴……”

牛花花滚烫的唇贴在了牛车车的大嘴上。他被牛花花搅动得像个醉酒的酒鬼，头重脚轻，天旋地转；像迷失方向感的蚂蚁，原地转圈；像一把正在火炉上沸腾的开水壶，扑扑地冒着蒸汽，浑身上下开始燃烧着灼热的欲望。他的手大胆地伸进牛花花的内衣摸索着。他急不可待地掀开牛花花的内衣，躬着腰从她的脖子一直亲到她的前胸。

往日他只有在梦里才能尽情享受着与异性的亲昵，然而，此刻不是梦，是实实在在的大美人牛花花情意绵绵地倚在他的怀里。他的脑袋晕晕乎乎、身体飘飘悠悠，醉倒啦！

牛车车双手在她的内衣里揉动，心里暗喜：哇塞，好大，好丰满啊！嘴里不自觉嘟囔道：“嘿嘿，花花，想不到你的一点儿也不比牛丫丫的小哇。”

“啊，你摸过牛丫丫吗？”

“没，没有。我看见……不是，我没见过，更没摸过。我只是凭视觉。”

“你偷窥过？”

“哪敢呢！从外衣可以看出来嘛。谁不知道牛丫丫胸大得像头母牛啊！”

“没摸过就没摸过呗，我谅你也不敢摸。你慌啥！”

“你问的话是有点儿让人慌，你好像是在问，你摸过老虎的屁股吗？”

“别夸张啦！说实话，你喜欢我吗？”

“嗯，”牛车车的双眼模糊了，似乎看到了一头雪白的冠军奶牛，似乎感觉到香甜的牛乳喷射到他的面孔，似乎感觉……他开始感觉飘飘悠悠，随口说：“嘿嘿，花花，你要是头母牛，一定会高产。”

牛花花愣住了，气愤地说：“有你这么说话的吗！我看你是赚钱赚疯了，满脑子想的都是奶牛！”她轻轻地推开他的头，整理下自己的内衣。“那不是我，那是牛丫丫！牛丫丫才是母牛呢！你要喜欢母牛，你娶牛丫丫好了。”牛花花噘着嘴巴生气了，头一扭不理他了。

牛车车的大脑一下子清醒过来，意识到自己刚才失言了，歉意地说：“花花，对不起，我刚才开了个不恰当的玩笑。我这个人一高兴，就管不住嘴，你别在意，我当然是喜欢你了。”

牛花花低头沉默着，似乎真的生气了。

## 第二十七章　情囧

寂静的小树林，没有微风，没有鸟语虫鸣，牛车车能听得到牛花花略微急促的喘息声。月光穿过树枝的缝隙散落在他们的身上，他看到牛花花脸色苍白，低着头轻轻地哽咽了几下。

“花花，你咋啦?”

牛花花呜咽地说:“原以为你是个重感情、诚实厚道、可以依赖的男人，没承想你是如此轻浮，油嘴滑舌。”

牛车车呀，你真笨！这种话也好随便说呀！他心里责怪自己，嘴里不停地道歉:“花花，别生气，我错了。我不是个轻浮的人，我从来没谈过恋爱，没碰过女人。我是一时乐昏了头，词不达意，冒犯了你。”

万幸的是，片刻之后，牛花花的情绪缓和下来，破涕为笑。她扭过头，说:“讨厌，啥话都瞎说!”她的双拳捶击着牛车车的胸膛，“喝口水吧，牛车车。”

牛车车接过茶水杯打开水杯盖，咕嘟咕嘟连喝几大口。牛花花一把抢回水杯，嗲嗲地把头倚在牛车车的胸前，说:“别都喝光了，给人留点儿嘛。”

“嘿嘿，给你留一多半呢。”牛车车把水杯递到牛花花的手里。

“牛车车，你真的是……”牛花花用闪着情光的眼神望着牛车车，欲言又止。

牛车车在等待着她继续说下去，可是牛花花“咯咯”一笑，不再言语了。

“我真是啥?”牛车车问道。

“嘿嘿，我不好意思问。”

"问吧，没关系。我真的是啥?"

"你真的是……算了，我不问了，问了你也不会说实话的。"

"你问吧，我保证说实话!"

"真的?"

"真的!"

"那我问了?"

"问吧。"

"牛车车，你真的是童身吗?"

"这个……嘿嘿，有点儿难为情。"牛车车回答道。

"我就知道你不会说实话。大家都说你是童身，你到底是不是呀?"牛花花好奇地追问道。

"嗯，到现在为止还是。"

"哈哈！我不相信！听说你被牛丫丫掠走过，而且还……"

"我确实被她掠走过，我不否认，但我们之间啥事也没发生过。你听到的都是一些传言，我不在意，让他们说吧，反正我也不损失啥。"

"像我这种结婚的女人还会在意这个吗?"牛花花平静地说，"我只在意你是不是真爱我。"

"真爱，只是……"

"只是啥？只是不敢爱，是吗?"

"嗯。"

"我不是告诉你了吗，我会尽快恢复自由，合理合法地与你生活在一起。"

"不完全是你的事，还有我自己。"

"你有啥事？难道你也怕有人来闹吗?"

"不是，是工作上的事。董事长暂时还不允许，还有那个盈二奶会打小报告。"

"董事长还管这事？董事长是谁?"

"这可是商业秘密，打死我也不能说。"

"不嘛，牛哥，你要告诉我。"牛花花搂紧牛车车的脖子，翘起脚尖，

“啪”的清脆一声，吻了牛车车脸颊。“你别哄我了，啥协会的秘密、商业秘密。不就是牛头协会吗！”

“你怎么知道牛头协会的？”

“全场的人谁不知道呀，盈二奶她自称是牛头协会的党魁。我原以为是你建立的牛头协会，你是头儿。弄了半天，你就是个小喽喽，还要归盈二奶的领导。”

“其实，啥牛头协会，都是瞎胡闹的，我从来没当真。你为啥一定要问董事长是谁呢？”

“大家都传说董事长是个女的，她包养了你。我想知道真相。”

“全是胡说。她要是包养了我，我还会住在办公室里吗？盈二奶还会二十四小时监视我吗？我还会跑到这小树林里与你幽会吗？”

“这么说她确实是个女的，她还没得到你，但是在监视你，对吗？我看你挺能管住嘴的，到现在也没说出她的名字。”

牛车车哑口无言，他意识到自己说走嘴了：“嘿嘿，花花，说这些干吗，这么扫兴的话题。”他伸手把牛花花再次揽入怀中，一只手直插到她的裤带下面。

“别摸，我今天来事儿了，不方便。”

牛车车乖乖地把手撤回来。他刚想开口说点儿啥，牛花花的舌头堵住了他的嘴。他们又开始热烈地接吻……

正当牛车车与牛花花在小树林里忘情地拥抱接吻时，奶牛场那边传来一阵嘈杂声。牛车车扭头一看，不好，奶牛场办公室的窗子灯光通明，一群人拿着手电筒和棍棒，跨过奶牛场的围栏向小树林这边跑来。

“糟糕，我们被鬼子发现啦！”牛车车吓出一身冷汗，惊慌失措还没忘记再幽默一句，“怎么办？”

“别慌，不会是冲我们来的吧？”

“恐怕不妙。你瞧，办公室的灯亮了，盈二奶一定发现我不在屋里。他们一定是来抓我们的。”

“牛车车，你先撤，我掩护！”

牛车车有点儿感动，说：“花花，哪有这个道理呀！我是男子汉，你先撤，我来掩护。”

“我不怕，要死死在一起。我绝不与你分开。”牛花花紧紧搂着牛车车。

“花花，你快跑吧。抓住我一人我好辩解，我随便编个理由说我在树林里……他们奈我如何！”

“不，来不及了。好汉做事好汉当，我牛花花绝不逃跑。”

“唉！好吧，花下做鬼也值得。”

小树林已被围住了，他俩只好躲在这棵大树的后面。

一群人进入小树林直奔他俩的方向走来，走在最前头的一个男子手里拎着一个大红灯笼。离他们有七八米远时，牛车车认出来了，拎着红灯笼的人是刘萌萌。刘萌萌背对着他俩站在大树下，对另一个人说：“刚才我听到这里有动静，怎么没人呢？”

另一个人说：“是啊，我也听到这边有动静，我们在这附近搜查搜查。盈二奶主任说了，抓到奸夫淫妇有奖。男的抓住带回来再说，女的往死里打。”

牛花花吓得瘫软在牛车车的怀里，双腿抽搐，一只脚无意踹到一块石头上，“当啷”一声，两块石头撞击在一块，把两个男人吓了一跳，尖叫起来。“快来人哪！在这哪！”

一股热流顺着牛花花身体流淌到牛车车裤裆里。唉，牛花花吓尿了！

“快跑，花花！”牛车车用力抱起已经晕倒的牛花花，刚跑了几步，扑通一下，他与牛花花同时摔倒在地上。众人一哄而上，把他俩抓住。

牛车车呀，你这下子可惨了！

## 第二十八章　隔离审查

牛车车被关在牛棚里三天了，每天有陌生人看守，有人送饭。这是专门用于隔离禁闭疯牛的一个特殊的牛棚，四壁严丝合缝，钢筋铁门，里面铺着厚厚的牧草。自打被关进牛棚，牛车车就打定主意，不认罪、不认错、不招供、不悔改。大不了把他从七星奶牛场开除，他铁了心要娶牛花花。他想开了，人生一世有失有得，失掉工作，以后还可以找，失掉了牛花花，以后就不会再有了。

“牛车车，你先撤，我掩护！”他的耳边经常响起牛花花的这句豪言壮语，他被这句话感动了无数遍。他心里牵挂着牛花花，她怎么样了？挨打没有？受辱没有？这次牛丫丫恐怕不会善罢甘休。

第四天，看守他的人换成技术员刘萌萌，刘萌萌对他蛮客气的，一口一个牛总，毕恭毕敬。早饭后，刘萌萌看牛棚四下无人，蹲在铁门外与他聊天：“牛总，不管怎么说，你是我的恩人，是你给了我饭碗，我不能落井下石。如果有啥需要我做的事，尽管吩咐。”

“唉，出了这种事情，对我一个男人来说无所谓了，没面子就没面子吧，反正我的面子也早都丢尽了。可是，难为牛花花了，她一个女人家，以后可怎么过呀。”

“是呀。其实，我也认为你们属于正常交往，可是董事长和二奶主任很严肃认真，一定要一查到底。据说，一会儿董事长要亲自审问你。”

“她还要查啥？都被当场抓获了，还有啥可审问的。告诉她，不用来，我啥都不会说。要杀要剐，随她便。”

“牛总，你消消气，我理解你的心情。别再怄气了，这也不是啥大事，你要真喜欢牛花花，怕啥！直截了当说出来，董事长也会理解。认个错，早点儿出来工作，场里工作还需要你呢。再说，你早点儿认错，牛花花也会早点儿解脱呀。”

经刘萌萌劝解，牛车车心情放松一些。他觉得刘萌萌说的有道理，这确实不算啥大事，无非是他与牛丫丫的个人恩怨。但是，他心里仍然有些想不通：你牛丫丫做事也太绝了，就凭我不娶你娶别人，你就把我关起来，隔离审查，还有没有王法了！他仰起头，冲着天空质问道：“你们有啥权力非法关押我？”

刘萌萌劝解说：“是啊，我也认为，单凭生活作风上的问题，就采取隔离审查措施，这是‘文革’期间的做法。不过话说回来，在这百里一村的荒野草原上也没有啥王法而言，你跟盈二奶这种人也讲不出理来。盈二奶说了，既然你加入了牛头协会，就可以对你强制隔离审查，这叫‘双规’。她就是法官，她的话就是法律。”

“我啥时加入牛头协会的，我怎么不知道呢？我以为都是开玩笑说说的，从来没当真过。”

“盈二奶可不是开玩笑，我看她很认真。牛总，你恐怕要小心点儿，别大意。”

牛车车感觉刘萌萌这个人很讲情意，感情上不自觉与他拉近了距离，他悄悄问：“兄弟，牛花花现在怎么样了？她挨打没有。”

“不瞒你说，她差点儿挨打。后来，盈二奶及时赶到，一看是她的侄女，把大家拦住了。至于董事长要怎么发落她，我们就不得而知了。”

牛车车总算松口气。经历了这次磨难，他对牛花花的感情升华了，他不为自己担心，反而关心牛花花的安危。

上午十点钟，牛丫丫在盈二奶的陪同下来到关押牛车车的牛棚。牛丫丫穿着硕大的红色长袍，双脚穿着一双黑色齐膝的马靴，头戴一条花围巾，只露出两只眼睛，指着刘萌萌问盈二奶：“他是谁？”

盈二奶回答：“他是技术员刘萌萌，专门负责自动化挤奶设备保养和维修。”

“哦。”牛丫丫点点头，对刘萌萌说：“我听过你的名字，干得不错。听说你设计的机械化挤奶装置，使奶牛的奶产量提高 25%。有空我要好好向你学习。”

“谢谢董事长夸奖。”刘萌萌毕恭毕敬鞠了一躬。

“你怎么知道我是董事长呢？”

“盈副主任早晨告诉我，上午董事长要来，特意安排我今天看守。”接着，他笑眯眯地低声恭维道，“一看您的气派，我就猜出来啦。”

“哦？我有啥气派？”

“一个字：牛！”

“哈哈哈……”牛丫丫没被遮挡的一半面孔露出爽朗的笑容，摆摆手，说，“刘萌萌，你先走吧，我和盈副主任要单独与牛总谈话。”

“是，董事长。这是大门钥匙。”刘萌萌把钥匙交到牛丫丫手里，转身离开了。

牛车车半坐在牛棚的一个角落里，看到牛丫丫扭动铁锁，翻个身躺在草堆里，背对着铁门。他心里慌起来，不敢正眼看牛丫丫。一是怕牛丫丫发飙，牛丫丫的凶猛他是领教过的，他甘拜下风；二是感觉难为情，毕竟牛丫丫一直钟情于他，对他全家有恩。刚才听说她要和盈二奶一起与他谈话，他稍微有点儿坦然。如果牛丫丫一个人单独进牛棚里，他不知会被蹂躏成啥样。不管怎么说，他既不想勉强自己，也不能委屈自己。此时，他的耳边又响起牛花花的呼唤声：“牛车车，你先撤，我掩护！”更不能对不起牛花花呀！他咬紧牙关，暗下决心，决不低头！老子宁肯当牛粪也不做鲜花！

## 第二十九章　选择

牛丫丫打开牛棚的铁门，大步跨进来，双手掐腰站在牛车车的身旁。她看到牛车车撅着屁股面对墙壁不理她，顿时面露怒色，伸手摘下自己头上的围巾，一屁股坐在草垫子上，举起手照准牛车车的屁股“啪啪啪”，重重地打了三巴掌。牛车车被拍得浑身一抖，激灵一下坐起来，说：“你干吗打我，牛丫丫？”

“打你是轻的，今天你不老实交代，不认真反省，休想走出这间屋子。”

“哼，你这是非法拘禁，是非法限制人身自由。我要告你！”

“好呀，你告吧，你不怕进监狱你就告吧。既然你不想好，老娘我奉陪到底，大不了我今天跟你鱼死网破。”

“我要报警！”

“好哇，给你手机，你自己拨打110。”牛丫丫把手机递给他，“你不怕警察把你抓走吗？”

牛车车看了一眼她递过来的手机，没有伸手去接，他还从来没用过手机。“牛丫丫，你别吓唬我。你报警吧，老子不怕被抓走。”

“我要报警的话，早就报了，还会等到现在吗！”牛丫丫气得眼珠子瞪得圆圆，眼眶中泪水滚动，两腮涨得鼓鼓的，整张脸像一个就要爆炸的气球。

“牛丫丫，你这是何苦呢？我们不是讲好的吗，工作是工作，生活是生活，你不会再逼我。你有你的生活，我有我的生活，我喜欢谁、爱谁是我自己的事，又没影响工作。你干吗与你自己过不去呢？”牛车车的口气变得缓和一些。

牛丫丫委屈得泪水纵横，说：“牛车车，你有没有良心！是我与自己过不去吗？为啥从前你抢亲一次次地失败，连媒婆路过你家都绕着走，而现在大姑娘、小媳妇像苍蝇似地围着你？不就是因为你当上了总经理了吗！你头上的光环是谁给的？你对得起我吗？

“牛丫丫，羊丹丹家抢亲那天，要不是你半路杀出来……”

“你还好意思提羊丹丹家抢亲，那是倒插门。牛村男人的脸都被你丢光了。”

“你不是也想强迫我倒插门吗？”

“我和羊丹丹能一样吗？我姓牛你姓牛，正插门、反插门，怎么插门生的孩子都姓牛。她羊丹丹可是外姓人啊！我那天是虎口里救你，知道吗？”

“我承认你对我好，可是……”

“可是，你对得起我吗？连你父亲，甚至你两个弟弟都说我对你家有恩，偏偏你忘恩负义，背着我半夜与已婚女人在树林里偷情，你让我丢尽脸面。你以为你是总经理就可以为所欲为吗？”

“牛丫丫，你说的话我怎么听不懂呢？我与你有啥关系吗？我找女人你丢啥脸呢？”

牛丫丫怒气冲天：“胡说，怎么与我没关系？你不是我的未婚夫吗！你这是给我戴绿帽子。”

“我啥时候变成你的未婚夫了呢？荒唐！”

“你才荒唐！”牛丫丫转身对盈二奶说：“盈二奶你作证，那天在我娘坟前牛柳村长咋说的。”

盈二奶慢条斯理地说：“牛柳村长那天站在牛丫丫娘的坟前说，牛丫丫身世证明后，他要让刘佬转在全村人面前给牛丫丫家道歉，让刘佬转给牛丫丫娘买个新棺材，让刘佬转亲自扶棺哭葬，披麻戴孝。还有……接着，牛柳村长扭头对你爹说……牛车车必须娶牛丫丫！当时除了你、我和牛丫丫，还有你爹和牛一刀在场。”

牛丫丫问：“牛车车，这是不是牛柳村长的原话？”

“没错，牛柳村长是这么说的，可是后来你娘的坟里挖出来的是牛骨架呀！你的身世没有被证明啊！”

牛丫丫伸手抓住牛车车衣领把他拎起来，照准他的屁股，“啪”又是一巴掌："你到现在还诬陷我娘！我是人是牛你心里最清楚。你要不是我未婚夫，那天在大黑山里我能让你验证吗！你要不是我的未婚夫，我会让你当奶牛场的总经理吗！你要不是我的未婚夫，我能把你关在这里禁闭三天，保护你吗！否则你早让警察抓走了。"

"哎哟！牛丫丫你能不能下手轻点儿啊！"牛车车用手揉着屁股，脑子这才清醒，原来牛丫丫一直把自己当成她的未婚夫。怪不得自己那次抢亲时被她旋风般地掳走，怪不得她不惜余力派盈二奶整天监视他，怪不得这次把他连续关押三天。他感觉自己的屁股裂开一般的痛："哎哟，牛丫丫，你下手太狠了。你这是逼供啊！我们能不能君子动口不动手？"

"你是君子吗？你是君子还背着未婚妻去勾引别人的老婆？"

"我真的不知道我是你的未婚夫。那天牛柳村长不过是随便说说的，你也当真呀！我要知道你当真，至少我要先退婚，再与你合作。"

"退婚？那得我同意才行。牛柳村长金口玉牙，怎能是随便说说呢。实话说，我可是当真的，从那天开始，我牛丫丫就名花有主了，生是你的人，死是你的鬼。那天在大黑山的山坳里没得到你，算我牛丫丫无能。但是，你我必须有个了断，今天不是你娶我就是我娶你，你说怎么办吧？你来选择。"

牛车车哭笑不得："不是我娶你就是你娶我，这不是一回事吗，你还让我选择啥呢？"

"对呀，今天你必须做出决定。"盈二奶也喊起来。

"当然是尊重你才让你选择。你娶我是明门正娶，你从你家正门把我迎进家门；我娶你是倒插门，你从我家后门'嫁'到我家。"

"牛丫丫，你还是报警让警察把我抓走吧。"

"你想得美！你可以不仁，我不能不义，怎么说你也是我未婚夫啊，我还是要保护你。"

天呀，这个牛丫丫伶牙俐齿，一句一个未婚夫、未婚妻的，把牛车车搞得晕头转向，牛车车感觉自己真的成了她的未婚夫，真的成了罪人，罪不可恕。

他嘴里抗争着："不管我对错，就算我是你的未婚夫，你也不能打人呀！我娶谁不娶谁，那是我的权利，连我爹都没权力逼迫我。”

牛车车这句话有点儿激怒了牛丫丫，她怒吼：“牛车车，告诉你，打你是轻的，牛丫丫我今天让你出了这间屋子就变成一头母牛，你信不信？”说着，牛丫丫动手去解牛车车的裤带。

牛车车这时才发现牛丫丫手里还握着一把锋利的小刀。他急忙护住自己的裤裆，嘴里不住地念叨：“我信，我信，你冷静些，别胡来。”他看到牛丫丫瞪着泪红大眼，有点儿气急败坏，不得不向盈二奶求救：“盈二奶，求你劝劝她，别让她胡来，有事好商量。”

“现在想起来求我啦，三天前怎么想着法儿骗我呢？还在被窝里弄了个假人，还说你感冒了。你到底发烧没发烧？牛丫丫，别心软，干脆割掉它。”

牛车车见盈二奶不愿意帮他，牛丫丫这边又在扯他的外裤，吓得他扯着嗓子高呼：“爹呀，救命啊！再不救我，牛车车可就断子绝孙了，咱家的‘飞机’可就全没啦！”

盈二奶幸灾乐祸地说：“哈哈，你爹他说了，你家舍掉一个牛车车不要紧，他还有牛马车和牛拖拉两个儿子。‘汽车’‘飞机’还会有的。”

“你胡说，这不是我爹说的话。我爹说过‘汽车’‘飞机’越多越好。”

牛丫丫看到牛车车手捂着裤裆哆嗦成一团，破涕大笑起来：“哈哈哈，牛车车，你太可爱啦！”她把手里的刀向铁门处一甩，“当啷”一声扔到铁门外：“我刚才是跟你玩笑呢。你虽然绝情，可我下不了手啊！”

“牛丫丫，不是我牛车车胆小，大丈夫可杀不可辱。”牛车车用手抹了一把脑门上的汗水，嘴上说，“我相信你牛丫丫不会这么狠毒，不管怎么说我们还是朋友，是合作伙伴吧。爱情没有，情谊还在。”但是，他心里暗自骂道：你牛丫丫这种鲁莽的女汉子还有啥干不出来的蠢事！

牛丫丫收起笑脸，严肃地说：“这件事你说该怎么办吧？”

牛车车挺起腰板，回答：“既然我有错在先，要杀要剐你说了算。但是，我还是那句话，大丈夫可杀不可辱。”

盈二奶说：“好啦，牛车车，你不要关公门前耍大刀——”

牛车车问：“怎讲？”

盈二奶回答：“挑战高手。”

“我牛车车岂敢哪！”牛车车心里暗自骂道：盈二奶，你就是条狗！关键时刻火上浇油。

“明白就好。”

牛丫丫低头沉思片刻，抬起头看着牛车车说：“好吧，既然我们是朋友又是合作伙伴，我不想把事情做得太绝。你我虽然算是定过亲，但婚姻大事强求不得，我不想逼你成亲。然而，你既然是我的未婚夫，我总不能看着你往我脑子上扣绿帽子还无动于衷啊。这样吧，我提几条处理意见供你选择。”

“你说吧。”

“第一，与我结婚，你今后做董事长兼总经理，全面管理七星奶牛场的经营和发展。第二，不同意结婚也可以，只要你同意保留我的未婚夫身份，自觉接受道德约束，你可以继续做总经理，但我不会无限期容忍。第三，解除未婚夫关系，离开七星奶牛场，今后你愿意找谁就找谁，我再不干涉你。如果你选择第三条，七星奶牛场只要继续在原地经营，每年付你们家场租费 5000 元。无论你选择哪一条，你都要慎重考虑，我会尊重你的决定，不会反对、不会干预、不会反悔。你认真考虑几分钟，给我一个答复。”

牛车车看得出来牛丫丫是认真的，他现在必须做出选择，离开还是留下。可是，他的脑袋涨得嗡嗡直响，他记不清牛丫丫刚才说的三条到底是啥。“牛丫丫，你能重新再说一遍吗？”

牛丫丫把三条意见重复了一遍。

牛车车这次听明白了。第一条他坚决不同意，至于是选择第二条还是第三条，他犹豫了……选择第二条意味着他必须放弃漂亮的牛花花，重新戴上总经理的花环，但失去了爱的自由，有点儿苟且偷生的味道。选择第三条则意味着离开七星奶牛场，放弃自己现在的工作和已经开创的事业。失去了工作，他还能得到牛花花的爱吗？他像一只迷失方向的羔羊，不知路在何方。

牛车车，你好难哟！牛丫丫一下子点到了你的痛处。

## 第三十章 官复原职

牛车车选择了第二条，走出被关押了三天的疯牛棚，回到了总经理办公室，官复原职。他想开了，不就是名义上的未婚夫嘛！承认未婚关系也算给牛丫丫一个面子，给自己找个台阶。至于结婚的事，他心里有数，不到万不得已坚决不答应。眼下，为了自己家，也为了自己，也为了一年多辛辛苦苦创业，初具现代化规模的七星奶牛场，他只能忍辱负重。忍吧，再干两三年，积攒些经验、资本和技术，将来有机会自己开个奶牛场。

回到办公室后，他像啥事都没发生一样立即重新投入到工作中。一连数天，他整天忙碌着工作，家也不回，夜里住在办公室。

媒婆盈二奶照常形影不离地“照看”在他的身边，让牛车车感到浑身不自在。新客户以为媒婆盈二奶是他老娘，老客户戏称媒婆盈二奶是他的小秘。小秘就小秘吧，有这种小秘留在身边也相安无事。牛车车慢慢地习惯了，真的把她当成小秘使用，呼来唤去。

每当夜幕降临，看到外屋媒婆盈二奶的身影，牛车车的气就不打一处来。他心里的那股恶气要发泄在盈二奶的身上。哼，那天夜里就是你这个多事的媒婆坏了我的大事，否则，我牛车车……他的眼前浮现出小树林、靓丽的牛花花、滚烫的唇、丰满的胴体……一部热片在这里被突然剪辑了。

“盈副主任帮我端盆洗脸水。”

“欸。”

“盈副主任把洗脸水倒掉。”

“欸。”

“盈副主任，帮我端洗脚水。”

“哼，刚才那盆洗脸水不能洗脚吗？你是不是在有意折腾我呀？”盈二奶不高兴地翻了他一眼。

“洗脸盆能洗脚吗？”

“哼，臭小子，穷讲究！你真的把自己当成姑爷了！姑奶奶我这么大岁数了让你呼来唤去的。用不用我给你擦屁股？”媒婆盈二奶双手掐腰站在门口骂道。

“嘿嘿，按理说你是姑奶奶，我应该伺候你。可是，你现在是办公室副主任兼我的小秘，你当然要听我的吩咐了。”

“啥小秘！论官职，我是牛头协会的魁首，还管你呢。算啦，不与你小子一般见识，姑奶奶我听你的吩咐，没问题。但是，你也要听我劝一句，今后别再干那种半夜跳窗翻墙的偷鸡摸狗的勾当了。”

“姑奶奶，你就别再揭我的伤疤了。牛花花是你的近亲侄女吧，你也够狠的了，那天夜里你竟然告诉他们抓住牛花花往死里打。”

“我啥时候说过这个话？我媒婆从来是与人为善，绝不会说这种话。再说，那牛花花也是我看着长大的，我能那么狠心吗！”

“是啊，你知道她人不坏，生活经历曲折，婚姻不幸，挺令人怜悯的。”

“我的侄女我当然了解。可是她太单纯了，经不住你的威逼引诱啊！”

“姑奶奶，你怎么说是我威逼引诱她呢？”

“大家都同情牛花花，都说你依仗自己是总经理乘人之危，仗势欺人，强行对弱女子下手。”

“胡说。我没有强行对她下手，我们是两厢情愿的。”

“你不用狡辩，我早就问过现场抓你的人啦，你当时趴在牛花花的身上像尿裤裆似的，把人家牛花花的裤子都搞得污浊不堪。为了保护你，我们只好与她私了。否则，告你强奸罪，少说判你入狱五六年。”

“啊？强奸！谁说我强奸她啦？是她吓得尿裤子弄湿我的裤子。不信你问问牛花花嘛。”

“她尿裤子怎么会弄湿你的裤子呢？”

“我……”

“你还狡辩，抓到你的那个夜晚，连我都看到牛花花昏倒在地上，衣裤肮脏凌乱，上身裸露。大家都说是你把牛花花诱骗到树林里的那棵大树下，然后把她打昏过去猥亵她、强奸她，没想到被当场抓获。”

牛车车争辩：“我没有强奸她，我只是动手……我也没有猥亵她。我们只是做了一点儿亲密的举动。”牛车车回想起来，由于当时情况紧急，牛花花的上衣都来不及整理好，逃跑时他抱着吓昏过去的牛花花不小心摔倒了。自己当时确实是趴在她的身上。“牛花花在哪里？她可以为我作证。”

“你应该感谢牛丫丫，她给了牛花花一笔钱私了啦。她不会告你了，也不会再缠着你。现在谁也找不着她了，她消失啦！这件事发生后，牛丫丫伤心地连哭三天，最后她还是原谅你了。你还觉得禁闭三天冤枉，要是那天有人报警的话，你早就不在这里了。”

“不可能，牛花花不可能说我强奸她。”牛车车目瞪口呆、双眼湿润，瘫倒在床上，两眼死盯着天花板嘴里嘟囔着，“她那天来事儿啦，我没碰……”

“你连她来事儿都知道啊！”

“咳，她自己说的。不管怎么说，我真的没碰她。”牛车车有点儿急，坐起来冲着窗外嚷嚷着：“牛花花，是你约我的，你说你爱我呀！怎么变成我强迫你了呢？”

盈二奶又改口说：“其实，牛花花那天只是不停地哭，她没说你强奸她，但是，现场的情景似乎表明是你强暴了她。”

“真的是她把我裤子尿湿的。”

“这种事你骗孩子去吧。要说你把她的裤子尿湿我信，她一个女孩子怎么能把你的裤子尿湿呢！”

“你可以问她呀。”

“算啦，姑奶奶我不与你争辩了。你今后好自为之吧。”媒婆盈二奶不想得罪牛车车，谁知道这小子将来会不会与牛丫丫结婚呢。那个牛丫丫早已昏头了，出了这么大的丑事还一心想嫁给他。还是好好伺候他吧，说不定牛车车将来真当上了姑爷，弄不好将来大权在握，会给她穿小鞋。盈二奶端起洗脚水出去了。

“我冤枉啊，姑奶奶！”

“你一点儿也不冤。我才冤枉呢，因为这件事牛丫丫责备我好几通，说我这个办公室副主任不称职，任人唯亲，招聘进人时把关不牢，还埋怨我没看牢你。你说你给我惹多大麻烦！”

“盈二奶，难为你了……”

“咳，还是当媒婆好啊，见面说好话，人人夸我好，助人为乐呀。这个倒霉主任当的，唉，我里外不是人。”盈二奶推开办公室大门，把一盆洗脚水“哗”地一下泼在门外的草地上。

一周后，一件让人意想不到的事情发生了，媒婆盈二奶的工作被调整了，她不再担任办公室副主任，被调到保卫科担任副科长。虽说是奶牛场保卫科，实际上就她一个人，官大权小；虽说是平调，可是具体职责不一样了，一个是坐在场长办公室里抽着旱烟聊着天，一个是整天待在门卫收发室里看大门，感觉有被贬的味道。这官呀，是当上不容易，下来更难。

盈二奶极不情愿地走马上任了，她的职责很简单，每天站在大门口验收出门证。不去怎么办呢？媒婆这个行业她虽然很擅长，也很喜欢，可是却越来越难做了，赚不到多少钱。农村的年轻人都进城了，留守的除了老弱病残，就是少年儿童，村里媒婆的数量比未婚青年还要多。就这样，媒婆盈二奶转眼之间从盈副主任变成了盈副科长。

一个月来，盈副科长整天坐在收发室抽着闷烟，心里一直想不通为啥被贬。我盈二奶担任办公室副主任期间工作得兢兢业业、一丝不苟、坚持原则、忠心不二、尽职尽责，关键时刻凭借我的专业敏感性和丰富的抓奸经验力挽狂澜，一举抓获奸夫淫妇，既避免奶场的重大损失，又为董事长夺回了未婚夫。有功不说，至少无过，怎么会带功受贬呢？

随后，更让人意料不到的是，就在媒婆盈二奶被调离的第二周，技术员刘萌萌突然被提拔为办公室主任兼技术科科长，夜里就睡在她睡过的那张沙发上。这个技术员简直是平步青云，一步登天，三个生产车间全归他管，而且还协助牛车车销售。一个月内，他的工资连升三级，甚至超过了牛车车。

牛丫丫怎么突然看中他了呢？盈二奶以为可能由于刘萌萌指导牛丫丫

负责的第一车间实施了机械化挤奶设备，产量突然倍增，让牛丫丫大喜过望，乐昏了头。嘿嘿，这个牛丫丫还懂得知人善用，任人唯贤呢！

可是，现在正是需要密切监管牛车车的时候，怎么突然把我撤掉了呢？两个单身男人住在一起，万一同流合污呢！下次再捉奸恐怕就不是一对了，应该是两对。这个牛丫丫她到底怎么想的？

这个月，媒婆盈二奶一直有些郁闷。

## 第三十一章　新欢

七月，一个月光明媚的夜晚，牛丫丫半夜骑着白马从外面回来。她把白马拴在院子里的一棵枯树杈上，随后走进收发室。她摘下头巾，轻轻擦去头上的汗水，脱下身上沾满了绿色杂草和尘土的披袍，随手把它挂在墙壁的衣挂上。满面春风、神清气爽的牛丫丫坐在媒婆盈二奶的床前，大声喊："姑姑，我来看你啦！"

"喊啥喊，我又不是聋子。"媒婆盈二奶正坐在床边一边抽着旱烟一边低头泡脚，见牛丫丫兴高采烈地坐在她的身边，生气地头一扭，爱理不理地说了一句气话。

"姑姑，让你受委屈啦，牛丫丫我特意来看望你。"牛丫丫怡然自得地说。

"今天是啥日子啊，啥风把你吹到鄙人寒舍来啦？"

"姑姑，今天是我的好日子，是大喜的日子啊。"

盈二奶感觉诧异，她仔细盯着牛丫丫那异常兴奋的红脸蛋。经验告诉她，这牛丫丫确实有啥兴奋的事情，多半与男人有关。此时，窗外传来"嘎吱"一声，盈二奶扭头向窗外望去，一个男人骑着一匹黑马从虚掩的铁门挤出一道门缝，骑进院子里。他在刚才牛丫丫拴马的木桩前翻身下马，把马拴好，然后朝办公室那边走去。这个男人是刘萌萌。

"姑姑，这个男人怎么样？"牛丫丫指着刘萌萌神秘地问道。

"你说的是他吗？"盈二奶指着刘萌萌的背影反问道。

"嗯，就是他。"

"不错，聪明、有技术、有工作能力，就是有点儿滑头。"

“姑姑帮我做个媒吧，我相中他啦！”

盈二奶一愣，伸手摸着牛丫丫的额头，说：“你没发烧吧，怎么说胡话呢？”

“谁说胡话了，我说的是真格的。”

“你让我帮你介绍刘萌萌？丫丫，你有把握吗？”

“当然有把握。”牛丫丫把嘴巴凑到盈二奶耳边，悄悄说，“我俩刚刚从大黑山里约会回来。这一个月来，他一直大胆地追求我，今天他正式向我求婚了。”

“真的吗？他不是蒙你玩的吧？小心他看中你的钱财。这种帅哥不可靠，也不适合你。丫丫，你还是冷静些想想他是否真的对你好，他为啥对你好。”盈二奶嘀里嘟噜地提了一大堆疑问。

“姑姑，你的顾虑我理解。你认为我长得丑，没有男人会真心喜欢我，爱我。我原来也这么以为的。但是，现在我明白了，男人和男人也不一样，有喜欢瘦的就有喜欢胖的，有喜欢高的就有喜欢矮的；有喜欢当牛粪的，专门追求漂亮妞，也有喜欢当鲜花的，娶个丑妻当成家中宝；至于女人的俊丑，全凭个人感觉，情人眼里出西施嘛。萌萌说他就喜欢我这种诚实可信、有安全感的女人。在他的眼睛里我就是地道的美女，他真心地喜欢我。”牛丫丫的眼睛里放射着喜悦的光芒。

“你了解他吗？”

“他在本场工作了四个多月，技术和生产上不必多说。除了精通设备，他还学过会计。管理方面，他的水平不在牛车车之下；销售方面，经验略显不足，但可以学习提高。据我调查，生活上，没见他与其他女人交往。他家住在达兰特矿区，家里的情况我不太清楚，随后你帮助我调查一下。”

“我怎么调查呢？我又不是办公室主任。”

“可你是保卫科副科长啊！”

“啥保卫科副科长，就是一个看大门的。”

“姑姑，我知道你心里有气。等奶场生意做大了，给你多配几个保卫干事。眼下你先替我牛丫丫看好大门。”

“哟，我的大董事长，话可要说清楚，你到底让我看好哪个门？奶场的大门呢，还是牛车车?”

“牛车车你不用再监管了，他童身已失，彻底伤了我的心。我已经正式警告过他了，只要在七星奶牛场工作一天，就不允许他胡来。”

媒婆盈二奶有点儿明白了，自己为啥被撤到收发室。牛车车失意了，她二奶也失去利用价值了。“那我只好看大门了。”

“这个门你要看，我的婚事也要把关。你不是认识达兰特矿区的媒婆吗，通过媒婆协会帮我了解下刘萌萌从前的经历和他的家庭状况。”

“据我所知，他八年换了八个奶场啊。”

“这个我也知道。这恰恰说明他技术好、工作能力强、见识广。刘萌萌是双学历，两个本科。一是制造业，精通设备维修；二是会计，精通审计、评估和预算，甚至还熟悉银行的业务。他说他很感谢你把他招聘进来，让他有机会遇见我。他很珍惜这个机遇，要一心一意跟我干一辈子，过一辈子。”

“你真的相信他的话吗?”

“开始不敢相信。经过半个多月的考察和多次接触，我感觉他的感情是真挚的。”

“看来你俩感情已经有进展啦，你自己感觉如何呢?”

牛丫丫脸色绯红，含羞坦白说：“从前，我是一匹孤独、强健、奔放、无法驾驭的野马。今晚，有月亮做媒、星星作证、小草作伴，他让我成为了一个幸福的女人。虽然生米已经做成熟饭，可我不想草率成婚，我希望姑姑你从中做个媒，让他明媒正娶。”

“哎哟，有点儿太快了吧，丫丫！你现在还是牛车车的未婚妻呢?”

“他牛车车出轨在前，我心已死，我们之间的情分已绝。一会儿你陪我去见牛车车，我要当面提出退婚。”

“你真的这么决定了吗?”

“当然。我知道牛车车不喜欢我，强扭的瓜不甜。而且，他干的事也伤透了我的心，他竟然把他的童身献给了牛花花。今后，我们只能是合作伙伴了。”

“他说他没干，他还是童身呢。”

“不可能，明明是他强暴了牛花花，刘萌萌他们亲眼所见。再说，童身又没法验证。咳，不管怎么说，他的心肯定是出轨了。”

“凭人品，还是牛车车好，只是你俩缺少点儿缘分。不过，他与牛花花的风波刚结束，你突然又提出中止婚事，会不会对他打击太大了呢?”

“姑姑，要么我也办一次抢亲吧。不过，这次抢亲最好让牛车车陪绑，哈哈!”

看来牛丫丫铁心要跟刘萌萌了。牛丫丫高中毕业，文化不浅，脑子不笨，遇事有主见，大事有主意。牛丫丫的三寸不烂之舌驳得媒婆盈二奶哑口无言。盈二奶发现自己练了一辈子的灵巧嘴巴，竟然讲不过眼前这个毛头丫头。看到牛丫丫洋溢着甜蜜的表情，她不想再说啥了。眼前的牛丫丫神采奕奕，突增几分秀色，看来爱情确实可以让女人变美。可是，她隐约感觉牛丫丫有点儿被刘萌萌迷昏了头。这个刘萌萌可与牛车车不一样，好像有点儿阴谋或野心，至少有强烈的个人欲望和目的。他到底把牛丫丫怎么着了呢?她瞥了一眼牛丫丫挂在墙上的沾满了尘土和草屑的披袍。这个牛丫丫今晚约会都干啥了?生米煮成熟饭是咋回事?难道牛丫丫已经做出了奉献?唉，即使现在想阻止，恐怕也晚了。怪不得牛丫丫把她这个岗哨从牛车车身边撤了，换到大门口站岗，原来是这么回事呀。这让她有一种被牛丫丫卸磨杀驴的感觉。

盈二奶心里暗自劝说自己：算啦，别计较了，倔强的牛丫丫，她要不想动，十头牛也拉她不动。她要想走，十头牛也拉不回来。

“当当当”一阵轻柔的敲门声。

“请进。”盈二奶应声答应道。

门开了，刘萌萌身着浅蓝色夹克式工作服，双脚穿着黑色马靴，一米八细高的身躯潇洒地倚靠在门旁，微笑地望着牛丫丫。牛丫丫惊喜地喊道：“亲爱的，是你!”随即旋风般地扑了上去。刘萌萌张开双臂勉强搀住牛丫丫的肥腰，他做了一个下蹲的姿势打算把她顺势抱起来，结果没有成功，踉踉跄跄地退后了几步，反而被冲过来的牛丫丫抱起来，就地抡转了几圈。

“我的妈呀，实在是受不了啦!”盈二奶浑身一哆嗦，双手蒙住了双眼，通过指缝窥视着他俩的举动。“妈呀，怎么还当我的面亲嘴了呢!”盈二奶晕倒在床上，嘴里还嘟囔着，“牛丫丫，你怎么这么没出息呢，好像这辈子没见过男人似的!”

牛车车呀，你以后的日子该难过喽!

# 第三十二章　变故

当天夜里，牛丫丫在盈二奶和刘萌萌的陪同下来到总经理办公室。牛车车没有睡觉，正坐在办公桌旁认真地读着《奶牛场的经营和管理》，他发现七星奶牛场还有很大的潜力可以挖掘，比如，制作奶粉和酸奶，创出自己的品牌。他对奶牛场未来的发展充满了信心。忽然，他听到窗外响起一阵嘈杂的脚步声，抬头向窗外望去，一下子惊呆了，他看到牛丫丫手挽着刘萌萌的臂膀从窗前走过。

难道我看花眼了吗？我看错人了吗？他用手揉揉自己的眼睛，脸俯在玻璃上向外望去。欸，真他妈的是刘萌萌这小子呀！半夜三更的，牛丫丫怎么会挽着他的胳膊呢？

门开了，牛丫丫和刘萌萌一前一后从外屋走进来。

“董事长……刘科长……你们这是……”

牛丫丫见他呆若木鸡，张口结舌，便开门见山地说：“牛车车，你自由啦！”

牛车车一脸茫然，有点儿丈二和尚摸不着头脑，说：“啥自由不自由，我本来就是自由的嘛。董事长，这是咋回事？你俩这是……”

牛丫丫伸手搭住刘萌萌的肩膀，回答：“牛车车，你别装糊涂，这还看不出来吗？就兴许你牛车车偷鸡摸狗，就不许我牛丫丫自由恋爱吗？”

“你俩恋……恋爱啦？”

“当然，我总不会死守着枯树等待发芽吧。我还得感谢你和牛花花，否则我打着灯笼也找不到我的这位白马王子呀。哈哈！”牛丫丫甜蜜地瞟了一眼刘萌萌，说：“亲爱的，是这个理吧？”刘萌萌不自在地倚靠着门框没有言语。

牛车车浑身一哆嗦，摸摸自己的胳膊，说："怎么突然变天了，这么凉呢！"

刘萌萌偷偷瞄了一眼牛车车，面色尴尬，唯唯诺诺地说："千真万确。真要感谢牛总您忍痛割爱啦！"

牛车车半惊半喜半忧地说："嘿嘿，痛倒是不痛，就是有点儿太突然了。"

"没良心的家伙，我就知道你不会心痛。我牛丫丫今天正式提出，从今天起与你解除婚约，你自由啦！"

"真的吗？你自愿与我解除婚约吗？"牛车车有点儿不相信自己的耳朵，这可是他做梦都想的喜事啊。

"当然真的，有盈二奶和萌萌做证，你我从此分手。"牛丫丫转身对刘萌萌说："亲爱的，今天我们正式订婚吧。"

牛车车打了一个寒战，说："牛丫丫，求你了，别一口一个亲爱的，你再说几句，我这鸡皮疙瘩上该长鸡毛了。"

"你不爱听，我偏要说。亲爱的，亲爱的，亲爱的，我就想让你变成一只大公鸡。盈二奶，今天你就为我和萌萌做媒，我要当着牛车车面举办一个订婚仪式。"

牛车车这才注意到媒婆盈二奶跟在牛丫丫和刘萌萌的后面。盈二奶用长长的烟袋锅指点着牛车车说："傻小子，你怀抱着甜瓜，嘴里啃着苦瓜，有福不会享，结果甜瓜丢了，苦瓜也没了。后悔了吧？不听老人言吃亏在眼前。"

后悔？这有啥值得后悔的呢！就牛丫丫那张脸，看一眼吓一跳，摸一把还不吓出尿呀！他明白了，刘萌萌与牛丫丫好上了，自己从此解脱啦。"嘿嘿！"牛车车咧开大嘴笑出了声，"既然有这等喜事，我们是不是该庆祝一下呀？"

"庆祝啥？是庆祝你自由呢，还是庆祝我另有所爱呢？"

"两者兼而有之。"

"牛车车，你别高兴太早！"牛丫丫神色不悦，"婚约虽然解除了，可是我今后仍要对你约法三章。"

牛车车收住笑脸，诧异地问：“哪三章？”

“第一，在我与刘萌萌结婚之前，你不许谈恋爱。你答应吗？”

“我就知道你不会善罢甘休。婚约解除了，你凭啥还要管我？你没这个权力！”

“只要你在七星奶牛场工作，我牛丫丫就有权管你。我要你在我的婚礼上当伴郎。”

牛丫丫的霸道让牛车车有点儿哭笑不得：“好吧，我答应你。第二呢？”

“今后刘萌萌任总经理，在里屋办公，你任总经理助理兼任销售科科长，在外屋办公。你要服从他的领导，全力协助他的工作。你的工作向他汇报，他的工作向我汇报。”牛丫丫早有准备，干净利落地下达她的最高指示。

牛车车的脸色变灰了，降职这可是他没有料想到的，七星奶牛场是他一手建立起来的，奶场的经营、生产、销售、管理离不开他。他理直气壮地问道：“牛丫丫，你凭啥把我官衔降了？”

“当初我讲得清楚，只要你同意保留我的未婚夫身份，自觉接受道德约束，你可以继续做总经理。你现在不是我的未婚夫了，自然就不能当总经理啦。”

“可是，这婚约是你主动解除的，又不是我工作无能。”

“所以，我保留了你从前的一切待遇，正科级、工作照旧、工资不变，你还做你的老本行，销售，而生产、开发和经营归刘总经理管。”

“牛科长，丫丫这么安排，对你够仁至义尽了。你至少还是个正科长，比我的待遇还高嘞，嘿嘿！”盈二奶有点儿幸灾乐祸的样子。

牛车车怒视盈二奶想要发作，盈二奶坐在办公桌前的皮椅上，背对着他，吧嗒吧嗒地抽着旱烟，摆出一副不理不睬的架势。唉，狗仗人势！牛车车沉默片刻，无可奈何地说：“好吧，我同意。”

“第三，今后你不许与牛花花来往。”

“啥？你再说一遍。”牛车车惊呆了，有点儿不相信自己的耳朵。

“今后不许你与牛花花来往！”

“牛丫丫，你也太霸道了吧。凭啥？”牛车车气得浑身发抖，“你以为我是清政府啊，什么辱国丧志的条约都可以签啊！这一条我绝不答应。”

“谁让你给我戴绿帽子呢！这口恶气憋在我胸口一直难以吐出。记住，你答应也得答应，不答应也得答应！除非你离开七星奶牛场，否则，牛花花休想再踏进七星奶牛场半步。哈哈！”说完，牛丫丫得意扬扬地牵着刘萌萌的手转身走了。刘萌萌在经过窗外时扭头冲牛车车摆摆手，说了一句：“不好意思啊。牛总别担心，面包会有的，奶牛也会有的。”

“呸！”牛车车站在办公桌前，面色苍白，嘴唇哆嗦着，没有理睬刘萌萌，气愤地指着牛丫丫背影喊道：“牛丫丫你太霸道了！”

“哈哈……”窗外传来牛丫丫的狂笑。

盈二奶依然坐在皮椅上，讥讽说：“傻小子，还愣在那干吗！赶紧收拾行李搬到外屋去吧。我来帮你把被褥拿到外屋沙发上。唉，这沙发可不是人睡的地方啊，姑奶奶我睡得腰酸腿痛。”

牛车车站在原地未动，他张着嘴巴还想抗争，可是牛丫丫急匆匆地消失在夜色里。牛车车知道她是故意不给他申诉的机会。

盈二奶继续唠叨着：“放着好日子不过，现在后悔了吧？还好，你小子比我强多了，只是从里屋搬到外屋，而二奶我受你牵连从这里搬到了收发室，虽说睡热炕比沙发强多了，可是二十四小时站岗放哨，那个被贬的滋味啊，更难受！”

牛车车站在屋子中央，挥动着握拳的双臂，眼含泪水，腮帮子气鼓鼓的，脸色铁青，他一肚子怒气无处发泄，憋了半天才张开大嘴，转身冲盈二奶长吼一声：“别唠叨啦，你给我滚——”

“我的妈呀，牛疯啦！”盈二奶吓得连滚带爬逃走了。

“哇！”牛车车坐在地上号啕大哭起来。他哭自己的一肚子的委屈。为七星奶牛场的发展立下汗马功劳的他，正处于在生产和销售方面展示优秀管理才能的高峰时期，却转眼间被撤掉了。地球离开谁都照常转，可是你牛丫丫不能太任人唯亲了，你连过渡一下都等不及了吗？他哭牛丫丫的绝情和自己的无能。既然你已经找到了情人，干吗还限制我的自由呢？难道你还想让我待在这里给你当替补吗？他哭自己感情上的不幸。小时候，与孙鲭约会不成，反被刘佬转羞辱一番，至今他记忆犹新。长大后，抢亲屡试屡败，一次次挫伤他的自尊心，就连最近一次的偷情，竟也被众人当场抓住关进疯牛棚里，差一点儿进了监狱。本来是两厢情愿的，怎么后来大家都说我强奸她呢？“呜呜。”他伤心地哭个不停。

“当当当”有人在敲窗子。牛车车从地上爬起来，擦把泪水走到窗前。推开窗户一看，原来是媒婆盈二奶眼泪汪汪地站在窗前看着他。“孩儿啊，别哭啦！我知道你心里难受。其实，我挺同情你。”

“我委屈呀，姑奶奶。我今后怎么办呢？”

“我知道你委屈，你为七星奶牛场的发展立下了汗马功劳。七星奶牛场不能没有你啊！那个刘萌萌我看他没安好心，牛丫丫她是鬼迷心窍。牛车车，你不能走啊，你还要帮助牛丫丫呀！”

“可是……别的我都可以忍了……但大丈夫可杀不可辱啊，她凭啥禁止我与牛花花接触呢！”

“唉，看来你小子对牛花花还真动了感情。别难过了，将来有好姑娘，姑奶奶我帮你去说亲。”

“不，姑奶奶，我牛车车不争面子争口气，除非牛花花这辈子不嫁我，否则我非她不娶。”

“唉……看来你也是鬼迷心窍了。好吧，如果有牛花花的消息，姑奶奶我一定告诉你。”

“对不起，姑奶奶，刚才小辈无礼了。”

“我知道你心情不好，不怪你。那个姓刘的是乘虚而入，把牛丫丫迷住了。我看照这样下去，这七星奶牛场凶多吉少呀。牛车车，你真的不能走啊，你要帮牛丫丫一把。”盈二奶再次叮嘱道。

“我能帮啥忙呢？她牛丫丫有主意，不会听我的。说不定她认为刘萌萌管理能力比我强呢。”

“唉，听天由命吧。但愿这姓刘的没安歹心。”媒婆盈二奶打了个哈欠，转身离开了。

“谢谢姑奶奶。你早点儿休息吧。”牛车车关上窗户，开始收拾自己的行李。

里屋和外屋虽然一门之隔，但两个等级，两重天地，里屋是总经理室，象征着权力和地位，外屋是人来人往的办公室。此刻，他才意识到里屋和外屋存在着处级与科级的巨大反差。

人在屋檐下不得不低头。可是，他牛车车受不了这份屈辱。这时他才意识到，总经理虽然光环耀眼、地位显赫，可实际上就是个打工的。

## 第三十三章　花花

牛车车把自己的物品收拾妥当搬到了外屋。他躺在外屋的沙发上，瞪着圆溜溜的眼睛望着雪白的天花板，没有一丝睡意。他冷静下来，开始认真思索着今后该怎么办。离开七星奶牛场，他有点儿舍不得，自己辛辛苦苦创下的产业拱手让给别人，他还有没做完的事业，除了鲜乳外，他还要经营酸乳制品。留下来吧，没有一点儿尊严，今后还要听那个小白脸的使唤。不管自己与牛花花今后有没有结果，至少不能被人剥夺相爱的权利。牛丫丫的性格简单，行事武断、粗暴，好比熊瞎子敬礼，一手遮天。自己即使留下来恐怕也难做成大事啊！难道自己一辈子就这样当奴才吗？

牛车车看了看手表，后半夜两点了。刘萌萌怎么还没回来呢？“哈哈。”牛车车想起自己被牛丫丫掳到大黑山后的遭遇，突然开心地大笑起来。他能够想象到这一夜牛丫丫是怎么折磨刘萌萌的。小子，让你好好尝尝苦头吧，小白脸是那么好当的吗？你以为牛头公主是那么好招惹的呀！精明的牛丫丫不会吃亏上当受骗的，不小心你就会尝到牛蹄子的滋味！

解脱啦！他忽然感觉自己很幸运。他的情绪慢慢地安静下来。他打定主意，既然解脱了，干脆留下来继续工作，他还要学习很多东西、干很多事情，还要赚钱，更重要的是积累经验。他打了个哈欠，伸了个懒腰，随手拉下电灯的开关，脱了外衣钻进被窝里。

他迷迷糊糊地进入了梦乡……

夜，一片寂静。

蒙眬之中，刚刚进入梦乡的牛车车，听到有人在敲打玻璃窗，他似醒非醒地侧着耳朵倾听着那个既轻柔又急促的声音。他感觉自己瘫软在床上，四肢动弹不得，张开嘴巴发不出声音。可是，那个敲窗的声音有节奏地重复了几遍，终于把他敲醒了。他费力地睁开眼睛，向窗外望去，看到黑夜里一个熟悉的面孔伏在玻璃窗外，一只纤细的小手“嗒嗒嗒，嗒嗒嗒”轻轻敲打着玻璃窗。

“谁呀?”

“牛哥，是我，牛花花。”

“牛花花，是你!”牛车车的身体像被注射了一针强心剂，肌肉兴奋起来，噌地从床上蹦起来，顾不上穿上外衣，穿着短裤背心跑到窗前。他拉开窗栓，推开窗子，看到牛花花面色苍白，蓬头垢面地站在窗外。“花花，真的是你!”

“你睡得太死啦！我敲了半天窗子，你一直不醒。快把我抱进去。”牛花花伸出双手。

牛车车探出身体，伸出双臂把牛花花拉到窗台上，然后把她抱下来。牛花花扑到他的怀中紧紧拥抱着他，泪水浸湿了他的面颊。

牛车车惊喜地问:“花花，你好吗？你离开七星奶牛场后去哪里了?”

“不好。自从被撵出七星奶牛场，我无处可去，流浪在额吉淖尔镇，四处打工，想你又不敢来见你，我活得好苦呀!”

牛车车这才注意到牛花花仍然穿着一身七星奶牛场的工作服。他不知是感动还是伤心或是怜惜，流下几滴泪水:“花花，都怨我无能，不能保护你。”

“别说了，我知道你爱我心疼我。我今生今世死心塌地跟你了。你要我吗?”

“我要你，一辈子都要你。”

“你不怕得罪了牛丫丫被赶出奶场吗?”

“不怕。”

“你和牛丫丫的事我全都知道了，牛丫丫就是董事长，她一直想拥有你，她害怕别的女人把你从她身边夺走，所以派媒婆姑姑日夜监视你。她以为我那天夜晚抢走了你的童身，恼羞成怒，想加害于我。我急中生智，说是你强奸我。她怕我报警，怕你惹上官事，影响奶场的生意，不得不匆匆与我私了，放我走了。牛车车，委屈你了，我当时为了保命也想不出别的办法。”

“哦，原来如此。现在你不用害怕她了，她已经与我解除婚约和别人订婚了。她现在没权力干涉我，大不了她解雇我。天亮后，你去告诉她，我那天没强奸你。”

“干吗要告诉她？就让她误解去吧，让她对你心灰意冷。哼，将来我一定要编织个更大号的绿帽子给她戴上。”

“可是，我不能背个强奸犯的罪名啊！”

“怕啥嘛，只要我知道你是好人就行呗。再说等以后我们结婚了，这段事情也就算不了啥了。”

“你还没……”牛车车还想再说什么，牛花花的舌头堵住了他的嘴巴。他俩热烈地接吻了。

牛花花突然想到什么，用手推开牛车车的嘴巴，说：“这个牛丫丫也够愚蠢的了，都什么年头了，还相信什么童身之类的鬼话。”

牛车车涨红脸孔说：“花花，我……”

“不用解释，我知道你不可能是童身。我也不会在意。”

“花花，我是童身。”牛车车低声道。

“哼，你骗牛丫丫还行，骗我没门！我才不信呢，你整天都快被女人淹没了，还会是童身吗？除非你有病。”

“花花，我不骗你，我真是童身，可能我真的有病。”

“啊！牛车车，太好啦！今夜把你的童身献给我吧。明天我们私奔，永远离开这里。”

“只要你不嫌弃我穷，愿意跟我过日子，我会重新开始，办自己的奶场，让你过上幸福体面的生活。”

“我牛花花不图你钱财，只要你人。我相信你是一个值得信任、值得依靠、值得我奉献的人。”牛花花双臂搂紧他的脖子，娇滴滴地催促说，“亲爱的，快把我抱上床。”

牛车车激动得浑身颤抖，顾不上关窗，双臂捧起牛花花，把她轻柔地平放在自己的床上。他扒光自己的衣裳，双肘支撑着健壮的身躯，趴在牛花花的身上，双目凝视着自己身下这个美貌性感的女人。他从心底搜寻出几句能够发泄自己内心激情的语言，可是，他的嘴唇颤抖着，发不出确切的词句。牛花花迷离的眼神带有一丝淫荡，苍白的脸蛋泛起一片红润，她的娇容忽隐忽现、忽远忽近、忽浊忽清，他感觉自己像在做梦。他狠狠地捏了自己大腿一下，感觉到一丝痛感。

“别愣着啦！看你像在做梦似的。”牛花花双手勾住他的脖子，气息有些急促，昂起头亲吻他温润的唇。牛车车俯下头狂吻她的额头、眼睛、鼻尖和面颊，瞬间点燃了他心中的激情，勾起他体内涌动着的欲火。此时，他突然感到自己很勇猛、很强悍、很男人。

牛车车的身体像一艘抛了锚漂荡在水面上的小船，在牛花花的身上随波起伏游荡……不久，一切又风平浪静了。

牛车车侧身躺在牛花花的身旁，脸贴在她的胸前。牛花花一只手轻轻抚摸着他凌乱的头发，另一只手轻轻揉搓着他的背部。他们谁也没再言语。

夜，依然一片寂静。他昏昏欲睡……

“当当当”突然一阵敲门声响起来。糟了，有人来啦！精疲力竭的牛车车浑身松软，几乎睁不开双眼，也动弹不得。“当当当”又是一阵急促的敲门声。接着，吱嘎一声，响起推门的声音。

“花花，有人进来啦，你来不及躲了。你别动，就藏在被窝里，我来应付。”牛车车费尽九牛二虎之力才喊出这句话，下意识地把身上的被子向里面拉了一下，接着，他从被子里伸出头来，向门口望去。

天色早已大亮，太阳的光线斜射在办公室的地面上，媒婆盈二奶手里拿着一把笤帚站在他的床头，吼叫着：“太阳都照屁股了，还不起床！”

牛车车睁着惺忪的眼睛，探出半个身子对盈二奶说：“姑奶奶，你今早回去休息吧，我一会儿自己打扫卫生。”

“这算是我最后一回伺候你，以后你也没有这个待遇了。”

“既然如此，更不能劳驾您老啦。我还是自己打扫吧。”牛车车掀开被角露出半个身子，他希望赶快把盈二奶打发走。

“欸，你小子睡觉怎么还搂着一只枕头呢？哈哈，牛车车，你是不是想女人想疯啦？”盈二奶转身走到窗前，打开窗栓，推开窗户，转过身继续扫地。一只小花猫噌地从外面跳进来，钻到桌子底下。盈二奶和牛车车谁都没注意到这个不速之客的来临。

牛车车低头一看，自己胸前果然抱着一只大花枕头。此时此刻，他一动也不敢动，害怕盈二奶发现他身后躲藏的牛花花。牛车车尴尬地说：“嘿嘿，不好意思，搂着枕头睡觉暖和些。”

“牛车车呀，我还是那句话，想开些。等到有牛花花消息后，我第一时间告诉你。”盈二奶转身回来继续说，“快起床吧，我还要帮你叠被子，整理床铺。”

“不用了，我自己来收拾，我还要……”牛车车钻回被窝里裹紧被子，突然，他脸色蜡白，慌张起来，他的手在被窝里摸索几下，一下子从沙发上坐起来，尖叫：“花花呢？花花哪去了？”他把被子掀起来，沙发上空空的，屋子里只有他和盈二奶俩人。难道牛花花在天亮前偷偷离开了吗？

盈二奶奇怪地看着他，问：“花花？哪个花花呀？牛花花来了吗？欸，你小子怎么还尿裤子了呢？哈哈！”盈二奶用笤帚指着牛车车的裤裆大笑道。

牛车车低头一看，自己的裤衩湿了一片。他的脸臊得红紫，连忙把被子盖在身上。他四处张望，嘴里念叨着：“花花，花花！你在哪？”

“喵……喵……”突然桌子底下传来一声猫叫。盈二奶弯下腰从桌子下面抱起一只小花猫。“你要找哪个花花呀？是这只小母猫吧。”她把猫扔到牛车车身旁。

牛车车哭丧着脸，搂着那只小花猫说：“花花，你怎么变成一只猫了呢？”

“唉，真想不到，见不着牛花花，你竟然喜欢上猫花花啦。可怜呐，鬼迷心窍！”盈二奶拎着笤帚出去了。

牛车车四处张望着，一脸的诧异，我这是怎么了？我夜里不是睡在床上吗，怎么醒来却是躺在沙发上呢？牛花花不是一直睡在我身边吗，怎么转眼变成了猫花花？我记得夜里我没关窗啊，怎么早晨窗户不仅是关着的，而且还插着窗栓！他伸手摸一下自己的裤裆，黏黏糊糊的，难道我真的……

他爬起来，穿上衣裳，找到一张白纸和钢笔，草草地写上几个大字：辞职书。

# 第三十四章　挽留

听说牛车车要离职，牛丫丫急了，连忙跑来劝阻他。他俩在办公室里开诚布公地长谈了一次。两个多小时过去了，牛丫丫的嘴皮子都要磨破了，牛车车还是执意要走。

“牛车车，我昨天有些话是在开玩笑，我说不让你谈恋爱，让你当我们婚礼的伴郎，是我对你的一种情衷。你知道，我一直喜欢你，但我得不到你的心，所以我半开了个玩笑。我禁止你与牛花花接触，是有点儿不讲理，可是，你应该理解我的好意，那个牛花花可不是啥好女人，结了婚的女人背着丈夫在外面找男人。这种女人，别看她脸蛋漂亮，但心肠不好，她可以给她老公戴绿帽子，将来就会给你戴绿帽子。其实，她看中的不是你，而是你的钱财。人家都说是你诱骗她到小树林里强奸了她，我根本不相信。我还不了解你吗？鸽子的心，老鼠的胆，有色心没色胆。你永远不会像大公鸡那样骄傲自大，像野狼那样勇往直前。那个牛花花就不同了，她是个狐狸精，勾引你，迷住你的魂。

“至于工作的调动，我承认我感情用事，操之过急。但是，你要理解我的感情，刘萌萌对我很好，让我很受感动，我要给他回报。我牛丫丫确实是个既固执又重感情的人，有时候明知道不对又偏要去做。要么，我再颠倒过来，你看如何？”

“牛丫丫，你千万别这样。刘萌萌技术好，精通设备维修又懂生产管理，是个难得的人才，他当总经理比我强。加上你俩感情好，情趣投缘，七星奶牛场的生意一定会好上加好。不管怎样，我心里非常感谢你。一是你让我学到了本领；二是让我家脱贫；三是让我有了自信。我回家后打算办个家庭式小奶牛场，在你的这棵大树下好好乘凉。”

“既然你执意要走，我也挽留不住，那你就走吧。记住，想回来时，我随时欢迎。我送你五头七星级奶牛，并把你的家庭奶牛场并入到我的七星奶牛养殖集团中，统一销售。将来有小牛犊，我还会再送你几头。”

牛车车感动得热泪盈眶：“谢谢，牛丫丫！”牛车车把自己的学习笔记和自己关于七星奶牛场的工作规划和设想留给了牛丫丫。

牛丫丫慷慨地说：“不用客气，你既是七星奶牛场的创始人，又是有功之臣，这点儿小意思是应该的。相聚是亲人，分手是朋友，我最后再告诫你一句，女人的心犹如晴天雨，情花如流水，你永远得不到牛花花的心，你也不会再见到她了，你不要再枉费心机……”

牛车车故意打岔说：“欸，牛丫丫，顺便问一句，你啥时候成立的七星奶牛养殖集团，我怎么不知道呢？”

“不瞒你说，昨天夜里我和刘萌萌探讨了半个晚上，打算成立这个集团。刘萌萌说这叫做强做大，把四周的养殖户都带动起来，生产销售一体化。”

“哦，原来是刘萌萌的主意呀。”

“你觉得如何？”

“主意很妙。家庭养殖户奶牛少、产量低、成本也低，价格上有优势，但不能满足市场的需求。成立集团后可以把零散的养殖户整合在一起，提高竞争力，统一质量、统一价格、统一标准。但需要有具体操作的措施，农户关注的是他们自身的利益，有利他们才能干。”

“嗯，你的分析与他一致，他也提到这是集团成立的关键。你走了让我失去了一半臂膀。”牛丫丫眼睛红润，停顿片刻，“说句心里话，我还是喜欢你的。前些日子我看到一个记者环游不丹后写的一篇文章，不丹的女人很幸福，可以一妻多夫。如果我们允许一妻二夫的话，我绝不会放过你。我第二个丈夫就选你。哈哈哈！”

“拜拜！”牛车车吓得脸色苍白，心想：我的妈呀，牛丫丫，你太强大了！多亏没有这个政策。我还是赶紧走吧，再这样纠缠下去，我该当小三了！

牛车车当天下午赶着五头七星级奶牛离开了奶牛场，牛丫丫一直把他送到了七星奶牛场的大门口。媒婆盈二奶站在收发室大门口举着烟袋锅摇晃着，喊道："牛车车，记得有空回来保卫科看我啊。"

"姑奶奶，别忘记你的承诺，我等你的消息。花花的事全靠你啦！"

"妈的，臭小子，你还赖上姑奶奶我啦！没有牛花花，猫花花中不中啊？哈哈！"盈二奶讥讽道。

牛丫丫脸色一沉，气愤地对牛车车说："啥牛花花、猫花花，你怎么现在还惦记那个骚女人呢！"

"哼，牛丫丫，出了这扇大门你就管不着我了，你还是好好照看好自己吧。从此以后你我井水不犯河水，拜拜！"

牛丫丫怒气冲冲地说："站住，有种你别离开七星奶牛场。"

盈二奶瞥了一眼牛车车，嘻嘻笑着对牛丫丫说："你哪里知道，他想牛花花都想疯了，夜里睡觉搂着一只猫花花，一睁眼睛就到处找花花。他如此执迷不悟，能不离开七星奶牛场吗？"

"盈二奶，你别胡说！"牛车车坐在牛车上呵斥道。

盈二奶喊道："牛车车，今早你尿裤子是咋回事？有种你别走啊！你找牛花花这种风情女人，不怕将来戴绿帽子呀？"

牛丫丫轻蔑地哼了一声："没出息！走就走吧。人各有情，岂能强求呀！有愿意做绿帽子的，就有愿意戴绿帽子的。不管怎么说，本公主我是绝对不容忍有人给我戴绿帽子。"

牛车车怕盈二奶八卦起来收不住，不敢继续应战，挥动牛鞭，"得儿，得儿"急忙赶着牛车跑了。

牛丫丫的牛跑得还真的挺快，转眼的工夫回头望去，七星奶牛场的大门变得低矮，牛丫丫和盈二奶的身影变得渺小，牛丫丫还在向他招手。

牛车车终于张开大嘴长吁一口冷气，冲着天空大叫两声："牛车车，你终于自由啦！牛花花，等等我，我来了！"

# 第三十五章　再铸辉煌

三个月后，七星奶牛集团正式成立了，全村十几户家庭养殖场加入了七星奶牛集团。在开幕式上，牛丫丫宣布自己的慈善义举，向村里贫困户赠送奶牛二十头，全村共十个贫困户每户现场领取奶牛两头。当地媒体做了充分的报道，吸引了众多鲜奶加工企业的目光，七星奶牛集团成为西部地区一个赫赫有名的大型鲜奶生产基地。

七星奶牛集团成立之后，算是给村里的家庭养殖农户带来一件大好事，每天上午十点钟，农户把自家的鲜奶送到七星奶牛场的仓库验收入库，当天统一销售出去，傍晚就可以拿到现钱。原先家庭养殖户的成本低，价格卖得也低，自从统一销售之后，农户的利润增加了，个个笑逐颜开。

鲜奶加工企业也省事了，不用挨家挨户地收牛奶。一些原来没办家庭养殖奶牛的农户，都张罗着买奶牛办奶场，一些正在经营家庭奶牛场的农户也张罗着扩大养殖规模，因为鲜奶销售不用愁，等于坐在家里数钱。连村里原来的首富牛柳村长家也改弦易辙，办起了奶牛场。

牛车车从七星奶牛场带回来的五头奶牛中有三头奶牛正在产奶，每天产奶量共有 150 公斤左右，除掉自家吃喝，每天还能赚百八十块钱，一家人过着小康的生活。牛车车在七星奶牛场干了三年多，主要负责销售，他与各个鲜奶加工企业的业务员非常熟悉，有的甚至成了朋友，他的这点儿鲜奶用不着拿到七星奶牛场，直接被他的朋友买走了。牛车车不满足于这种小本生意，他心里在酝酿着一个牛车车奶牛场的发展规划。

七星奶牛场待售的百八十头小牛犊和行将被淘汰的奶牛被农户们一抢而光。刘萌萌的第一招术达到了双赢的目的，七星奶牛场既减少了运行成本又赚回了现钱。牛丫丫的钱包更鼓了，一跃成为牛村的首富。

七星奶牛场的名气大了，在村里的威望高了，连镇长都亲自到场里视察，悠闲自在地坐在品奶吧里喝着鲜奶。牛丫丫也从后台走向前台，荣登当地报纸先进民营企业家的光荣榜，七星奶牛场从此走向辉煌。

此时，乡亲们才恍然大悟，原来七星奶牛场的老板是牛丫丫，大家对牛丫丫家刮目相看。别看人家牛丫丫长得有点儿怪，然而，人不可貌相，这才是女中豪杰呢。大家在夸奖牛丫丫的同时，免不了责骂刘佬转几句：这个刘佬转真是损人不利己啊！

牛丫丫心里别提有多惬意了。谁说胖女不可爱，只是没到可爱时！谁说丑女得不到爱，日久生情更踏实！此时此刻，在乡亲们的眼睛里，牛丫丫的容貌不仅赏心悦目，而且可爱至极，温暖人心。阳光、雨露、春风、笑脸、歌声全都围绕在她的四周，她成了牛村的救世主。

刘佬转厚着脸皮找到牛丫丫的办公室，要求加入七星奶牛集团。他站在牛丫丫办公桌前，半躬着腰歉意地说："牛董事长，我们牛、刘两家多年相邻为亲，相安为居，血不亲情也亲，请您原谅我们刘家过去几年干过的蠢事吧。"

看到刘佬转情真意切的可怜相，牛丫丫顿时气消怨散，挥挥手大度地说："过去的事就过去吧，乡里乡亲没有解不开的仇。今后大家以诚相待，共图小康。"

听到牛丫丫这么说，刘佬转轻松地直起腰杆，顿时喜笑颜开，说："牛丫丫姑娘，您果然气度不凡。我曾经对我老婆夸奖过您，说您是牛郎的后代，仙女的化身，下凡人间造福咱牛村。"

听了刘佬转的话，牛丫丫先是一怔，接着脸色一沉，"啪"的一声，拳头砸在桌子上，厉声喝道："刘佬转，亏你比我多活了几十年，连人话都不会说。啥是牛郎后代、仙女化身，你还是拐弯抹角地说我不是人，是吗？"

刘佬转心里一惊，糟了，马屁没拍对，拍到马蹄子上了。他后悔自己失言，连忙强装笑脸赔不是，说："董事长，别生气，我不是那个意思。我是想赞美您找不到合适的语言。您当然是人啦，您是我从小看着长大成人的。"刘佬转看到牛丫丫脸色缓和，松了口气，把脸凑到牛丫丫跟前，套近乎地说，“你娘可是个大美人啊。我当年还与你爹抢过亲。只可惜我没福气，输给你爹了。”

“所以，你一直心不甘，你选择当了我家的邻居，总想挑拨是非拆散我爹与我娘。后来，为了搞垮我家奶牛场，你又制造了一系列的谣言。”牛丫丫接着刘佬转的话说道。

刘佬转狡辩说：“那些都是我家的牛大岚干的坏事。妇人家心眼小，看不得你家生意兴旺，便心生歹意。还请董事长多多包涵。”刘佬转急于推脱自己的责任。

“算啦，不说这些了。乡里乡亲的以和为贵。其实，我还是很感谢你们家的，没有你们家当年暗地里的苦苦相逼，就没有七星奶牛场的今天，也没有我牛丫丫今日的辉煌。”

“那是，那是。你牛丫丫就是女中豪杰，是我们牛村的福星。还有，刘萌萌也是难得的人才，你俩结合堪称郎才女貌、金玉良缘，一定是你娘为你修的幸福姻缘。”

刘佬转最后这几句话总算把牛丫丫夸得嘴角咧到了耳根子下面。“哈哈，这是你的心里话吧！”

“当然，绝对的心里话。”

“好吧，相见一笑泯恩仇！我同意你的佬转奶牛场加入集团，马上签订入伙协议。从明天起，你家的鲜奶每天直接送到奶场来吧，全部统一销。不过，我们丑话说在前，牛奶质量自己负责。不许掺水，不许加任何添加物，否则拒收。”

“那是必须的。”刘佬转兴高采烈地离开牛丫丫办公室回家了。

刘佬转前脚刚走，刘萌萌后脚就到。刘萌萌到额吉淖尔镇出差有一周了，今天刚回来。小别一周重逢，看见刘萌萌出现在院子里，牛丫丫欣喜若狂，刘萌萌推门进来还没来得及卸下双肩包，牛丫丫就冲过去一把将他抱起来，在办公室中央连续旋转了十几圈，然后突然把他撂在地中央。刘萌萌最大弱点是平衡不好，他双目紧闭，双手在空中摸索着，东摇西摆，站立不稳。牛丫丫就喜欢看到他这种弱不禁风、不堪一击的样子。

“丫丫，快扶住我！”刘萌萌一头栽在牛丫丫的怀里。

牛丫丫哈哈大笑，再次抱起刘萌萌，双臂用力把他抛起来，扔到牛车车曾经睡过的那张大床上，然后做了一个饿狼扑食的动作，扑到刘萌萌的身上。

刘萌萌身体向后一躲，牛丫丫扑空了，摔在床上，而刘萌萌由于躲得过猛，自己的脑瓜“咣当”一声磕到床头。“哎哟，”他揉揉自己的后脑勺，脸色不悦，说，“牛丫丫，我成了你的玩具啦！你能不能轻柔些呀？”

牛丫丫心疼地用手揉着他的后脑勺，歉意地说：“对不起，一星期没见了，我都想死你了，能不疯狂吗！”

刘萌萌埋怨道：“说心里话，你人哪里都不错，就是对我鲁莽了一点儿。”

“谁让你是我的未婚夫啦！嘻嘻！”接着，牛丫丫翻身骑在刘萌萌的身上，像骑马一样地摇晃着。

“丫丫，快下来。这可是大白天啊，你瞧，窗外人来人往，让大家看见了会笑话我们。”

“怕啥！你我又不是牛车车和牛花花，偷鸡摸狗见不得人。我们可是明媒订婚的。”牛丫丫动手扯开刘萌萌的上衣。

“丫丫，别胡来，窗外有人看你呢。”此时，窗外果然有人影闪过。

牛丫丫回头看了一眼窗外，没见任何人影，牛气十足地说：“看就看，就让他们看看我牛丫丫与你有多亲密，让天下的男人都羡慕你，天下的女人都嫉妒我。哈哈！”

“不管怎么说，你我不是还没结婚吗！再说就是结婚了，也不能在大庭广众之下这么干呀。你是董事长，是名人啦，要注意影响。”

“哼，影响，影响！影响你个头啊！”牛丫丫不情愿地翻身下来，坐在刘萌萌身边，“萌萌，啥时娶我，啥时办喜酒？”

“丫丫，我先跟你商量点儿正事。”刘萌萌坐起来靠在床头，整理自己的衣裳。

“啥事，说吧。”

“既然我们成立了集团，我打算在额吉淖尔镇办个鲜奶加工企业，生产各种乳制品。我们有得天独厚的优越条件，一定能超过其他同类企业。”

"说说你的理由。"

"我给你举个中学课本里的简单例子吧。有一家奶牛场，在市场上直接销售鲜奶（每天可销售 9 吨），每吨可获利 500 元；制成酸奶销售，每加工 1 吨酸奶可获利 1200 元；制成奶片销售，每加工 1 吨鲜奶可获利 2000 元。该厂的生产能力是：如果制酸奶，每天可加工 3 吨鲜奶；如果制奶片，每天可加工 1 吨鲜奶；由于该厂受人员和设备限制，两种加工方式不可同时进行，受气温条件限制，这批牛奶必须在四天内全部销售或加工完毕。请你帮助牛奶加工厂设计一种方案，使这 8 吨鲜奶既能在四天内全部销售或加工完毕，又能获得你认为最多的利润。"

牛丫丫说："这道题我上学时做过，制作酸奶和奶片比单卖鲜奶利润高出一倍多。问题是如何销售呢？产品出来了，永远是产品，只有卖出去了才是钱。"

刘萌萌自信地说："只要质量好、价格低，做好品牌，销售没问题。"

牛丫丫问："需要投多少钱？"

"这要看规模，小规模两三百万，中等规模大约要五六百万吧。大规模上千万。"

"你打算搞多大规模？"

"先搞个中等规模的企业干干。"

牛丫丫沉思片刻，说："牛车车临走时也提过这个主意。这样吧，你我先结婚，后投资。"

"不，先干事业后结婚。"

"不，先结婚后干事业。"

"丫丫，难道你不相信我吗？你对我的感情还不放心吗？你对我的人格还不了解吗？"

"萌萌，感情和工作，这是两码事。我是担心一旦我们投资建厂，工作忙起来，会影响婚期。这样吧，如果我们先登记结婚，然后再投资，就办个大型的鲜奶加工厂，钱不够我来贷款。如果不登记结婚，只能先投资一个小型企业干干。"

"好吧，老婆，一不做二不休，我们干脆干把大的。我们明天登记结婚。”

老婆，牛丫丫第一次听到刘萌萌喊她老婆，高兴得晕倒在床上。她的身体麻酥酥的，心里痒痒的，激动得想抓狂，嘴里嘟囔哝着：“老公，我爱死你啦！马上进入战斗！”

“别急，老婆，我先拉上窗帘插上门，大白天光线太亮会影响情绪。”

“唰”的一声，窗帘拉上了，哈哈……窗外看热闹的人群发出遗憾的哄笑。不知啥时候窗外围了一群人，刘萌萌掀开窗帘把人群轰走：“去去去，没买票想看戏？没门！”窗帘重新拉上，屋子里的光线暗了下来……躺在床上的牛丫丫显露出女人凸凹的模糊影子，刘萌萌“噌”地一下像饿狼似的扑上床……

战斗在黑暗中开始了……

## 第三十六章　辞退回家

再说牛车车回家后，用了两个月的时间，在自家的后院盖了一间十几米长的牛棚，牛棚的两端各盖了一间房屋，一间是办公室，另一间是工作间，用于消毒和储存牛奶。他家大门口横挂一块牌匾，上面写着：牛车车奶牛场。

牛车车奶牛场共有奶牛十几头，规模虽小，但管理起来得心应手，每天生产的鲜奶定时定点送到七星奶牛集团销售中心统即可，小富脱贫一点儿问题没有。

牛车车离开七星奶牛场五个多月了，心里一直惦记着牛花花，时而心神不定，时而坐立不安，他担心牛花花回到红格村后被再次关进铁笼子里受尽凌辱，担心她沿街流浪吃尽苦头，担心她走投无路……

盈二奶那边怎么一直没有动静呢？牛车车终于忍耐不住，主动到七星奶牛场收发室找她探听消息，可是仍旧一无所获。他托盈二奶到牛花花娘家打探消息，盈二奶回来后告诉他，牛花花离开七星奶牛场后在家里住了一天就回红格村了。

牛老五不喜欢水性杨花的牛花花，他认为女人太漂亮，难免风流，他喜欢朴实憨厚能干的牛丫丫，但是，他说服不了自己的儿子，眼看着儿子把好事弄砸，他无可奈何。男人最愚蠢的地方是啥啦？他只记得有一个洋词，叫啥秀色可餐……荒唐！脸蛋能当饭吃吗？他曾经有过一个漂亮的媳妇，杨桂菲，他至今还记得夜里搂着媳妇睡觉时肚子饿得叽里咕噜直叫的滋味，他没有饿倒，可是，媳妇却饿跑了，抛下他和三个儿子。或许，这就算是秀色可餐了吧。

几个月来，牛老五极力阻拦牛车车外出寻找牛花花，一方面牛车车奶牛场刚成立，奶牛场离不开牛车车，另一方面牛车车的三弟牛拖拉得了一种怪病，牛老五要领着三儿子去锡林郭勒医院看病。因此，无论牛车车多么思念牛花花，也只能是苦思梦想，他暂时无法离家。牛老五领着三儿子去了锡林郭勒四五趟，花了万八千块钱，总算把牛拖拉的病弄清楚了，医生说是一种难治性贫血，一种有钱也治不好的病，除了需要定期输血或骨髓移植，没有其他办法。据说弄不好还会转变成白血病。

牛车车整天看起来心事重重、闷声不乐、寝食不安，消瘦了不少。牛老五看在眼里痛在心上，他明白了儿子过不了牛花花这道坎儿。

终于有一天，牛老五心疼地对牛车车说："儿呀，你要真想牛花花，你就去红格村找她去吧。你三弟的病也诊断清楚了，暂时没啥大碍，近期也不需要再去医院了。你放心走吧，家里的事我帮你照看着。"

"爹，我的知音呀，您老终于想明白啦！"牛车车感激地痛哭流涕，他决定立即去一趟红格村寻找牛花花。

牛老五有点儿哭笑不得，坐在大门口一边抽着闷烟，一边自言自语："有人是不撞南墙不回头，我儿是撞了南墙也不回头。这性格咋一点儿都不随我呢？有人说牛车车不是我的种，是他娘带来的，就算他不是我的亲儿子，谁养的像谁，他怎么一点儿不像我呢……"

冬季的草原，白雪皑皑，北风呼啸，一派苍茫。进入 1998 年 12 月，草原的气温下降到零摄氏度以下，奶牛产奶量明显减少。牛车车忙着加固牛舍，提高牛舍的室温，耽误了一个多月，一直到了 1999 年 1 月初，他才赶着自家的马车动身去红格村。

一个月前，牛车车在镇集市上买了一匹两岁左右高大、健壮、英俊的白马。牛车换马车，站在马车上挥舞着长长的皮鞭，奔驰在平坦的马车大道上，他的心情格外敞亮，思绪奔腾，感慨万千。当年全家赶着牛车参加相亲活动，人还没到现场就已经输掉三分。现如今，家里终于有了一驾马车啦，也算对得起自己那个名字叫马车的大弟弟。

牛车车对白马情有独钟，因为他从小与其他男孩子一样，满脑子被灌输的都是白马王子的传奇故事。他第一次骑马抢亲时，牛花花骑着一匹高大、英俊的白马，自己则坐在一匹从邻居家借来的驴一般矮小、丑陋的黑马上。虽然马不可貌相，赛马时，丑陋矮小的黑马有时会意外地冲到最前面，一举夺冠，可是，可怜的他最终没有成为一匹黑马。潜意识里，牛车车对自己年轻时没有当上白马王子耿耿于怀，所以他下决心要买一匹白马。

村里的刘佬转看到牛丫丫把牛车车赶出了七星奶牛场，乐得合不拢嘴。哈哈，多亏没把女儿孙鲭许配给这个傻小子。原来你牛车车也是个打工仔呀！牛粪就是牛粪，骑啥马也是牛粪，即使将来开汽车，照样还是一坨牛粪。

红格村位于牛村南面六十多里地，虽地处丘陵，但平坦开阔。春夏秋三个季节，草原辽阔富饶，野草茂盛，雨水充裕，弯弯曲曲的溪水溢满了河床。红格村这里有优良的放牧场，特别适合养羊。

牛车车把马车停在一处高冈上，瞭望着远处红格村的全景，眼前的红格村像一板刚刚出锅热气腾腾的豆腐，规模比牛村大得多，从村东头到村西头，至少有两里地长，密密麻麻的农房整整齐齐地排成八行。

牛车车驾驶着马车来到红格村的村头。一条省道从村中央穿过，把村庄一分为二。天色已近黄昏，省道两旁商铺林立，马路上人影穿梭，大小店铺早已灯火通明，不时传来车鸣人吆犬哮。相对于偏僻草原的荒漠和寂静，地处交通枢纽的红格村算是生机盎然，热闹非凡。公路两边的农房像一个模子倒出来的积木，四方四角，一模一样，墙壁上贴满了冬季取暖用的牛粪，平屋顶铺着厚厚一层白雪，前后院堆满了一垛垛的柴草。这是一个少说也有一二百户人家的大村，在茫茫戈壁上，这么大的村庄几乎就是一个镇子。怪不得红格村人那么牛！

眼前这个炊烟袅袅、轮廓清晰、平静如画的村镇，是牛车车多次情断梦里的地方。虽然他是第一次来红格村，眼前的一切显得既新奇又陌生，但是，他的内心却荡漾着一种既熟悉又亲切的感觉，他感觉自己曾经从这条街道穿过，曾经在这里徘徊过。他举头凝视着红格村的上空，琢磨着该从何处下手。他要寻找遗失的梦。

北风席卷尘雪，呼啸着顺着山谷扫荡着村庄，吹散了村庄上空的袅袅烟雾。他裹紧羊皮大衣赶着马车顺着雪坡滑下来，径直走进镇里。在镇东头，他发现街边有一家马车店，一排红砖瓦房和一排木板搭建的马棚围起的一个宽敞的大院。一扇原木制作的大门临街敞开，大门旁挂着一块不大不小的木牌。牛车车走到门前一看，木牌上刻着“花花 Hotel”几个大字。马路斜对过有几间平房，挂着花妹子洗头店、花姐足浴店、花嫂按摩店等招牌，橱窗的窗帘半遮半掩，玻璃窗透出粉红色或蓝色的灯光。怎么全带“花”字呀!

牛车车的眼睛一亮，咧着大嘴笑了。嘿嘿，花花 Hotel，真是有情有缘啊，说不定这是牛花花开的店呢。进去瞧瞧！他挺胸抬头牵着马车进了马车店。

他站在院子中央环顾四周，院子里空荡荡的，鸦雀无声，马棚里有几匹老马在安静地咀嚼着饲料。透过明亮的玻璃，他看到一间大客房的炕上摆放着一排排叠得整整齐齐的被褥，里面没有住客。

“有人吗?”

“欸，来了!”从厢房里跑出来一个三十几岁身着蓝色棉大衣伙计打扮的中年人,“住宿吗，老板?”

“有空房吗，伙计?”牛车车感觉眼前这个男人猛一看有点儿眼熟，直勾勾的眼神，一对有点儿怪异的小眼睛，仔细一看又觉得陌生，秃顶，中年发福，小腹微凸。

“有，老板要住单间还是睡大通铺?”

“当然是单间啦，价格多少?”

“便宜，连人带马 50 块钱一晚，含一人早餐和马的饲料费。”

“好吧，开一间。”

“嗯哪，老板，您到大堂歇息吧，大堂里有炉子，暖和暖和手脚。我先把您的马匹卸下来，牵到马棚里安顿好，然后再帮您办理入住手续。”伙计麻利地解开马背上的皮带，卸下马鞍，把马牵进马棚里，给马喂些饲料和水。

牛车车走进厢房，坐在一个小柜台前，四下打量着这个所谓的大堂，屋子二十几平方米大小，白色的墙壁，木板棚顶悬吊着一盏一百瓦的玻璃灯泡；靠墙壁并排摆放着四把木椅，屋子中央支着一个连着铁皮烟囱的炉子，炉火烧得正旺。

“老板，您请喝茶。”伙计安顿好马车回到厢房，提起暖壶斟满一杯茶水递给牛车车，然后，绕到柜台后面从抽屉取出登记本和钢笔，简单地登记了牛车车的身份证和住宿信息。“老板住几天？”

“两天。”牛车车掏出一张100元面额的钞票放在柜台上，同时他的目光被挂在墙壁上的四五张女人画像吸引。这几张画中的女人都是同一个人，只是姿势和角度不同而已。画中女人那圆润、优雅、细腻、富有立体感和充满性感的形体，似乎让他感觉熟悉和亲近，然而女人那张古朴、怪异，甚至有点儿滑稽的面容，却带给他一种陌生、遥远的感觉。这是一幅什么人的画像呢？弯弯细眉下悬挂着一对似乎永远睁不大的细眼，高耸的鼻梁两端屹立着一双像她的前胸一样饱满挺拔的颧骨，肉红的小嘴巴连着一个核桃般大小干瘪的下颌，双肩披着弯弯长长的秀发。牛车车注视着眼前这位身披白色薄纱睡衣半裸的年轻女子，不自觉地沉入遐想……为什么画家把这个女人的身体画得如此迷人，而容貌却画得如此丑陋呢？为什么画出如此大的反差呢？

伙计收了钱，顺手从身后的墙壁上摘下一把钥匙递给他，目光不经意地在牛车车的脸上停留了几秒钟：“老板，西边第一间，110房。明天早饭想吃啥，我给您做。”

“伙计，你身兼数职，真能干！”牛车车夸奖道。

“嘿嘿，小店混口饭吃呗。”

牛车车把钥匙放在桌子上，继续打量着墙壁上的女人画像，没有马上离开大堂的意思。他死死地盯着女人的前胸，想起了牛花花，心想如果把牛花花画成一幅画，一定十分完美。

伙计瞥了一眼墙上的壁画，自言自语说：“这是我今年在文化市场买的几幅画，作者告诉我这些画有两个蕴意，一个是男人你到底喜欢女人啥？另一个……嗯，老板，您猜是啥？”

“说不好，挺怪的画。或许……”牛车车摇摇头，“或许就有这样的女人吧。”

“这叫丑妻近地家中宝！哈哈！”

"这怎么讲?"

"老板，您成家了吗?"

"没。"

"呵呵，您以后就明白了。" 伙计见牛车车仍然望着墙壁上的画发呆，没有走的意思，便问道，"老板，您还需要啥吗?"

"嗯……没……请问贵店老板是谁? 老板娘是不是叫牛花花?" 牛车车的问题有点儿唐突。

伙计拉开抽屉，把住客登记本放进去，头都没抬答道:"不是。鄙人既是店主也是伙计。本店没有叫牛花花的人。"

"哦，那贵店为啥叫花花 Hotel 呢?" 牛车车有点儿失望。

店主抬头望着他，表情诧异地问道:"您问这个干啥?"

"没啥，只是随便问问。花花 Hotel，好像有点儿……"

"嘿嘿，" 马车店店主抬头瞥了牛车车一眼，笑笑说，"老板，您放心，本店经营绝对正规，服务包您满意。"

一阵寒风吹打着房门啪啪作响，斗大的风顺着门缝钻了进来。牛车车不禁打了个冷战:"这鬼天气，冻死人啊! 客房里不会这么冷吧?"

"放心吧，客房比这里暖和多了。" 店主眯着眼睛嘿嘿地笑了，"但是今晚可能要降温，请问老板要不要加床褥子?"

"要加钱吗?"

"当然，不过很便宜。"

"嗯哪，那就加一床吧。"

"老板要普通的还是加厚的?"

牛车车打了个寒战，端起热茶杯不假思索地回答:"这个鬼天气! 来床加厚的吧，厚点儿暖和。"

"好嘞!" 店主的嘴角显露出一丝难以被察觉的得意。

喝了一杯热茶，牛车车感觉身上暖和许多，站起来从桌子上拿起钥匙，朝 110 客房走去。

# 第三十七章　住店

110客房宽敞明亮，窗前一铺热炕，炕头一堵暖墙，房间里温暖得穿单衣都不觉得凉。美中不足的是房间里没有卫生间，只是在靠门的墙角摆放着一个带盖的马桶、一个小板凳和一个已经盛满热水的大木盆，这算是农村的特色浴缸。在偏僻的草原上，这样的条件算不错的了！如果评星级，五星算不上，四星酒店一点儿没问题。

牛车车坐在炕沿打开电视机，一边啃着方便面和自带的干粮，一边调换电视节目。嘿，浙江电视台！看看浙江啥样，将来有机会要到杭州去找俺娘！屋子里的温度越来越热情洋溢，他脱下外衣穿着裤衩背心坐在小板凳上洗洗脸、泡泡脚，然后，早早地钻进温暖的被窝里。

早知道客房的火炕这么温暖，就不加褥子了，也少花一份冤枉钱。他想起床打个电话告诉店主不用加褥子了，可是伸手摸摸自己身下的褥垫，只有薄薄的一层，躺在温暖的热炕上似乎有点儿硬。加就加吧，褥子厚些能睡得舒服点儿。

他半靠在炕头继续观看浙江电视台的“辣妈工作站”节目。不知过了多久，牛车车忽然想到，欸，那床加厚的褥子怎么还没送来呢？他想拨个电话告诉店主尽快把褥子送来，可是他实在是懒得钻出热乎乎的被窝。算啦，没送来正好就不要了，也少花一份钱。他伸出手拉下电灯开关，接着关了电视机。

屋子里静悄悄的。

黑暗中，牛车车寻思着他第二天的行动计划。他打定主意，明天直接去找羊丹丹，羊丹丹与牛花花是妯娌，虽说不住在一起，但她一定知道牛花花的下落。他与羊丹丹有情无缘，终不成眷属，但不管怎么说，中学时的交情还在，他相信羊丹丹会帮他忙的。

牛车车的眼前再次浮现出牛花花俊俏的模样，犹如一张画家笔下的女人脸蛋，靓丽又养眼，让男人爱不够、疼不够、看不够。说不定明天就能见到牛花花了，牛车车心潮澎湃，他要演出一场奶匠斗铁匠，笼中救美人，然后，再来个雪中私奔的好戏。“呵呵！”黑暗中，他得意地笑出了声。

夜深了，窗外的雪光更显明亮，映入窗内的银光显现出他熟睡的身影。几个月来，难得一场香甜的……

“当当当”一阵轻柔悦耳的敲门声传进他的耳朵里，他慢慢醒来，一定是送褥子的来了。“谁呀？是送褥子的吗？我不要了。”他翻个身冲着房门喊道。

“当当当”又是一阵均匀的敲门声。他大声喊道：“我说过了，我不要了，你拿回去吧。我已经睡了。”

“大哥，是我呀，我来啦。”一个嗲得让男人全身酥麻、情绪癫狂的女人声音从门缝飘了进来。

牛车车顿时睡意消散，“噌”地从被窝里钻出来，打开电灯，跳下热炕跑到门前。他对准猫眼向外望去，走廊里站着一位长发飘逸穿戴时尚的妙龄少女，眼前的人影时而清晰时而模糊，瓜子脸、柳叶眉……“花花，是你吗？”他急不可待地打开房门喊叫着，“花花……”他愣住了，眼前是一位细高的陌生女子。“你是……”

陌生女子妩媚一笑，招招手：“嗨！”毫不客气一侧身闪进屋里，随手关上房门。“嘻嘻，大哥，我是花花。”

“你是谁？你有事吗？”

“你不认识我吗？你不认识我刚才怎么喊出我的名字了呢？”

“我认错人了。”

“大哥，不认识就对啦。你一开门就喊我的名字花花，让我大吃一惊，我以为碰到哪位老主顾了呢。自我介绍下吧，我叫花妹子，是本镇的名花。”花妹子伸手挽住牛车车的胳膊，连拉带扯地把不知所措的牛车车推到炕沿。“大哥，时间不早了，我们赶紧上床吧。完事我还要赶回去，洗头房那边还有活儿呢。”

原来这个花妹子是洗头房的妓女啊。牛车车这时才意识到自己只穿着一件背心和裤衩，不免感到羞涩和难为情，甩开她的手，严肃地说：“小姐，你找错人了吧？我没招你呀。”

花妹子哈哈笑起来：“大哥，你真会开玩笑啊！不是你主动招我来的吗，怎么还这么青涩呢？”说着她脱掉羽绒大衣，主动解开自己的外衣。

牛车车迷惑不解地说：“小姐，慢点儿，我们先谈谈，我还没弄懂这到底是咋回事。谁让你来的？”

“当然是你让我来的啦。大哥，用不着讨价还价，明码实价，经济实惠，我不会多要你一分钱。你如果玩得不满意我不收钱，咋样？”

“我不是那个意思。我真的没招你来呀，你赶紧走吧。”牛车车一本正经地边说边伸手抓起炕上的裤子，往自己腿上套。他笨手笨脚地套上一条腿，抬头一看，花妹子已经脱光了外衣露着三点式比基尼装束，正张开双臂向他扑过来。他躲到一边刚想把另一条腿蹬进裤腿里，被花妹子双手搂住他的后腰，掀翻在热炕上。花妹子随手把牛车车的裤子扯下来，扔到炕沿上。“大哥，别扭扭捏捏的，过来吧！”

牛车车用手护着自己险些被拉下来的裤衩，惊慌地喊起来：“妈呀，怎么连妓女都这么暴力呀！”

花妹子坐在炕沿，一条腿撂在炕上，另一条小腿悬吊在炕沿下，说：“大哥，啥妓女，多难听哟，现在叫性工作者啦。用英语说，sex worker，咱也属于劳动阶级呢。”

“你别污蔑劳动阶级了。妓女就是妓女，叫啥名也是妓女，好听一点儿叫小姐，不好听的叫卖肉的。”牛车车蜷缩在花妹子的脚下，眼神唯唯诺诺，可是，嘴巴依然不饶人，他骨子里瞧不起这种风尘女子。

“大哥，你爱叫啥就叫啥吧，你出钱我出力，为你服务天经地义；你没情我没意，生意做完各奔东西。”花妹子嘴里振振有词，双手伸到自己背后，解开粉红色胸罩，随手把它扔到牛车车身上，笑眯眯地向他身边蹭过来，“嘻嘻，大哥，你好可爱呀！”

“小姐，且慢！你别过来……”牛车车伸出手抵挡了一下，“你可别撩我，我这个人可是重感情，我要是动了真情，会黏上你，你甩都甩不掉。”

“哈哈，那你还磨蹭啥呢？难道你对我不满意吗？妹子我可是正宗原装，货真价实，未婚未孕，保证比你老婆有味道。”花妹子上身裸露，下身穿着细小的三角裤，掀开被子钻了进去，然后，拉着牛车车的手温柔地说，“大哥，快进来吧。”

牛车车坐起来，身子挪到炕沿，低头嘟囔着：“小姐，我牛车车一生清清白白，别说你柔情流水，你就是霸王硬上弓，我也绝不干这种风尘韵事。”

“为啥？你不是男人吗？”

“我没钱。”牛车车急中生智，编了一句谎话。

花妹子的脸蛋突然僵硬了，涂满胭脂的脸蛋变得有点儿青紫，披着棉被坐起来，双手掐腰气势汹汹地说：“你没钱干吗还招我来呢？你是有意要我吗？告诉你，我花妹子可不是好欺负的。”

牛车车瞥了一眼房门，低声说：“花妹子，你别急，你这么大声叫喊别人听到还以为我在欺辱你呢。我真的没叫你来，我不想占你的便宜，一定是有啥误会，或许你进错房间，找错人了吧。”

“难道我敲错房间门了吗？你房间是多少号？”

“可能是101吧，我记不清楚了。”

“妈呀，我真的敲错门啦！”花妹子跳下炕，披上黑色羽绒大衣，噔噔噔跑到门口，打开房门，探头看了一眼门牌号，马上关上门。她转身做个伸舌头的怪相，说：“大哥，你吓我一跳啊，我真以为敲错门了呢。没错，就是你。110这个数字容易记，谁也不会搞错。”她走回来脱下羽绒大衣，重新钻进被窝。

“这怎么可能呢？”牛车车一脸困惑不解。

“进来吧，错了算我的。”花妹子大胆地掀开被窝，亮出一条雪白的大腿。

这到底是咋回事呀？天上既然掉不下来馅饼，更不会掉下来女人呀！这个女人咋像老虎似的，这么猛呢！牛车车吓得向后退缩着。

## 第三十八章　艳囧

天气降温了，玻璃窗上结了薄薄的一层冰霜，透过半遮半掩的窗帘缝隙，可以看到窗外正飘着雪花，院子里的一盏路灯随风摇摆，忽明忽暗。一刻钟前，院外响起几声犬叫和汽车的轰鸣声，院里传来人马嘈杂声，似乎有客人住店。片刻，院子里又安静下来。

望着眼前这个突然从天而降的花妹子，牛车车迷惑不解，不会是做梦吧。外面的世界真是太精彩啦！唉，眼前这个女人要是牛花花该多好呀！真是一个迷惑的夜晚啊！

“大哥，你既然招我来，干吗还躲着我呢？你难道不愿意与妹子我销魂吗？”花妹子裹着被子坐在炕上，翻动着妩媚的眼皮挑逗他。

“我真没招你来呀，我刚才都睡着了，是你自己敲开门不请自进的。还销魂呢，妹子，我早已被你吓得没魂啦！”

“哼，胆小鬼！你说的没错，我是自己敲门进来的。可是，你在办理住宿时，是不是说过要加褥子？”

“是啊，老板说今晚降温，问我要不要加褥子，我同意加一床褥子，可是，店家一直没给我送来。”

“你是不是提出要加厚的褥子？”

“是啊。”

“哈哈，我的傻大哥，你是真傻还是假傻呀？你连黑店里的行话都不懂吗？本小姐年轻貌美就是加厚的褥子，价码不贵，才 500 元。那些又老又丑的薄褥子还 300 元呢。”接着，她脸孔一板阴森森地说道：“大哥，不好意思啦，只要我上门来，交通费你得付，我既然脱衣裳了，钱我肯定是要收的。It is my job.”

“误会，完全是误会呀！我哪里知道加褥子是这个意思呀。”

“既然是个误会，妹子我认赔，我给你打个八折，400 元吧。”花妹子伸手把牛车车往炕里拉。

“妹子，你别拉我，你先把衣裳穿好，钱的事咱好商量，钱我给你，但这种事我不能干。”

“哈哈，你真是个好男人。”花妹子疑惑不解地望着他，“你当真钱照付啥事都不干吗？”

“当然。”牛车车从炕上捡起自己的裤子，坐在炕沿，从裤兜里掏出 300 块钱，递给她，“呶，这 100 元是交通费，200 元算你的脱衣费，你可以走了。”

花妹子接过钱，仍然裹着被子咧着嘴笑着没动，没有打算穿衣裳的意思。“大哥，你真够意思。不过，我不能走，无功不受禄，大哥仁义，小妹更不能不讲职业道德呀。六折就六折吧，来吧，大哥，小妹让你……过来吧。”花妹子伸手勾住牛车车的胳膊拉扯他。

“妹子，你别劝我，我不是那种人。你走吧。”

花妹子嘴巴一噘：“你不上来，我就不走。我不能白占你的便宜啊。”

“咳，你不走我走。”牛车车一条腿蹬进裤腿里。

“慢着，大哥，你上床睡觉吧，还是我走吧。”花妹子似乎妥协了，嘴里嘟囔着：“世上有不吃肉的汉子，没见过不喜欢女人的男人。有吃素的牛，没见过不吃鱼的猫……”

“好了，你别啰唆了，我背过身子，你赶快把衣裳穿好。”

“大哥，你真是个好人。跟你相比，妹子我有点儿惭愧，更不好意思走啦。嘿嘿！”花妹子伸手捡起刚才脱下来扔在炕头的衣裤。

牛车车背对着热炕一本正经地说：“妹子，你也是个有文化的人，还会说英语，干啥不好，怎么偏干这种事呢？”

“咳，大哥，说来话长。真能找到好工作，谁会干这种事呀！以后有空妹妹跟你好好聊聊。”

“草原到处是牧场，你可以到奶场做个技术工人嘛。”

“挤奶呀？我不干！”

"为啥?"

"乡下谁人不知，种菜的不如贩菜的，贩菜的不如市场卖菜的；草原上谁人不知，挤奶的不如贩奶的，贩奶的不如卖奶的。挤奶工又脏又累，挣个一脚踢不倒的三吊钱。妹子我现在比卖奶的强多了，吃喝玩乐，多惬意呀！大哥，我看你人挺好的，下次再来红格村镇，想吃新鲜菜直接到马路对过的花妹子洗头房找我，吃奶，给你打五折。"

"嗨，你这都是啥逻辑啊！你快点儿穿衣裳吧。你就是打三折我也不干。"

"大哥，你还想白干哪！你以为搂老婆睡觉呢……"

"好了，别说了，我还没老婆呢。白让我干我也不干！"

"哼，想得美！你一定有病……好了，你可以转过身来啦。"

"嗯哪，你走吧。"牛车车转过身来，大吃一惊，花妹子仍旧坦露两个圆润的肩膀和半边胸脯，裹着被子坐在炕上，300 块钱和衣裳散落在身旁。"你怎么还没穿衣裳呢?"

"哈哈，大哥，你真是单纯可爱！工作没完成，我能走吗！老板叮嘱我一定要服务好你。"

"你不走我走!"牛车车伸手去摸自己的衣裤……花妹子突然掀开被子扑上来，从背后搂住他的脖子，光滑的身子紧紧地压在他的背上，轻微地揉动着，细嫩的脸蛋贴在他的耳根，嘴里轻轻地发出催情般的嗲声嗲气："嗯……大哥，我都想你啦!"

牛车车没有躲闪："拉倒吧，你想我的钱了吧。"

"妹子我要想你的钱，早就拿着钱走了，还用赖在这里吗?"花妹子手里攥着 300 块钱在牛车车眼前摇晃着，"你要是土疙瘩，就是再多加一倍，我也不伺候你。妹子我是看中你人好，真心想与你亲热亲热。"

牛车车被花妹子挑逗得心里火辣辣地冒火，嗓子眼里扑扑地冒烟，身体一阵阵地挛缩，他几乎克制不住自己精神和肉体上的亢奋，转过身死死地盯着花妹子的脸蛋和丰满的身体。他双手用力地捏住花妹子的双臂，恨不得一下子把这个风骚女子钉在炕上……

"哎哟，你捏痛我了!"花妹子尖叫一声。

牛车车翻身压在花妹子的身上："你娘的，老子今天……"

"咚咚咚"一阵剧烈的砸门声，"开门，快开门！"

"啊！"花妹子刺耳的尖叫声几乎能划破带冰霜的玻璃窗，刺破纸糊的天花板。"咔嚓"一道闪光从窗外射进来，花妹子挣脱牛车车的双手，唰地一下把自己蒙在被子里，不停地哆嗦着，300元钞票散落在炕上。"见鬼啦，警察怎么来了呢？我这回该入地狱啦！"

"啊，警察？你怎么知道是警察？"

"你看窗外哪！"

牛车车向窗外望去，一个身穿警服的人影印在路灯下。妈的，怎么窗帘都没拉上！

"咚咚咚"，又是一阵急促的敲门声。牛车车的头顶犹如响起晴天霹雳，吓得颤抖起来："不好啦，妹子，我俩快穿好衣裳吧，否则真该说不清楚啦。"

"大哥，把我的衣裳递给我。"花妹子从被窝里伸出手摸索着。

"就在你身边，你自己拿吧，快点儿！"

牛车车的脚踩在裤腿上，裤子怎么也提不上来。这可如何是好哇！他手忙脚乱抓住衣裳往自己身上套，还没等他套上一只衣袖，门锁被打开了，进来三名警察。"咔嚓"几道闪光刺得他闭上双眼，低下头，他本能地喊了一声："我啥都没干哪……"话音没落，他的肩膀被两只大手用力按住，双腿扑通一下跪倒，额头重重地撞到水泥地上。

牛车车的眼睛被一股热乎乎的液体蒙住了，眼前一片漆黑，他仿佛跌进一片模模糊糊暗紫色的树林里，看不见路，找不到出口。他看见牛花花光着身子从他身边跑开。"花花，快拉我一把！"他边喊边挣扎着想爬起来逃走。一个声音大声呵斥道："不许动！警察！"

牛车车的手臂被扭痛了，大脑顿时清醒过来，果然是警察呀。"炕上的钱是谁的？"一个声音问道。

"我的钱。"牛车车顺从地答道。

"给谁的钱？"

"给花妹子的钱。"

“为啥给她钱？”

“嫖娼，不，不是嫖娼。没嫖娼但给钱了。

“没嫖娼为啥给钱？”

“不是我嫖她，是她嫖我。我不给钱她不走啊！”

“什么乱七八糟的，狡辩！至少是嫖娼未遂。嫖资，没收！嫖客，带走！”

牛车车刚走出房间，就听到警察在房间里严厉审讯花妹子：“你老实交代，这个嫖客到底干没干？”

“刚要干你们就来了，他威逼强迫我。瞧，这是他抓伤我胳膊的痕迹。”

“你的意思是强奸未遂吗？”

“花妹子，你要害死我呀！”牛车车被塞进警车时大呼冤枉。可是，一切都晚了。牛车车嘟囔着，我怎么这么倒霉哪！有人第一次嫖娼就被逮住，而我还没嫖就被抓住了。这次怎么就不是梦了呢！

“我冤枉啊！”牛车车拼命地最后大喊一声，嘴里吼出来的都是血水。

## 第三十九章　黑店

红格村位于三条省道的交汇处，地处交通要地。近些年，经济发展迅猛，人口剧增，很快由村变镇。现在的红格村已经是镇里的一个乡村，与镇融为一体。在红格村镇的中心，有一栋鹤立鸡群的三层独楼，五颜六色的琉璃瓦顶，灰白色的瓷砖墙面，前面是高墙大院，后面是十余排羊圈。这是村里首富、村长助理羊伟的豪宅，一楼是客厅，二楼是羊伟夫妻的卧室，女儿羊丹丹住在三楼。

自从结婚后，羊丹丹与羊铁单一直住在这栋小楼里，羊铁单离开了铁匠铺，就此与哥哥羊铁龙分手，一心帮助岳父管理自家羊圈。羊铁单从小马背上放羊出身，割草、喂羊、配种、剪羊毛，样样活都会干，让岳父大人羊伟感到称心如意。羊铁单身残志不残，家里家外大小事全都一人承担，对漂亮老婆体贴入微，百依百顺。羊丹丹脾气温和，婚姻虽然美中不足，但知足而乐，幸福满足溢于言表。

一年后，羊丹丹生了一个儿子，虽然女婿是倒插门，儿子仍然姓羊，小夫妻俩皆大欢喜。羊伟给外孙起个名字叫羊壮，羊丹丹不喜欢这个名字，顺着念还成，倒过来一念就变味了，她希望能起个有文化、洋气点儿的名字，可是她拗不过她爹。羊伟八字胡一撇，振振有词地说：“咱羊家是靠养羊发的财，羊一定要壮，希望孙儿为我们羊家壮羊气。”

羊伟老婆嘲弄他说：“还壮羊气呢，说得好听。老头子，你是自己想壮阳吧。”

羊伟是个要面子的人，毫不示弱地说：“我要不强不壮哪来的这份家业，你哪来的幸福骄傲啊！”

羊伟老婆心里偷着乐，女人需要的是一个幸福、平和、安稳的家庭，感情和生活踏踏实实最好。这样的老公实在难得，至于生活中的一些美中不足，完全可以克服或忽略。有一次聊天时，她对女儿说："你爹他经常抱怨你爷爷给他起的羊伟这个名字不好，否则，咱羊家何止生你一个女孩子，说不定你还会有几个弟弟呢。"

羊丹丹笑呵呵地说："那你就帮我爹换个名字呗。"

"晚了，都这么大岁数啦，换名也没用了，还是这样好，当村干部的，那方面老实点儿犯不了大错误。"

单纯的羊丹丹不明白她娘在说啥。不管怎么说，爹不犯错误这也是她希望的。

一个冬季阳光明媚的上午，羊丹丹正抱着一岁的儿子在院子里晒太阳，大门旁的狗狂吼起来，不用瞧，一定是来了乞丐或陌生人。羊丹丹抬头看见自家大门洞里有一个瘦长的男人倚着她家门框，破衣烂衫，双手空空，长发散落在额头上，遮住了他的脸庞。一副模糊的面容显得苍白和憔悴，只有两只眼睛透过发丝缝隙射出明亮的目光。羊家的大狗张牙舞爪跳跃起来，挣得脖子上的铁链哗啦哗啦地作响。

羊丹丹抱起儿子对门洞里的乞丐说："要饭的，你别进来，你在门外等着，我回屋给你拿点儿吃的。"

"丹丹，是我啊！"那个人有气无力地呼唤着她的名字。

"你是谁？怎么知道我的名字？"羊丹丹已经进到屋里了，又转过身来望着门洞里的那个人影。

"我是牛车车……"那个人影手扶着门框缓缓地瘫倒在门洞里。

"牛车车？你是牛村的牛车车吗？"羊丹丹把儿子放到身边的婴儿车里，向大门跑去，俯下身搀扶起那个已经昏倒在地上的人。"牛车车，真的是你吗？你这是咋了，怎么搞成这副模样呢？"

牛车车至少有半个月没刮胡子了，凌乱的胡须像张飞一样飞扬跋扈，灰突突的脸孔像刚从坟地里钻出来的饿鬼，睁开眼睛求助般地望着羊丹丹说："丹丹，你别怕，我真是牛车车！"

"出啥事了？"

"唉，一言难尽哪。我在冰天雪地里流浪了三天，没吃没喝，差一点儿没命了！给我点儿水……”

“铁单，快过来！”羊丹丹大声呼叫。

羊铁单飞快地从后院跑过来：“老婆，出啥事了？”

“牛车车饿昏过去了，你把他背到客厅里。”

“嗯哪。”羊铁单二话没说，背着牛车车一瘸一拐地穿过前院来到客厅里。

牛车车靠在沙发上，连喝三碗温水，狼吞虎咽地吃掉一张大饼，灰暗的嘴唇泛起一丝红色，嘴里不住地道谢。

“不用客气，你还想吃点儿啥？”羊丹丹关心地问道。

羊丹丹爹娘从楼上跑下来，问道：“出啥事了？”羊丹丹娘从婴儿车里抱起正在哭闹的孩子：“哦哦，不怕，不怕，宝宝。你们这是干啥呢？怎么连宝宝也不管呢？”

羊伟指着沙发上的牛车车问：“他是谁呀？”

“我的同学，牛村的牛车车。”

“他咋了？”

“他刚才饿昏过去了。”

一家人围在牛车车的左右问：“牛车车，你到底咋了？”

“有烟吗？”牛车车灰头灰脸地望着羊铁单问道。羊铁单从口袋里掏出一包纸烟，抽出来一支递给牛车车，然后划根火柴帮他点燃香烟。牛车车嘴里叼着香烟连吸了三大口。忽然，他呜呜地号哭起来：“我冤枉啊！”

“牛车车，你这是咋了？受啥委屈你就说出来，只要能帮上忙，我们一定尽力去帮你。”羊家人感到莫名其妙。

羊丹丹娘说：“是啊，大小伙子，你光哭有啥用呢。”

牛车车的哭声戛然而止，他把香烟叼在嘴里又连抽两口。“我在红格村镇住了黑店，被当作嫖客误抓入狱。那个女的，叫花妹子，可能是想摆脱卖淫罪反过来诬陷我强奸她。由于我拒不认罪，最后被从严处理，罚款并拘留了四十五天。”

羊丹丹说：“牛车车，你是个聪明人，怎么会干这种傻事呢？那个花妹子确实不是个好女人，在村东头开了一家洗头房，明里洗头、洗脚、按摩，暗里做皮肉生意。”

牛车车辩解说：“我确实啥都没干哪！警察后来也承认没有证据证明我强奸，况且是花妹子主动找的我。”

“哦，我想起来啦，这不是当初抢亲的牛车车吗，怎么变成这副模样了呢？”羊伟皱着眉头，反感地望着牛车车，“你要没嫖娼，警察绝不会抓你，更不会拘留你。我猜你肯定没干啥好事！多亏我家丹丹当初没嫁给你。当初抢亲时，你与牛丫丫当着众人面私奔，弄得我们羊家很没面子，现在你还有脸再见我们吗？你吃点儿东西，休息一会儿就赶快走吧。”

“爹，你不了解情况别乱插嘴。牛车车是我中学的朋友，曾经救过我。你和我娘上楼哄孩子睡觉吧，我和铁单在这陪着他。”

羊丹丹把她爹娘推到楼梯口，回来对牛车车说：“牛车车，你别介意，我爹这个人心直口快，刀语伤人。”

牛车车的精神好多了，坐在沙发上对羊铁单和羊丹丹说：“没关系，不怨你爹。不好意思，给你们添麻烦啦。我从镇上拘留所出来，步行了四天三夜，饥寒交迫，险些命丧在草原上。”

羊铁单问：“你被释放后为啥不直接回家呢？”

“我的马车还在红格村镇的大车店里，我回来取马车。刚才我去马车店取车，老板向我索要马车寄存费，300 元。我带的钱都交了罚款，身上分文皆无，只好来找你们帮忙。”

羊铁单爽快地说：“这事好办，告诉我哪个大车店，我帮你把马车取出来。”

“花花 Hotel。”

“啊，花花 Hotel！”羊丹丹和羊铁单相互对视一眼，不约而同喊起来。

“是啊，那晚我住在花花 Hotel，结果出了意外。我怎么也没想到那是个黑店。”

“你错了，花花 Hotel 不是黑店。”

羊铁单站起来说：“牛哥，你放心吧，我这就去把你的马车要回来。”

羊丹丹说：“好吧，铁单，你快去快回。”

牛车车糊涂了，花花 Hotel 不是黑店我怎么还会被抓呢？他用一种带着疑问的眼神瞥了一眼羊丹丹，可是他看到了一种带着更多问号的眼神从羊丹丹的眼睛里流露出来。他羞愧地低下头，几年不见自己竟落魄到如此地步。

## 第四十章　实情

羊铁单走了，客厅里只有羊丹丹和牛车车两人。羊丹丹给牛车车沏了杯茶水，端着茶杯靠近他身边悄悄问："牛车车，你说实话，到底发生啥事啦？你不好好在七星奶牛场当总经理，干吗突然跑到红格村来呢？"

"我已经离开七星奶牛场了。"

"你不是干得很好的吗？怎么会离职了呢？"

"唉，一言难尽哪！"牛车车本来是想托羊丹丹帮忙寻找牛花花，此刻，突然感觉不知该如何开口。这几年发生了太多的事情，从哪说起呢？有些事情不能说，还有些事他难以启齿。就说抢亲那天发生的事吧，牛丫丫半路劫色并非他的本意，也不是啥预谋，至于私奔之传说，更是冤屈；关于他与牛花花的那段隐情，名不正言不顺。他几次张嘴，欲言又止，脸孔憋得紫红。

羊丹丹从牛车车那吞吞吐吐的表情看出来，他心里有些难言之隐，不想为难他，便换个话题说："一年多前，七星奶牛场招聘技术人员，我专程去牛村参加应聘。"

牛车车吃惊地望着她："我怎么没见到你呢？"

"因为盈二奶从中作梗，我连面试的机会都没得到。"

"丹丹，你是开玩笑吧，你家庭条件这么好，怎么会到奶牛场应聘呢？"

"你说对了，我不是去应聘的。说句心里话，在感情方面，你是个呆头呆脑的男人，别说我瞧不起你，就连牛丫丫都瞧不起你。但是，在干事业方面，你的踏实、执着、敬业和钻研，令我敬佩，我为有你这样的同学和朋友感到骄傲。一年多前，听说你在七星奶牛场干得不错，我与我爹商量后，跟羊铁单和牛花花一起去牛村找你取经，牛花花也打算学点儿技术。本打算请你帮忙在红格村建立一个大型奶牛场，走多种经营道路，可是，联系不上你。你既没手机，又不接办公室里的电话，每次我打电话到办公室都是盈二奶接听电话，一听是个女人找你就说你不在。我们与你联系不上，无法与你相见，只好利用七星奶牛场招聘的机会去见你……算啦，不说这些了。你现在做啥呢？过得咋样？”

“离开七星奶牛场，我办了一个小型家庭奶牛场，效益还不错，维持一家人的生活没问题。”

“为啥不办个与七星奶牛场相同规模的大型奶牛场呢？你有经营经验，有管理能力，又有市场资源。”

“可是我没有资金。”

“需要多少钱？”

“如果与七星奶牛场规模相当，至少 300 万。”

“牛车车，如果我来投资，你经营管理如何？”

谈到奶牛养殖生意，牛车车恢复了精气神，端起茶杯饮了两大口，说：“那当然好了！目前奶牛养殖市场远不饱和，鲜奶市场供不应求，投资虽大，但回报率高。不过，如果你投资我管理的话，我要求占技术股份，我不能再当一个高级打工仔了。在七星奶牛场我吃够苦头，因为没有股份，在事业辉煌时被老板一脚踢开，一宿之间变得一无所有。”

“没问题，我们家是养羊专业户，养牛是外行，养牛你是专家，我们可以考虑你的技术股份，如果你投入资金再另算。但是，你要写一个项目介绍和可行性分析，我与我爹商量一下。牛花花曾经动员我拿出 300 万左右投资一家现成的大型奶牛场，说是三年后可以盈利，五年回本。”

“哪家奶牛场？”

“牛花花没说哪家奶牛场。她只是说认识一家奶牛场的老板，姓刘，老板想扩大经营规模，急需找投资人或合伙人。”

“姓刘的老板，叫刘什么？”

“不知道。她只告诉我姓刘。”

“丹丹，你别轻易听信他人意见，投资是件大事，里面学问深奥，一定要了解清楚。牛花花自己也可能弄不清真假，你要防止被骗。”

“嗯，我没答应牛花花。我还是相信你。”

“好的，等我回家后尽快写好项目设计方案，邮给你。”

“牛车车，你认为场址放在红格村好还是牛村好？”

牛车车把茶杯放在茶几上，自信地说：“当然放在牛村好。红格村的牧业以羊为主形成了优势，牛村以奶牛为主，已成为大型鲜奶生产基地，销售渐成网络，占有地域优势……”牛车车开始滔滔不绝地讲着自己的生意经，不知不觉半个多小时过去了。

“嗯，有道理。”羊丹丹提起暖壶往他茶杯里添水，“奶场起个啥好名字呢……”

“丹丹，丹丹！”从大门外传来了羊铁单惊慌的呼叫声。

牛车车说：“就叫丹丹奶牛场吧。”

“不好，我又不是奶牛。牛车车，你先坐着，我看看铁单出啥事了。”羊丹丹站起来走到客厅门口，拉开大门向外张望，羊铁单手捂着血葫芦的脑袋从院子里跌跌撞撞地冲进客厅，一屁股坐在沙发上。

“咋啦？”羊丹丹急忙拿来一条白毛巾擦掉他脸上的血垢，检查他的伤口。

“我挨打了。”羊铁单额头上有一个鸡蛋大的青包，一只眼乌青，头皮下有一个破口，血已经止住了。

“谁打你的？”

“羊铁龙。”

“你哥为啥打你呢？”

羊铁单手指着牛车车说：“你问他吧！”

羊丹丹看看牛车车，又看看羊铁单，说：“这到底是咋回事呀？”牛车车茫然地摇摇头。

羊铁单说：“我到花花 Hotel 时，羊铁龙正在独自狂饮，已醉意三分。我陪他又喝了两盅，趁他兴致勃勃时提出要取走牛车车的马车。可是，羊铁龙一听我的来意，立马翻脸不认人，怒火八丈高，不仅不给马车，还大骂牛花花，接着与我大吵起来。他借着酒劲推搡我，动手打我，我毫不客气地把他打倒在地上。随后我来到马棚，牵出白马，他趁我备马时突然抡起一根木棒击中我的头部，我栽倒在马棚外。等我醒来发现，发现被他拖到大门外雪地上，花花 Hotel 的大门已经关闭。”

羊丹丹气愤地说：“这个铁龙子还是当哥哥的，怎么这么不讲情义。等会儿我去找他评评理。”

牛车车更加迷惑，问道：“羊铁龙不是牛花花的老公吗？他怎么在花花 Hotel 里？”

羊丹丹说：“刚才我没告诉你，花花 Hotel 是他哥哥羊铁龙开的店。铁龙子你应该见过，我记得几年前牛花花家选亲时你俩还曾在一起赛马抢婚。”

牛车车大吃一惊：“嗯哪，那是四年前的事了，我记得他那时不是秃顶啊。他好像是开铁匠铺的，怎么又开大车店了呢？”

“羊铁龙从前是开铁匠铺的，自从铁单与我结婚离开铁匠铺后，铁匠铺生意惨淡，加上后来牛花花离他而去，生活不尽如人意，没多久他掉光了头发，不得已把铁匠铺的大院改成大车店。据说大车店的生意还不错。”

牛车车恍然大悟，怪不得他感觉那个旅店老板有点儿面熟，原来是羊铁龙啊。牛车车回忆着那天办理住店的情景，当时那个店老板的表情确有点儿诡秘……嗯，就是羊铁龙，鼻梁有点儿歪……不过，牛车车与羊铁龙只见过一面，多年过去了，羊铁龙应该认不出牛车车来呀。

羊丹丹问：“铁单，你给他马车寄存费了吗？”

“我提出给他钱，他收了钱，但还是不还马车。”

“既然付费了，他干吗还扣车！他到底想干吗？”

“他让我告诉牛车车立即把他老婆牛花花送回来，否则休想拿回他的马车。”

羊丹丹迷惑不解地问：“拿牛花花换马车？牛车车，这到底是怎么回事？羊铁龙怎么向你要老婆呢？”

牛车车脸色红紫，不知如何解释。他突然明白了，那天晚上，他没认出羊铁龙，可是羊铁龙认出他来，误以为他拐走了牛花花，所以那天夜里便设计陷害了他。唉，真是冤家路窄啊！这么说，牛花花她现在不在红格村。她能去哪里呢？

羊丹丹看牛车车木呆呆没有反应，扭头对铁单说：“我看你哥是想牛花花想疯了，牛花花离家出走与牛车车有啥关系呀！”

“我也是这么说他的，拉不出屎赖茅房。可是，他说他有证据，牛花花离家出走后投奔牛车车，在七星奶牛场打工，他俩鬼混在一起。牛哥，不好意思，这是铁龙子的原话。”

羊丹丹问：“牛车车你实话实说，有这回事吗？”

“嗯哪，有这回事，但不全对。”

“你俩出轨啦？”

“没，没出轨，最多算偏轨。”

“啥偏轨没出轨，你到底和牛花花发生了啥事？你想让我们帮助你就说实话。”

“丹丹，你知道我牛车车要么说真话，要么不说话，但从来不说假话。几个月前，我与牛花花之间曾经发生过感情纠葛，回想起来，既尴尬又难为情，不过，事已至此，我只好一五一十坦白了。”

竹筒倒豆子，一干二净。牛车车把他与牛花花的那一夜的野情如实讲给羊丹丹听。牛车车红格村寻情，纯粹白折腾。

听完牛车车的故事，羊铁单说：“原来是这么回事啊！牛哥，你我一起去找我哥，当面把话说清楚。”

羊丹丹反对说：“你俩先坐下，我与爹商量下看看咋办好。”

## 第四十一章　草痴

羊伟看到女婿被打的狼狈相，感觉丢了面子，羊铁单是羊家上门女婿，踏实、肯干，是羊伟的得力助手。打狗还要看主人呢！羊伟决定教训下这个羊铁龙。他，村长助理有权有势，一声令下带着几个身强力壮的打手和羊铁单直奔花花 Hotel。

“爹，吓唬他一下，把马车要回来就行了，别真动手！羊铁龙毕竟是铁单的哥哥。”羊丹丹站在大门口叮嘱羊伟，接着，对跟在人群后面的牛车车说：“牛车车，你不要跟着去，你回屋来我有话跟你说。”羊丹丹把牛车车推回客厅。

“牛车车，你觉得牛花花真的喜欢你吗?”

牛车车不假思索地点点头：“嗯哪。”

羊丹丹递给他一条湿毛巾，说：“牛车车，你先擦把脸吧。”

牛车车接过毛巾贴在自己脸上揉了几下，看到白色的毛巾变成了黑黄色，嘿嘿地尴尬一笑。

羊丹丹沉思片刻说：“既然你我是老同学，我就实话告诉你，牛花花不会喜欢你，更不可能爱你。”

牛车车绷着一副像是涂了炭的黑脸，迷茫地望着羊丹丹：“不可能吧?”

“牛车车，你别自作多情了。一个月前，牛花花与羊铁龙大吵一番，半夜躲到我家跟我聊了一晚，她谈到很多她曾经中意过的男人，但从来没有提过你。她决心第二天离家出走，永远离开铁龙子，投奔一位她中意的情郎。”

你是我中意的如意郎君……牛车车想起在小树林里牛花花情意绵绵的语言，眼前浮现出她情深萌萌的娇容。牛车车喃喃道：“或许我是她讲不出口的秘密情人，或许我只是一个候选者。她说过她与铁龙子感情不好，无法忍受他的虐待，早晚要离开他，嫁给我。”

“牛车车，你懂女人心吗？牛花花这种女人并不惧怕男人的变态和虐待，她只是不能忍受贫穷，无法克制自己内心的虚荣。她的心早已出轨，飞到另外一个男人的身上，当然，这个人不是你。”

“她第二天真的走了吗？”

“嗯，她去了额吉淖尔镇。”

“能告诉我那个男人是谁吗？在哪里？”

“她对我说那个男人是一个奶牛场的总经理，虽然已经过了英俊、潇洒的年龄，但老成、稳重、事业有成，更主要的是对她着迷。她喜欢那种端庄、大方、精明、干练，对她情深意切、细心、体贴的男人。”

“她瞎说，她骗你。嘿嘿。”牛车车咧着大嘴笑了，他觉得自己也够老的了，相信自己就是这样的男人，挺起胸膛，说，“她告诉你那个男人的名字了吗？不会是叫牛车车吧！”

“哼，你想得美，你已经不是总经理了呀。你看你现在破落的样子，你觉得牛花花还能看上你吗？”

牛车车羞愧地低下头，固执地说：“可是，她并不知道我离开七星奶牛场的事情啊。她提过那个男人的名字吗？”

“看你急的。她没有告诉我名字，只说是个总经理，也没告诉我是哪家奶场，可是，她说她要到额吉淖尔镇盐城宾馆找一个姓刘的男人要钱，那个男人欠她十万块钱。她还说有个男人利用她从一个奶牛场骗了一大笔钱，被骗奶牛场的老板是个花痴。”

“啊……姓刘的！不会是刘萌萌吧？”牛车车一直感觉这小子不地道，内心颤抖着，表情显得紧张和慌乱。牛车车心里盘算着，额吉淖尔镇一共有三家大型奶牛场，总经理都很老呀，副总经理也都是有家室的男人，根本没有单身的总经理。谁是花痴？奶牛场女老板只有一人哪！糟了，刘萌萌要骗的一定是牛丫丫。难道牛花花与刘萌萌勾结……不可能！但不管如何，我要马上赶回去提醒牛丫丫，免得她受骗上当。“丹丹，牛花花对你说过刘萌萌这个名字吗？”

“没有。”

牛车车迫切地问道：“花痴指的是谁，牛花花告诉你了吗？”

“没有。她只是说一个花痴和一个草痴一起合伙做生意竟然也赚了钱，让人既嫉妒又不忿。因此，她鼓动我投资，她来经营管理。我提醒她别干违法犯罪的事。她不以为然地笑笑说，放心吧，对付这种花痴和草痴不需要违法。”

“牛花花真这么说的吗？”

“当然。”

牛车车气得肚皮鼓起来，心里大骂牛花花：妈的，说谁是草痴！但是在羊丹丹面前又无法发作。他推测牛花花和刘萌萌可能是同伙，共同设计诱骗牛丫丫。但是又有点儿矛盾。几个月前，刘萌萌追求牛丫丫成功，据说现在他俩已经登记结婚了。如果是诈骗，怎么可能真结婚呢？现在看来，这里有更大的阴谋啊。

“谁是刘萌萌？”

“牛丫丫的老公，就是七星奶牛场傍上牛丫丫的那个技术员，我怀疑这小子没怀好意。我今晚要赶回去。”

“牛车车，你急啥！你不是被牛丫丫开了吗！明天再走吧。你怎么肯定刘萌萌与牛丫丫不是真爱呢？哪有骗子还真结婚的？”

“嗯，你说的也有道理。但是我还要立刻赶回去。丹丹，多亏你告知，万一……牛丫丫有难我不能不帮，从前，她对我不薄，做人不能不仁不义，你说呢？”

“唉，牛村的人哪，怎么都这么倔强呢！花痴、草痴，南辕北辙，相遇不相缘哪。”

“丹丹，你也说我草痴？”

“你不是一般的草痴！”

院子里响起一阵嘈杂声，羊丹丹站在窗前看到羊伟带着羊铁单回来了。

羊丹丹迎出门：“爹，咋样？”

羊铁单奉承道：“老将出马一个顶俩，爹一露面，我哥他就服了，主动向我赔礼道歉，乖乖地把马车交了出来。”

羊伟得意地说：“哈哈，马车就停在大门外，牛车车，你赶快走吧，以后别再到处惹祸啦。要记住，无论走到哪里都要遵纪守法。”

“嗯，谢谢伯父，我告辞了。”牛车车灰头灰脑地离开客厅来到大门外。牛车车一手抓着马缰绳，一手抚摸着白马脖子，接着向送别到大门口的羊家人一一鞠躬致谢。“谢谢伯父、谢谢丹丹、谢谢铁单。”然后，他跳上马车挥起皮鞭，迫不及待地高叫：“驾！驾！”

“等等，牛车车。”在马车启动的瞬间，羊丹丹跑过来，把一沓钱塞到他的手里：“这 1000 元钱，你留着路上用吧。记住，别太固执了，早点儿回牛村把你自家奶场管理好，说不定以后我们有机会合作呢。”

“丹丹……”牛车车手里捏着 1000 元钱，眼眶溢满泪水。

“牛车车，再见！”羊丹丹微笑地朝他挥挥手。

“再见！”

马车离开村镇爬上一座山冈，牛车车回头眺望远处变得越来越模糊渺小的雪村，村头花花 Hotel 门前的红灯绿灯一闪一闪，想到半个月来在红格村的意外遭遇，铁龙子、花妹子、警察、拘留所……他心中充满惆怅和伤感，我牛车车怎么这么愚蠢呢！牛花花啊，你真够狠呀！你要弄我的感情、制造奸情，刘萌萌趁机勾引牛丫丫上套……

他感觉这一趟没白来，也算及时弄清真相。哼！别看我牛车车是个草痴，我绝不能让你们的阴谋得逞！他用力挥动手里的皮鞭，高喊：“驾，驾……”

## 第四十二章　祸从天降

牛车车傍晚回到牛村，马不停蹄直奔七星奶牛场。他回来迟了，奶牛场早已大门紧闭。他连敲三遍大门，盈二奶才战战兢兢地从漆黑的收发室里走出来打开大门。牛车车看到场区漆黑一片，一派寂静、凄凉的景象，心里颤抖，有种不祥的预感。糟糕，奶牛场出事了！

“哎呀，牛车车呀，你怎么才回来呢？这两天都把我的魂吓飞了。”盈二奶身体哆嗦着，“这鬼天气也太冷了！”

“出啥事了？”牛车车急切地问道。

“冷死了，进屋再说吧。”盈二奶扭身跑回收发室，打开电灯爬上炕头，把被子裹在身上，叼着长烟袋锅喊着：“牛车车，咱奶场出大事了。”

“出啥大事了，姑奶奶？”牛车车把马车拴好后走进收发室。

“这些天来，每天都有大批债主上门讨债，不给钱就骂人。牛丫丫躲开了，这些人就围着我讨钱，骂我是黄世仁。我说黄世仁是讨债的，他们就骂我是杨白劳，还举手要打人。我说老娘是白毛女，你们谁敢打我，我就死在你这个黄世仁的眼前。”盈二奶叽里咕噜把重要的话一股脑儿地讲出来，接着吧嗒吧嗒地抽起旱烟。

唉，果然出事了！牛车车随手关上门，拉过一把椅子坐下，焦急地问道：“奶场生意一直很好，怎么会突然欠债呢？”

“刘萌萌从前欠的债呗。”

“刘萌萌欠的债与七星奶牛场有啥关系呢！”

“唉，牛丫丫也被刘萌萌骗了。”盈二奶在鞋底敲敲烟袋锅。

牛车车追问：“牛丫丫咋被骗的？”

“刘萌萌要在额吉淖尔镇办个奶制品加工厂，算是七星奶牛场分场。

登记结婚后乐昏了头的牛丫丫从银行贷款1000万交给了刘萌萌。刘萌萌此后离开七星奶牛场再没回来。”

牛车车吃惊不小：“啊，刘萌萌跑了！牛丫丫果然被骗了！那牛丫丫干吗也躲起来了呢？”

“牛丫丫摆脱债主们的纠缠，找刘萌萌要钱去了。牛丫丫没心思上班，几次跑出去寻找刘萌萌，开始时在额吉淖尔镇还能见到刘萌萌，牛丫丫让他拿出一部分钱还债，刘萌萌说钱没了，一部分投入进去了，一部分让他放高利贷了。”

“牛丫丫相信他的话吗？”

“嗯，愚蠢的牛丫丫回来后，自己掏腰包替刘萌萌还了一部分债务。再后来，刘萌萌就消失了。”

“我告诉牛丫丫，她是被刘萌萌和牛花花两个人欺骗了。村里人传说牛花花，还有一个年轻女子与一个姓刘的老板在额吉淖尔镇开房，三个人鬼混在一起。”

“牛丫丫相信你说的话吗？”

“不信！找不到刘萌萌，她心不甘。她不相信刘萌萌会背信弃义，认为他是被逼无奈躲开债主，除非亲眼看到刘萌萌和牛花花在一起，否则她绝不相信。牛丫丫最后一次去额吉淖尔镇找刘萌萌之后就再没回来过。唉，花痴就是花痴，死到临头还在花痴。这个该死的刘萌萌是个大骗子，依仗懂设备、技术好、工作出色，一连骗得几家奶场老板的信任，卷走了几家奶场几十万元的购置设备款，还欠了很多熟人十几万元的债务，最后跑到我们七星奶牛场，骗婚又骗钱。”

牛车车说：“姑奶奶，何来骗婚之说？刘萌萌不是与牛丫丫真结婚了吗？”

盈二奶说：“傻小子，要是没结婚，牛丫丫或许不会受骗，刘萌萌的阴谋也不至于这么容易就得逞。”

牛车车焦急地问：“到底发生啥事了？能讲得详细些吗？”

盈二奶不紧不慢地说：“半个月前，有老债主发现了刘萌萌的行踪，来到七星奶牛场找他讨债，刘萌萌玩了个金蝉脱壳，一面告诉债主们两周后找他老婆牛丫丫取钱，一面暗中策划卷走牛丫丫的银行贷款1000万，逃之夭夭，结果把债务甩给了牛丫丫这个花痴。牛丫丫怎么这么蠢呢！我一直纳闷，刘萌萌与牛丫丫登记很久了，为啥迟迟不办酒席呢？原来他是另有阴谋。唉，我也瞎了眼！”

“报警了吗？”

“报警了，可是警方不受理。因为刘萌萌与牛丫丫是夫妻，不构成欺诈和刑事犯罪，属于家庭财产纠纷。无奈，牛一刀一气之下到法院起诉刘萌萌欠债。”

牛车车问：“刘萌萌逃到哪儿去了？”

盈二奶回答：“谁知道呢！都说刘萌萌与牛花花一起跑的，躲在额吉淖尔镇。”

“妈的，牛花花，这个恶毒的女人！”提起牛花花的名字，牛车车气得咬牙切齿，“这件事发生有多久了？”

“有四十天了吧。事发后牛丫丫到你家找过你，你爹说你刚去红格村。”

“现在有牛丫丫的消息吗？”

“没有。牛一刀几次去额吉淖尔镇寻找女儿，都没有找到。”

“七星奶牛场还开业吗？”

“关门两星期了。牛一刀也是添乱，不到法院起诉倒没事，起诉后反被银行发现七星奶牛场资产总共不足400万，有虚假抵押行为。法院判刘萌萌与牛丫丫夫妻共同骗贷，因此查封了奶场的银行账户。债主们天天堵在大门口闹事，不关门也开不了门。唉，牛车车呀，你说该咋办呢？咱七星奶牛场关门便宜了刘佬转，他家的佬转奶牛场立即生意红火起来。刘佬转最近买了一辆高级吉普停放在家门口，车不会开还天天坐在车里臭显摆，中午不在家里休息，专在车里睡午觉。一瞧到刘佬转那得意的样子，我心里就来气。”

“姑奶奶，这事你就犯不着生气了，他有钱买飞机，你管得着吗！现在关键是怎么解决我们自己的危机。”牛车车嘴里这么说，心里也在冒火，在收发室里急得踱来踱去。虽说牛车车已经不是七星奶牛场的人了，可是，毕竟是他亲手创业建立了这个奶牛场，一砖一瓦都凝聚着他的心血和汗水，他不忍心看着它垮下去。

盈二奶说：“我能不生气吗？好好的一个企业被一个妖精给毁了。这个牛花花太坏了！”

牛车车内心感到牛丫丫被骗也有他的一份责任，如果不是由于自己贪图牛花花的美色先中圈套，牛丫丫也不会这么轻易掉进刘萌萌的陷阱。牛车车心中羞愧，恼羞成怒，脸色变得青紫，连眉毛、头发和胡须都竖立起来。他一拳砸在桌子上，咆哮道：“好你个牛花花，使出这等奸计坑害我们，我绝不饶你，一定要抓住你！”

盈二奶从没见过牛车车如此愤怒，连忙劝说道：“牛总啊，报仇是后话，先说说现在咋办。”

是啊，当务之急是现在咋办。牛车车明白，奶牛场不怕停业就怕停产，挤出来的鲜奶卖不出去大不了倒掉，而奶牛的奶不挤出来问题可就大了，大批奶牛回奶或者生病了，那个损失可是无法弥补的，因此，他决定立即召集人商讨对策。

“姑奶奶，去叫牛丫丫爹和我爹，嗯，还有……把牛会计也喊来，我们在办公室开个会。”

“欸！我这就去喊他们。”盈二奶穿上棉鞋，披上棉大衣出去了。

牛车车站在挂满雪霜的窗前，望着天空飘零的雪花，心中有些忐忑不安。牛丫丫寻找刘萌萌去了，能找到吗？唉，刘萌萌和牛花花有多狡猾呀，牛丫丫根本不是他俩的对手。

院子里的拴马桩随风轻微地摇摆着，木桩上几只生锈的铁环在风雪中发出吱嘎吱嘎的声响。平常，牛丫丫的马就拴在这个木桩下面。牛丫丫一定是骑马离开的，她现在会在哪儿呢？解决这种事情光靠义愤是徒劳的，她那一套鲁莽的打法一定行不通，甚至适得其反。

牛花花真的那么坏吗？为什么我一点儿没有察觉呢？牛车车向牛场后面一片黑压压的小树林望去，他的眼前有些模糊，耳边响起一阵嘈杂的声音……

“快跑啊！小树林已经被围住了。”这是他自己的声音。

“牛车车，你先撤退，我掩护！”接着是牛花花尖细的声音。此时眼前的情景让牛车车再次陷入迷茫的回忆中。树林里漆黑一片，慌乱中，他搂着牛花花躲在一棵大树的后面。这时，一群人钻进小树林直奔他俩的方向，走在最前头的一个年轻男子手里拎着一个大红灯笼，离他俩藏身处有七八米远。是刘萌萌！刘萌萌背对着他俩站在一棵大树下四处张望，对另一个人说：“刚才我听到这里有动静，怎么不见人影呢？”

另一个人说：“是啊，我也听到这边有动静，我们分头在附近搜搜吧。”

第三个人说：“二奶说了，抓到奸夫淫妇有奖。男的抓住带回来再说，女的往死里打。”

听到这句话，牛花花身体瘫软在牛车车的怀里，双腿抽搐，一只脚踹到石头上，“当啷”一声，两块石头撞击在一块儿，把那两个男人吓了一跳，尖叫起来：“快来人哪！在那儿！”“快跑，花花！”牛车车用力抱起已经晕倒的牛花花，刚跑了几步，扑通一下与牛花花同时摔倒在地上。众人一哄而上，把他俩抓住。

回忆到这里，牛车车恍然大悟。妈的，原来是刘萌萌和牛花花事先设计好的阴谋，一个老掉渣的美人计。一定是牛花花故意弄出声响，把我暴露出来。那股顺着牛花花身体流淌到我裤裆里的热流，一定是她悄悄倒出来的茶水。我以为是牛花花吓尿了呢，其实，无非是想让我被抓时显得更狼狈，让这场强奸戏演得更逼真。这一切为的是让刘萌萌顺利上位。

一阵北风从牛棚那边刮来，掀起地上的陈雪，“啪”的一声，刚巧一片残雪遮住了整扇玻璃，牛车车的思路中断了，他的眼前一片苍白。

## 第四十三章　救火

办公室里的陈设还是牛车车熟悉的老样子，靠窗一边摆放着一张办公桌、一把皮椅子和一排铁卷柜；靠墙一边摆放着那张他曾经睡过的单人床、一条长条沙发和一个垃圾桶。屋子中央竖立着一个铁皮炉子，炉火烧得正旺。

牛一刀、牛老五和盈二奶很快就到了，牛丫丫的三叔、七星奶牛场的会计也来了，大家坐在一起商量着该怎么办。

“牛车车，这些天你跑到哪去了？怎么变成这个模样？”望着眼前又黑又瘦的牛车车，牛老五心疼地责怪道，“找到牛花花了吗？”

“哼，啥牛花花，分明是他妈的妖精！”牛一刀坐在靠窗的桌子边叼着烟袋锅，气愤地骂道，“要不是你儿子被这个妖精迷住，也不会发生后来的事情。”

“妖精的脑瓜上也没贴标签，谁知道她是妖？现在埋怨还有用吗？”盈二奶低声嘟囔着。

牛一刀急了，用烟袋锅敲打着桌子，指着盈二奶训斥道：“还不是因为你，啥人事招聘，蠢货！竟然招进来两个贼！”

“欸，牛一刀，你可不要血口喷人哪！当初招不招牛花花，我请示过你，你当时也没反对呀！再说，牛花花还是你家的亲戚呢！”

“我没有这个亲戚，但我倒是听到你一口一个‘大侄女’，叫得很亲。”

“哼！不讲理！”盈二奶把头扭向一边。

牛车车脸上的肌肉抽动着，尴尬地说：“好了，你们二老先别吵了，都是我的错。今天找你们来是商量下今后七星奶牛场该咋办。”

“咋办？还能咋办！”牛老五低头吧嗒吧嗒地抽着闷烟，没再言语，对于他这种只会干活的老实人来说，心里有数，但嘴巴说不出来。七星奶牛场关门后，工人放假，牛老五自愿帮助牛一刀喂奶牛。

“银行封了账号，债主堵在大门口，没钱咋开业了！每天卖奶的钱还不够还债的呢。好好的奶场就这么垮了，这是谁造的孽呀？”牛一刀哭丧着脸，绝望地嘟囔着，“妈的，茅坑里放火……屎焦了！”

“哼！就知道抱怨！现在抱怨还有个屁用！”盈二奶仰头摆出一副长辈的架子训斥牛一刀。

是啊，问题的核心还在于钱哪！奶场正常运转需要钱，养牛散户送奶来需要付钱，平息债主风波需要钱，银行账户的解禁也需要钱。牛车车问：“牛会计，现在奶场欠银行多少钱？”

牛会计翻开账本上下扫了几眼，汇报说：“七星奶牛场近几个月先后从合作银行抵押贷款三笔，总共1000万。这几笔钱均直接转入牛丫丫为刘萌萌注资成立的牛波奶制品厂的账户，厂址在额吉淖尔镇郊区，正在筹建中，刘萌萌是这个工厂的法人。贷款资金到账后，刘萌萌利用自己法人身份从银行提出现金，携带巨款逃之夭夭。七星奶牛场报案后，银行重新核查了七星奶牛场的贷款手续，认定刘萌萌夫妻有诈贷嫌疑，一边向警方报案追究刘萌萌和牛丫丫夫妻的刑事责任，另一边通过法院起诉七星奶牛场追回欠钱。七星奶牛场的银行账上原有流动资金270万，但已被法院查封，目前银行账上资金为零。另有外欠货款共计80万，大约本月入账。入账后会被银行立即冻结。减去这350万，还欠银行650万。加上法院诉讼费和银行利息，估计还欠银行约700万。银行委托会计事务所对我场资产进行评估，目前七星奶牛场奶牛加上固定资产不足300万，资不抵债。如果还不清银行债务，只能宣布破产。”

听完牛会计的汇报，牛车车脑袋大了，身体瘪了，瘫坐在硕大的皮椅里像个泄了气的皮球，刚刚才聚起的重整旗鼓的勇气，荡然无存。他心里暗自算了一笔账，七星奶牛场要想重新开业的话，除了还银行700万，还需要50万流动资金，至少要筹备750万。750万哪！上哪去搞这么一大笔钱呢？牛车车完全没了主意……

牛老五哭丧着脸说：“已经有七八头牛生了乳腺炎，奶很难挤出来。再不抓紧，大批奶牛都回奶了。到那时，即使恢复生产，奶场也没奶可卖了。”

“爹，抓紧挤奶呀！”

“欠费停电了，自动挤奶机没用了，工人都放假回家了，全靠人工挤奶，只有我和牛丫丫爹两人也忙不过来啊。”

“马上补交电费呀！”

“现在的钱只能保证买一个月的饲料，牛不能不喂呀！”

远处传来病牛“哞哞”痛苦的叫声。牛一刀跺脚号哭起来：“作孽呀！好好一个奶牛场怎么毁成这个样子了！真要这样，老子不活了！”

牛车车看到牛一刀绝望的眼神和一脸杀气，也着急了，千万别再出啥大事啊！他反复安慰牛一刀：“三爷，您别急，天无绝人之路，总会想出办法来。”

“急呀，真是十万火急呀！妈的，老子真想去抢银行了！”牛一刀这几天腰带上总是别把牛刀，不知他是要杀人呢，还是要自杀，嘴里嘟囔着：“刘佬转，我跟你拼了！”

“老三呀，这可怨不着人家刘佬转，都怨咱自己不好。其实，看到刘佬转得意扬扬的样子，盈二奶我也生气。不过还是牛车车说得对，咱还是得想法儿解决自己的问题。”

牛老五说：“这回又便宜了刘佬转，奶商都跑到他家去了。”

瞬间，办公室里烟雾缭绕，几个人都在闷闷地抽烟，谁也不再言语了。看来真是无路可行啊。

其实，此刻刘佬转也不轻松，牛一刀的骂声不时会传到他的耳朵里。自打七星奶牛场关门后，奶商全都涌向村东头佬转奶牛场的大门抢购鲜奶，刘佬转的生意空前火爆。本该幸灾乐祸的刘佬转却一点儿也乐不起来，他这几天开始提心吊胆，大门不出，二门不迈。刘佬转与牛一刀之间多年的争斗，属于天平效应，此消彼长，此长彼消。他刘佬转心里明白，胜负固然重要，但最终，大家都不会有啥好结果。牛一刀如果不想活了，他恐怕也难逃噩运，他担心有一天牛一刀会提着牛刀找上门。正因为如此，他早早地把儿子和女儿送到城里读书去了。刘佬转也在思考对策：“妈的，我现在该怎么办呢？”

牛大岚对刘佬转说：“老头子，那个牛一刀，一刀就能杀死一头牛，更别说杀人了，你还是先躲躲吧。我给你多带点儿钱，躲远点儿，最好找个地方旅旅游，过一段清闲的日子。电视广告上说可以办理柬埔寨旅游，那个地方穷，人民币值钱，可以当美金花。你到那租个房子多住些日子，等风声过去了你再回来。”

牛大岚的主意正中刘佬转下怀，但他还是装着有些犹豫：“老婆，我走了，你怎么办呢？家咋办呢？”

“牛一刀恨的是你，不会对我个女人家咋样。再说咱都走了，奶牛场没人管理怎么办呢？钱也不能不赚呀！有我在，你放心走吧。”

“老婆，那我走了？”刘佬转感动得热泪盈眶，想到前些日子把责任都推到老婆身上的做法，他感觉自己有点儿愚蠢，心里有些自责和不安。不过，他说的话村里人谁都不会相信，这一点又让他感到庆幸。

牛大岚从来没出过远门，以为出了草原就是柬埔寨，指着家门口的一台崭新的吉普车对刘佬转说：“把车开走吧，开车去柬埔寨旅游还省路费。这车摆在家门口太招摇，让人眼红。”牛大岚往刘佬转背包里多塞了两沓钱：“老头子，多带点儿钱出去，花不完再带回来。但是不许在外面拈花惹草……”

“哎呀，老婆，都多大岁数了，咱还能干那事吗？再说，老婆，你知道我胆小，有你在我心里站岗，路边再美的野花我想采也不敢采。”

“这么说你还是想采？”

“哪能呢！佬转我也不是那种人呀！”

“是啊，所以让你在外面多逍遥些日子我放心。”牛大岚的小眼睛挤出几滴泪水，张开肥大的身躯把瘦小的刘佬转紧紧搂在怀里。

刘佬转走了，开着他刚买的大吉普，腰缠万贯、得意扬扬地离开了牛村。嘿嘿，谁说无路可行？路不是人走出来的吗！谁说开车难？这荒漠的草原，没有道路、没有红绿灯、不需要刹车、不需要转向灯、不需要驾照、不需要交通规则，踩脚油门就可以把车开走。妈的，谁说我老？虽然爷我名叫佬转，人老心不老。他不自觉哼哼着小曲：路边的野花，想采我就采。

## 第四十四章　金融危机

牛丫丫怎么会去银行骗贷呢？如果说刘萌萌骗贷，牛车车相信，可是牛丫丫并不缺钱哪，她完全不需要这么做呀！一定是进了刘萌萌的圈套，或者鬼迷心窍。牛丫丫虽然相貌五大三粗，可是头脑精明，不会轻易上当啊！都说爱情能让人变得愚蠢，唉，这就是丑女的悲哀呀，经不起帅哥的勾引！可是，刘萌萌也不高明，既然是个骗子，为啥还与牛丫丫真结婚呢？这不是把自己套牢了吗！或许……这就叫不择手段？刘萌萌能跑到哪儿去呢？牛丫丫现在怎样？牛车车的脑子有点儿乱，一时捋不清思路。

唉，现在想这些已经没有任何意义了，抓骗子、破案、追赃款，那是警察的事，他再着急也没有用。当务之急是想法解决七星奶牛场的资金危机，让奶牛场尽快重新运转起来。如果七星奶牛场能重新开业经营的话，如果七星奶牛场能持续维持现在这个生产规模的话，如果市场销售状态一直像从前那样良好的话，他相信奶牛场有能力在两年后还清债务，扭亏为盈。但是，如果继续停产，则面临破产倒闭的风险。妈的，钱！钱！钱！一想到钱，他的思路就断了。

牛丫丫怎么这么愚蠢呢！一下子被骗了这么多钱！如果债务的数额少一点儿，200 万或 300 万或许他还能想出点儿办法。他想到了羊丹丹，羊丹丹曾经承诺可以出资 300 万与他合作建立一家奶牛场，可是另外 400 多万上哪淘呢？

牛一刀和牛老五低头沉闷地抽着旱烟，盈二奶和牛会计瞪着迷茫的双眼望着牛车车，盼望他能拿出个好主意。

“爹，咱家现在有多少存款？”牛车车问道。

牛老五皱着眉头看着牛车车：“儿呀，你这是啥意思？”

“大家凑凑钱。”

牛会计说：“上哪凑这么多钱哪！咱全村除了刘佬转有个两三百万，其他人家的钱即使全部合在一起也不足 300 万。如果真能凑足 300 万，还可以暂时缓解目前的金融危机。刘佬转曾经幸灾乐祸地对牛柳村长说，七星奶牛场破产了，我在考虑是不是要为村子做点儿贡献，如果法院拍卖的话，把它买回来。”

牛车车不解地追问道：“七星奶牛场不是欠银行 700 万吗？300 万才接近一半呀，怎么能缓解金融危机呢？”

牛会计解释说：“目前欠银行 700 万不假，但银行知道我们奶牛场资不抵债，即使是破产，也拍卖不到 300 万，因此同意如果我们先一次性还清 300 万，且能够恢复正常生产经营的话，剩余欠款和利息可以在三年内分期付清。”

牛车车眼睛一亮，立刻挺直腰板问道：“真的？你确定吗？”

“嗯，法庭调解时银行方面是这么讲的。如果我们破产，银行损失就更大了。”

牛一刀点点头：“我和牛会计出庭的，银行是这么讲的。可是我们没办法凑齐 300 万哪！至少我现在一分钱也拿不出来。”牛一刀摆出一副无可奈何的表情。

“嗨，牛会计，你怎不早说呢！”牛车车咧嘴乐了，“爹，咱家到底有多少钱？”

“30 万。这可是留给你和你大弟弟牛马车娶媳妇的钱。再说你小弟弟牛拖拉最近查出来得了一种怪病，叫难治性贫血，据医生说将来要花几十万做骨髓移植。”

牛车车说：“难治性贫血？这小子爱挑食，是不是营养不良啊？没啥大问题吧？”

牛老五点点头：“嗯，现在看来倒是没啥大碍，能吃、能喝，还能干活。”

“爹，咱把这 30 万拿出来。另外把咱家奶牛场卖掉，能凑足 70 万。”

“那咱家可就啥都没有了。我不同意。”

“爹，没有七星奶牛场哪有咱家现在的一切，五间大瓦房、奶牛场和银行存款。人要知情报恩哪！再说这七星奶牛场也洒下我们父子俩辛勤的汗水，我们绝不能看着它垮了。爹，这事我做主。”牛车车的话语不重，但柔中带刚。

牛老五仍旧有点儿不愿意，坚持说：“儿呀，道理我懂。但是你冷静想想，就算咱家这 70 万全拿出来，也只是杯水车薪，解决不了当前的问题。再说这钱拿出来到底算是借款呢，还是入伙的份子钱？总要讲清楚吧！”

牛一刀在鞋底敲敲烟袋锅里的烟灰，说：“算借钱吧，利息给高些，2 分利。只要奶场重新开工，利息肯定还得起。”

盈二奶对牛一刀说：“老三，这年头借钱恐怕不大可能，你没听说社会有一种流言吗？黄世仁都死光了，谁都想当杨白劳。”

牛一刀反问道：“你这话是啥意思，盈二奶？”

“借钱不还呗。”

“你是说我借钱不还吗？”

盈二奶说：“老三，我不是说你借钱不还。这年头，社会上就流行借钱不还，所以大家不敢借钱。我要是有钱的话，我宁愿入份子也不借钱，虽然投资也有风险。”

“哈哈，”牛会计笑了，“这年头真是变了，连盈二奶都懂得投资，还知道投资有风险。”

“怎么着！你以为盈二奶我这两年办公室主任白当了！告诉你，如果搞股份制，盈二奶我当个独立董事绝对够格。别的事我不敢说样样会做，但监视个人和事，我绰绰有余。是吧，牛车车？”

“你知道啥叫独立董事？”牛一刀憨憨一笑，问道。

盈二奶神秘兮兮地笑笑，没有作答。

“其实她也不懂啥是独立董事。哈哈！”牛老五也开心地笑了。

“嘿嘿，”牛车车笑了，“三爷，盈二奶说的确实有道理。现在借钱很难，就算我同意借，别人也不会同意，300 万的巨款更没有人愿意借。如果你们家同意投资入伙的话，还有希望找到投资人。”论辈分，虽然是远亲，但牛丫丫是牛车车的姑姑，牛一刀是牛车车的爷爷，所以牛车车尊称他三爷，但他从没称呼过牛丫丫为姑姑。

牛一刀是个明白人，点点头说："好吧，这个道理我懂。事到如今只好这么办了。高利贷可以，入伙交份子钱参与经营分红也可以。只要保证咱七星奶牛场不破产、不倒闭，怎么弄都行。"

牛车车问道："三爷，牛丫丫不在，您老能做主吗？"

牛一刀眼含泪水说："当然能。这奶牛场最早就是我一个人创业，牛丫丫只是帮我打个下手。现在搞成这个样子，我怎么忍心看着它破产倒闭呢！"

牛车车说："那好，我马上寻找投资人或合伙人。我们先做个君子协定，七星奶牛场必须按照正规股份制公司进行重组，聘请会计事务所进行评估，股份重新分配，投资人按投入的资产或资金分配股数。"

牛一刀不住地点头保证："一定！一定！就照你说的办！"

众人异口同声："太好了！"盈二奶脸上的皱纹舒展开了，乐得合不拢嘴。

牛一刀对牛车车说："如果能找到投资人，你就是咱七星奶牛场的大救星。"

"各位长辈先别高兴太早，我试试看吧。"此时，牛车车心里也没底，毕竟是300万哪，而且投资有风险，羊家能同意吗？牛车车决定先打个电话跟羊丹丹谈谈。他揿下免提键，拨动羊丹丹家的电话号码。

电话里听到牛车车邀请她合伙投资奶牛场，羊丹丹当即开心地大喊："没问题，我同意。牛车车，开办个现代化奶牛场，你打算啥时候干，请提前告诉我。如果我的私房钱300万不够的话，我再动员我老爹拿点儿钱出来。"

牛一刀、牛老五等人围在电话机旁，听着牛车车与羊丹丹的对话，一个个的脸上乐开了花儿。

"丹丹，我想请你帮帮忙，投资七星奶牛场。"

当听说是让她投资七星奶牛场时，羊丹丹犹豫了："为啥要投资七星奶牛场呢？那不是牛丫丫的奶场吗？我们不是说好要合伙办个自己的奶场吗？"

牛车车简单解释说："丹丹，实话说，七星奶牛场本来是个非常有前景的企业，牛丫丫和刘萌萌结婚后，夫妻俩打算扩大企业规模，计划建立额吉淖尔镇分场，所以从银行贷款700万。没承想银行最近发现贷款抵押不实，到法院起诉要求退回贷款。七星奶牛场目前资不抵债，资金链出现问题，融资无路，面临金融危机和破产风险，现在唯一的解决途径是公司股份重组，这也是银行提议的办法。"

"把贷款还给银行不就解决问题了吗？"

"是啊，只可惜一部分贷款已经投入进去了，另一部分……"牛车车拿起听筒，关上免提键低声说，"让牛丫丫丈夫刘萌萌放高利贷了。"

"好吧，请允许我与家里商量一下。这毕竟是件大事，我虽然相信你，但不能自作主张。"

"丹丹，虽然这不是个很好的投资时机，但确实是个很好的投资项目，远期一定……"电话里出现"嘟嘟"的忙音。对方的电话挂了，牛车车仍旧握着话筒，久久未动，直到听到盈二奶的号哭声，才木呆呆地撂下电话。

可怜的盈二奶啊，一听到羊丹丹电话里没同意入伙，她比谁都显得忧伤，呜咽地说："完了，一定是没希望了。"牛老五、牛一刀和牛会计也受到感染，动情地流下伤心的泪水。

天好像要塌下来了。

# 第四十五章　绝路逢生

第二天一早，大家陆续来到办公室耐心地等待着羊家的消息。开始时，大家轻松快活，有说有笑地聊着家常。勤劳的牛老五往炉子里添加了多次劈柴，坐在炉子上的铁水壶也不知烧开了多少回，暖水瓶都已经灌得满满，大家索性不再理睬它，任凭铁水壶呼呼冒着热气。

办公室的电话像断线了一样，整个上午鸦雀无声。接近中午时，牛一刀开始坐立不安，背着手在屋子里绕圈踱步，时而唉声叹气，时而捶胸顿足。接着是盈二奶坐在凳子上不停地用烟袋锅敲打着鞋底，嘴里不满地嘟囔着："踱吧，踱吧，越走心越烦。"牛会计早已把手中的账本扔到桌子上，靠在椅子上闭目养神。牛老五不时离开办公室到室外透透气。"能行吗？"连牛车车自己心里都开始怀疑，不敢再抱有啥希望。

下午，电话铃终于响了。坐在电话机旁边的牛车车，一把抓起电话低沉地说："丹丹，丹丹……"忧愁仿佛是一片乌云，密布在他的脸上，投下一道阴影，他默默地听着电话……"啊！真的吗？太好了！"他突然又兴奋地尖叫起来。瞬时，暖风吹来，云消雾散，天空豁然晴朗。他放下电话，对几位提心吊胆的长者说："成功了！"

真是天大的喜讯，雨中送伞哪！牛一刀听到这个消息后，乐得痛哭流涕："啊！感谢老天哪，我的祖宗显灵了！我的奶牛场有救了！"盈二奶激动地就地旋转两圈，突然搂住了牛老五，牛老五被盈二奶的举动惊呆了，站在屋子中央一动没动。盈二奶一拳捶在牛老五的胸前，说："牛老五，你怎么不高兴点儿呢？没劲儿，呆子！"

羊丹丹告诉牛车车，经过全家连夜讨论，考虑到七星奶牛场基础设施完善、技术力量雄厚、既往市场占有率较高，以及有牛车车这个可信的朋友，初步同意加入七星奶牛场，投资 300 万。条件是：必须由七星奶牛场正式邀请羊家加入；必须保证公司股份制合法运作；羊丹丹必须担任第一届董事会的董事长。

牛车车和牛丫丫两家经过简短商议后，立刻回复羊家，同意羊家所提的条件，盈二奶作为独立董事兼公证人，牛一刀作为牛丫丫的合法代理人，正式邀请羊丹丹家入股，希望今后三家共同经营七星奶牛场。

“独立董事是个啥官？比办公室主任大小？”当盈二奶听说她真被邀请进董事会当独立董事时，乐得合不上嘴，“哈哈，既然是独立的，那就是不归别人管。太好了，盈二奶我就喜欢自由自在、无拘无束。”

三天后，羊丹丹在丈夫羊铁单和父亲羊伟的陪伴下，分骑三匹快马抄近路从红格村来到七星奶牛场做现场考察。红格村到牛村没有公路，只有一条沿着丘陵绕来绕去的马车路。站在高冈远远眺望，黄色的马车路像一条弯弯曲曲的土蛇，俯卧在广袤的草原；狂风吹过，马车路扬起一道弯弯曲曲的尘霾，酷似一条翻滚的蛟龙。除非是运送货物，否则没人愿意颠簸在这条尘土飞扬的土路上。大功率四轮驱动的吉普车可以毫无顾忌地纵横穿越凸凹不平的大草原，轻松地开辟出一条平整、坚实的车道。遗憾的是，羊家新购置的越野吉普车因为家里没人会开车，一直空闲在自家大院里。

羊家人在牛村考察结束后，三家人坐在一起共同商谈七星奶牛场股份制公司重组事宜。为了防止节外生枝，牛车车隐瞒了七星奶牛场被刘萌萌恶性诈骗案的案情，只是说由于刘萌萌和牛丫丫经营管理不善、违规贷款，导致公司账面亏损，濒临倒闭，因此急需重组。

经过三天的讨论和协商，最终一致通过了一项七星奶牛场股份制重组决议，初步找到摆脱破产危机的途径，并建立了董事会及董事会章程。决议指出：经过会计事务所审计，七星奶牛场原有总资产为固定资产 350 万，流动资金 350 万（被冻结），共计 700 万，银行贷款负债 1000 万，负债率 143%。目前，羊丹丹注资 350 万，牛车车注资 150 万（含草场），七星奶牛场重组后总资产增至 1200 万，负债率降至 83%。内部发行股票 2000 万股，根据资产和技术分配股份为：牛丫丫和牛一刀分别持股 28%和 26%，羊丹丹持股31%，牛车车持股15%。第一批还银行贷款650万，计划三年内分期还清剩余银行贷款和利息。额外产生的费用由牛丫丫家单独负担。银行贷款资金作为外欠款挂在公司账上，假如这笔款追缴回来，优先用于偿还债务，作为公司资产增值，按股东的持股比例配股。由于牛丫丫缺席，大家一致推选羊丹丹当董事长，牛车车担当总经理，牛一刀和牛老五担当技术督导。至于法院起诉费、罚金以及一切刑事责任，一律由刘萌萌和牛丫丫个人承担。

会议结束之前，盈二奶终于明白了，原来独立董事没有任何股份，甚至没有职位，只是履行监督的责任和享受每月300元的津贴。她抗议说："你们都有股份、有职务，我盈二奶没有功劳也有苦劳啊，你们不会让我继续看大门吧？否则独立董事我不干了，你们另请高明吧。"

牛车车大度地说："没问题，盈二奶。您老忠心可嘉，我决定改善你的工作和生活条件，津贴翻倍，白天你在场部办公室里办公，夜里照旧睡在收发室的热炕头。"

"嘿，臭小子，这不是一回事吗，还是让我看大门哪！"

"现在是困难时期，盈二奶你就多多帮忙吧。"

盈二奶仗义地说："没问题！有你这句话，我啥都不计较。"

第二天，盈二奶拎着烟袋锅到办公室上班了，她身兼数职，尽职尽责，白天坐在办公室里一边守着电话机，一边敲着电脑玩游戏；晚上，睡在收发室的热炕上，顺便看守大门。谁再敢说盈二奶我不懂电脑？哈哈，跟我来比比看谁打游戏得分高！盈二奶每天过得轻松快活、逍遥自在。

羊丹丹虽然当了七星奶牛场股份有限公司的董事长，但是投资后就返回红格村了，她只想精明投资，不想奔波在外辛辛苦苦做事。她信任牛车车的经营和管理能力，对投资前景充满信心，相信三年后七星奶牛场能还清债务，扭亏为盈。羊丹丹的父亲羊伟虽然是红格村的首富，但他关心投资的效益风险比。他擅长养羊，对养牛不大感兴趣。对他来说，只要能让钱生钱，不劳心、不劳力不是更好吗！

牛一刀和牛老五两位老者只关心生产，整天踏踏实实在车间里劳动，不喜欢坐在办公室里指手画脚，对奶场的经营管理更是不闻不问，有牛车车在，他们一百个放心。

如此一来，重振七星奶牛场雄风的责任自然全都落在牛车车一个人的肩上。也好，一人说了算，办事简捷，工作效率高，不会发生相互推诿和扯皮的现象。

一人说了算的唯一缺点是缺少监督，大事不能集体把关。因此，企业负责人如果一人说了算，一定要遵规守纪、细心负责、甄别真伪、杜绝大错。这也是董事长羊丹丹对牛车车提出的四项基本原则和要求。

天有不测风云，七星奶牛场重新开张后第一个月，意外遭遇到一场特大冰霜，草原大雪封山，与外界隔绝。这个月，总销售额不及过去的一半，利润不足20万，除去还银行15万，剩余的钱还不够奶牛场的日常开支。生意不好时，当老板的，自己心甘情愿不赚钱，甚至赔钱，但几十号员工的工资不能不发呀。牛车车咬咬牙，自己掏腰包按时发放了工人的工资。

第二个月的销量又是如此。没有足够的流动资金，牛车车显得捉襟见肘，工资发不出，必要的生产支出也不得不紧缩。牛车车急得团团转，四处查找鲜奶减产的原因。员工比较新、技术不熟练、客户流失多……但这些都不是主要原因。

羊丹丹面色如土，强打精神，从自己腰包掏出钱给工人发了第二个月工资。

第三个月，生产提高了，正值春季鲜奶销售旺季，可是销售情况似乎更糟。牛车车欲哭无泪，没钱发工资，甚至到了没钱买饲料的地步。怎么办？要么把家里房子卖了，要么辞职。难道真的要失败了吗？牛车车的信心受到极大打击。听说牛车车要卖房子，牛老五坐在奶牛场大门口伤心地号啕大哭："我的五间大瓦房啊！谁卖我的房我就和谁拼了！没有房子我也不活了。"

"我戒烟中不中啊，我把烟钱捐出来！"盈二奶也急了，把她的烟袋锅扔了。

牛一刀对牛车车说："我还有点儿私房钱，先拿出来救急吧。真需要卖房的话就先卖我家的房，反正我现在整天都住在场里。”

七星奶牛场的员工被牛车车的精神感动，自动聚集在牛车车的办公室门前，七嘴八舌地喊着：“牛总，我们三个月内不领工资没关系，你别卖房子。”

“我半年不领工资。”

“如果需要，我把自己积蓄先拿出来。”

牛车车感动得泪流满面，激动地说：“谢谢兄弟姐妹，工资暂时发不出来，将来一定补发，而且要多发，甚至奖励！让我们团结起来同心协力共渡难关。”

“对！我们团结起来共渡难关！”

为啥奶商对我们的鲜奶兴趣不高呢？牛车车走访了一些老客户。奶商们反映七星奶牛场的鲜奶味道不如从前鲜美，奶的质量有所下降。这又是啥原因呢？牛车车最终发现有三分之一的奶牛由于近一段时期人工挤奶不完全，乳头清洗消毒不彻底，发生了轻重程度不等的乳腺炎，奶牛患病既影响鲜奶的产量，也影响鲜奶的质量。如果病牛不及时治好，夏季来临就更麻烦了。所有病牛都要彻底治疗，治疗期间，所有病牛挤出来的鲜奶一律扔掉，宁可减产，也要保证质量。牛车车发号施令，牛一刀迅速请来两名有经验的兽医，夜以继日为病牛逐一看病治病。

到第四个月，病牛几乎全部治愈了，此后鲜奶产量逐日回升。七星奶牛场大门口又重新热闹起来，原来跑掉的奶商也回来了。不管怎么说，七星奶牛场的鲜奶就是物美价廉。

六七个月后，七星奶牛场的生产开始运转如常，鲜奶销售十分火爆，鲜奶产量增长两倍，客户增加了五成，鲜奶供不应求，其价格也被抬高许多，月盈利达到 40 万至 50 万元，每月按时还银行贷款和利息约 30 万元。公司运转合规，遵纪守法、照章纳税，补发了拖欠工人的薪水和奖金，甚至增补了职工的福利。这场债务危机就这么平息了。

时间飞逝，转眼八九个月过去了，天气开始变凉。11 月的草原，早早地进入到漫长的冬季。牛丫丫仿佛空气一样随风飘走，消失得无声无息。牛丫丫失踪的事情牛一刀早已报警，但警方没发现任何有用的线索。近两个月来，牛一刀寻女心切，三天打鱼，两天晒网，经常请假离岗，工作颇受影响。好在牛老五尽职尽责，一边劳动一边做好车间技术督导工作，车间的生产和质量没有下降。

## 第四十六章　二奶情

牛老五真是个老实人，不辞劳苦、任劳任怨，一个人干两人的活。每天不仅安排好车间工作，还关心员工们的生活，兼做炊事员为职工烧饭，赢得员工们热情的赞扬；劳累一天，傍晚还要帮助盈二奶生炉子、烧炕、烧水，不知不觉也赢得盈二奶的好感。一个周末的傍晚，盈二奶为了答谢牛老五，弄了一桌酒菜，邀请牛老五在收发室里与她共进晚餐。酒足饭饱后，牛老五与盈二奶盘腿坐在炕头上一边抽烟、喝茶，一边聊天。牛老五问：“姑姑，你不是戒烟了吗？”

“嗯，戒了三个月。第四个月发薪了，我又把备用的烟袋锅找出来，继续抽起来。”

“既然戒了，就别再抽了呗。你气管不好，不大适合抽烟。没听收音机里整天在宣传吸烟有害吗？说啥吸烟可以引起气管炎、肺癌、早发心肌梗死。”

“啥叫心肌梗死呀？”

“心脏坏死了，人就死了。”

“牛老五啊，那你干吗不戒烟呀？”

“我身体还好，一辈子没有别的乐趣，不抽烟就更孤单了。”

“牛五啊，你说得太对了。我也是这么想的，我们孤寡地活在这白天找不到路、晚上看不见灯的地方，不抽烟还有啥乐趣了？再说，我琢磨着抽烟有害健康指的是抽香烟。你瞧，我的烟杆有多么长，不会有事的。”盈二奶吧嗒吧嗒连抽了几口。盈二奶对牛老五说话历来以长辈自居，多数直接称呼“大侄子”，很少如此温柔地称呼“牛五”。

牛老五说：“姑姑说得在理。我曾听有人说过抽雪茄对人没大害处，本来想改抽雪茄，后来一打听雪茄太贵，只好继续抽我的老旱。”

“牛五啊，雪茄不难做，自己做雪茄不贵。你尝尝我自己加工的烟丝，与雪茄差不多。”盈二奶递过一个烟包。

牛老五打开烟包捏了一团旱烟丝装进自己的烟袋锅，点燃后连抽几口：“嗯，味道确实不一样，雪白的烟灰，烟雾清香溢口。姑姑，你咋做的？”

“简单，选自家种的没虫没污染的优质旱烟叶，喷上蜂蜜，经过切丝、烘干、发酵三个工艺处理就做成了。你若喜欢，我送给你一包。”

“姑姑，你太好了。”

盈二奶感慨地说：“牛五啊，你别客气。你每天这么辛苦还要照顾我，我心里过意不去呀！”

牛老五说：“姑姑啊，你也不容易。一个女人家一肩双挑，白天看办公室，晚上看大门，我照顾你也是应该的。”

“我一个女人家也帮不上你啥忙，以后穿脏的衣服拿过来，我帮你洗，有啥衣裳破了我帮你缝。”

“姑姑，你身体也不好，不劳你费心了。我自己会洗、会缝。”

盈二奶含情脉脉，说：“牛五啊，别客气，我也愿意为你做点儿事。你常来陪陪我，我最开心了。”

“姑姑，谢谢了！”

盈二奶害羞似的瞥了牛老五一眼说：“瞧你叫的，啥姑姑不姑姑的，论年龄我还小你一岁嘞，我该叫你哥哥呢！”

“嘿嘿，不好意思，你是长辈嘛！”

“啥长辈的，八竿子打不着的远亲。你忘了小时候我们一起下河摸鱼，你那时淘气，不摸鱼专摸我的腿，还敢往上摸，说下面是小鱼，上面是大鱼。你说，你那时咋那么坏呢？”

牛老五脸红了，嘟囔道：“那不叫淘气，也不叫坏，我那时是对你有点儿意思，可是后来你娘嫌弃我家穷，不让你与我来往。我记得因为你偷偷与我下河摸鱼的事，你娘揍了你好几回。再后来你嫁给二爷成了我的长辈，我也只能作罢。”

“牛五哥啊，你不木讷嘛！我以为你早忘了呢。嗨，这人也真怪，年龄大了，脸皮见老，又黑又皱的，可腿却不老，又白又嫩的。你摸摸我的腿看看是不是还和原先一样？”盈二奶撸起裤腿，裸露出雪白的小腿，把脚伸到牛老五的怀里。

牛老五抬头一看，盈二奶红光满面，双眼放光，身体一抖，心里话脱口而出：“妈呀！这是要出事呀！你不是在考验我吧？”牛老五说着伸腿要下炕。

“能出啥事？胆小鬼！你单身一人又当不了小三，我寡妇还没怕，你怕啥！”盈二奶伸手拉住刚要下炕离开的牛老五，“别走，再坐一会儿陪我唠唠嗑、说说家常话。看把你吓的！”

牛老五重新坐下来，拘谨地低着头斜眼瞄着窗外，说：“怎么没有窗帘呢？”

“你看哪家收发室窗户挂窗帘？如果收发室窗户挂窗帘，贼就可以大摇大摆地进进出出了，那场里的东西都该丢光了。”

“姑姑，没有窗帘你不怕被……”

盈二奶嗲嗲地打断牛老五说：“叫啥姑姑，越叫越远。牛五啊，你怎么一点儿情调都没有呢？”

牛老五看看窗外没人，壮着胆说：“二奶妹妹，嘿嘿！”

“哼！”盈二奶刚要咧嘴大笑，忽然收回笑容，嘴巴一绷，显得不开心地说，“哪有你这么称呼人的，二奶妹妹，多难听！给我把二奶去掉。叫得温情点儿！我说牛五哥，这还需要人家教你吗？笨人！”

“盈妹妹！”

“欸！这个称呼我喜欢，牛五哥。”盈二奶灿烂地笑了，端起茶杯抿了一小口，“你说，我们这么大岁数的人坐在一起还有啥可怕的？其实，像我们这种孤寡老人也没有太多的想法，最大的愿望就是每天能有个伴，一起吃饭、唠唠嗑、散散步。”

“嗯，妹妹你说得对，没啥可怕的。说没想法，那是假的。刚才你那又白又嫩的小腿往我怀里一放，我突然有点儿久违的感觉。”

盈二奶好奇地问：“真的？啥感觉？”

牛老五神秘兮兮地说:“好像摸到一条大鱼。”

“去你的，没正经的。说实话，你喜不喜欢我?”

“喜欢，可是……”牛老五一本正经地说,“可是妹妹啊，唉，我心里一直纠结着呢!”

“牛五哥，你有啥纠结的?告诉我，妹妹帮你疏通疏通。”

“好吧，我就实话实说。我总琢磨，像我牛老五这种条件的男人，找个年轻的姑娘不大合适，找个老的吧，又不甘心。你说我该咋办?”

“喝杯水噎死吧！把你臭美的，还要找大姑娘，哪家大姑娘能看上你呀！你不照照镜子，脸跟老树皮似的。也就我吧，看惯了不觉得瘆得慌。”盈二奶生气地扭过身不理他了。

“妹妹，别生气，我是开句玩笑。其实，我纠结的是牛车车一直没娶媳妇，我心里不踏实。”

盈二奶转过头:“牛车车有啥愁的，四面八方的媒婆都盯着你家呢，将来上门的姑娘不要太多，你家怕是推不开门了!”

“嘿嘿，我还真盼着这一天哪。”牛老五憨憨地笑着。

“就知道傻笑，不想想你自己。总这样孤单着呀?”

“嘿嘿，我就算了吧。这么大岁数也不好找，再说……”

“再说牛车车还没娶媳妇呢，你不能超车……我替你说出来，对吧?笨人!”

“姑姑，不，妹妹，我是挺笨的，可是也没办法呀!”

“算了，不说你了，你是笨人有笨命，没啥遗憾的。我其实不笨，但也有个笨命，你说冤不冤?我做媒婆行善一辈子大公无私，把好男人都介绍给别人了，自己身边剩下的都是像你这样的歪瓜裂枣，不是缺心眼儿就是没心眼儿的倔牛。想让自己将就凑合凑合又不甘心，想放弃又有点儿心太软。我经常说服我自己，像牛五这样的大老实男人也应该得到我盈二奶这样女人的爱。”

“二奶，不，妹妹，你太好了！我太谢谢你了!”牛五激动得有点儿语无伦次,“不好意思，我这个人特别容易感动。世界上只有你最知我，你的话句句暖在我的心窝里，只是……”牛老五呜咽着没有说下去。

“只是啥?”

“幸福来得太快，还没准备好。”牛老五泪流满面。

“牛老五哥，你一哭我心里也酸，你我娘俩……唉，不，我她妈的也说错了，咱别在意这辈分，管他别人怎么嚼舌头……你我兄妹俩孤独一生，同病相连，也没啥说的了。我也不嫌弃你老，你也别嫌弃我小，明天，你去找个媒婆帮助咱俩说个媒，如何?”

“妹妹，媒婆就别找了吧，你我先搬到一块儿住一段时间试一试，咋样?”

“哼，你还真把老娘当二奶了！不明媒正娶，你牛老五休想!”盈二奶的脸拉长了扭向一边。

牛老五嬉皮笑脸地说：“妹妹，你别生气，你听我说，你哪里都好，就是有五‘不’，我不大喜欢。”

盈二奶面色不悦，说：“我还没挑剔你呢，你先挑我毛病。哪五‘部’你不喜欢?胸部、头部、臀部，还是啥地方?”

“不是那个‘部’，是‘不’，就是英语的……”牛老五一噘嘴，发出个“No”的声音。

“哎哟，啥英语呀?还没咋地呢，就嫌我嘴不好看了！告诉你，老娘哪都不好，就嘴长得好。我那过世的老头子最喜欢我的嘴，说我的嘴甜蜜蜜。你不喜欢，我还不让你碰呢!”

“我的姑奶奶呀，你都说哪去了！我不是说你的嘴。我是说，你不笑不美丽，不说不动人，不唱不动情……”

“哈哈哈！原来是这个‘不’啊。”盈二奶被逗乐了，“牛五啊，你还真说对了，我年轻时大家都夸我笑得美丽，说得动人，唱得动情。要不我现在给你唱一段?”

“唱歌就免了吧，这半夜三更的，别把黄鼠狼给招来!”

“你唱歌才招黄鼠狼呢！胆小鬼！告诉你，牛老五，说不定哪一天我一高兴就搬过去和你住在一起。你信不信?”

“信！信!”

“哼，你信?我还不干呢！不明媒正娶，你休想。”

"是啊，我的姑奶奶，我也是明人不做暗事，所以心里挺纠结的。"

"还有啥纠结的！这才三'不'，还有两'不'呢？"

"不胖不可爱！"

"哈哈，你总算说实话了，嫌我胖了，是不是？妹子我明天起减肥。"

"没有，我觉得你胖瘦正好。"

"别说假话了。还有最后一'不'呢？"

"嘿嘿，不裸不迷人！"

盈二奶的脸色总算红得发紫了："牛老五啊，你看来是加盖的尿壶啊——闷骚！"

"嘿嘿，开个玩笑。"

"开啥玩笑！我可是认真了。明天我去找个媒婆来说媒，如何？"

"别急，妹妹！我真的挺纠结的。"

"牛车车的问题我来解决。你还纠结啥？"

牛老五扑哧一声笑了，把脸凑到盈二奶耳边调皮地说："妹妹，实话对你说，我最纠结的是，孤王唐玄宗我要是不在了，说不定哪一天杨贵妃突然回来见我呢！你说我现在是等她，还是不等她呢？"

"哼，脸皮厚！"盈二奶头一扭不悦地说，"老实人尽拉驴粪蛋儿，说你是倔牛委屈你了，你其实是个地道的倔驴。"

牛老五接着调侃道："我总在想，当初的杨贵妃对孤王我肝胆相照、同甘共苦、忠贞不渝，夫妻小别期间，我唐玄宗是不是要洁身自好一点儿呢？"

盈二奶脸色唰地变白，憋不住火气，"啪"的一声把茶杯重重地砸在桌子上。"你拉倒吧，别在那牛五牛六的！还孤王唐玄宗呢，你也就是个绿毛棕。杨桂菲说不定早都嫁人了，你还在那做美梦哪！绿帽子都戴了不知道多少年了，还在那儿装傻！"盈二奶气得身体有点儿抖，挥挥手，"算了，算了，真没意思，老娘我要睡觉了，牛老五，你走吧，今后别来找我了，也用不着来照顾我，省着别人说闲话，不值得。"

"嘿嘿，姑姑您别生气，我再不好也是您的侄子啊，今后我还会照顾您。"牛老五尴尬地笑笑，下地披上棉衣，轻轻推开门悻悻地溜到门外。

门从里面咔嚓一声插上了。

牛老五没有马上离开，他站在门外的雪地里点着烟袋锅，吧嗒吧嗒地抽了几口，一股淡淡的白色烟雾飘向黑空。“唉!”他抬头望着熟悉的天空，心里默默地数着闪烁的星星。

屋子里传出盈二奶不高不低的抽泣声，声声情真意切。唉，姑姑还真的动感情了！牛老五心里一阵酸楚，姑姑孤寡多年，嘴上硬朗，心里脆弱。他想进去安慰安慰她，转身去敲门，可是他的手在门旁摇晃了几下，马上又无力地放下来。他的眼前出现了一个女人的身影，由远而近，由糊转清，那是杨桂菲的面容。他刚要喊出她的名字，她却烟雾般的消失在夜色中。自从杨桂菲闯进牛老五的生活中，牛老五的心里就再没有出现过别的女人。他呆呆地倚在收发室门旁许久，他想哭，可是眼里却没有泪水。

他犹豫着，是否要敲开盈二奶的大门向她赔礼道歉呢。屋子里的抽泣声逐渐变得微弱下来，接着换成了轻柔、均匀的鼾声和喘息声。嘿，姑姑哇，你睡得够快的了！我还以为你情断肝肠会彻夜难眠呢，原来你是逗我玩儿呢啊!

牛老五的双脚讪讪地踏在雪地上，发出吱嘎吱嘎的脚步声。伴随着脚步声由强变弱，牛老五歪扭扭的身影逐渐消失在黑夜中。

## 第四十七章　优质品牌

在农村，半夜三更敲寡妇门，吵架骂人掘祖坟，这些都是二流子才能干出来的损事，老实巴交的牛老五竟然也敢三更半夜敲盈寡妇家门！绯闻迅速在村子里炸开了，一时间上了村里的头条，村民们感觉不可思议，但却挺刺激。

刘佬转的老婆牛大岚总算找到复仇的机会，兴奋地走家串户奔走相告，添枝加叶越说越逼真，甚至说她如何如何亲眼所见盈寡妇露着大腿与牛老五在热炕上鬼混。绯闻传到盈二奶的耳朵里，盈二奶拎着一根大号的铜烟袋锅找上门要敲牛大岚的脑袋。这根铜烟袋锅如果敲在脑瓜上还不爆头啊！牛大岚看到盈二奶拎着铜烟袋锅站在她家大门口，吓得躲在家里不敢出门。盈二奶摆出一副冲锋的架势，怒气冲冲地大声吆喝："牛大岚，你快快滚出来，二奶我要跟你决斗一场！"

绯闻传到牛车车的耳朵里，他无暇理睬，只是在一次吃午饭时没头没脑地对牛老五说："爹，你要喜欢盈二奶，我没意见。"牛老五听了，抬头瞪了儿子片刻，没有言语，接着又继续闷头吃饭。

吃过午饭后，牛老五端起烟袋锅抽了几口盈二奶送给他的旱烟，望着还在吃饭的牛车车，泪水汪汪地重复着那句老话："儿呀，你娘不知啥时候才能回来？等今后咱日子好过时，你想法接你娘回来享享福吧。"

"爹……"牛车车眼含泪水不知该如何安慰牛老五。

"儿子，别替爹难过，你爹我坚强着呢。"牛老五擦擦眼泪，强装笑容。

牛车车不知想起啥，忽然扑哧一声笑出声来，说："爹，村里人都说我娘去找唐玄宗了，不会回来了，是吗？"

牛老五一听，顿时脸色刷白，“啪”地一拍桌子，怒斥道：“胡说，我就是唐玄宗！别听他们胡说。你娘她可是正经人，将来一定会回来的。”

“嗯，爹，您别生气。您说得对，我娘她不会抛弃我们的，将来一定会回来的。”牛车车意识到自己说错话了，安慰牛老五几句后就匆匆走了。

“呜呜……”饭堂里传来牛老五的哭泣声。

最近一段时间，佬转奶牛场的广告在村里铺天盖地，连公共厕所的墙壁上都贴了几张佬转鲜奶广告。有人看到额吉淖尔镇的大街小巷，墙头和电线杆上都贴满了佬转牌鲜奶的广告。刘佬转开始打广告战了。

最近七星奶牛场的生意好起来了，牛车车开始考虑注册商标的事情，应该把自家产品培育成优质的品牌，至少要给七星奶牛场的鲜奶起一个上口的名字，特别是在广告大战上不能输给刘佬转。

牛车车把大门旁边两间品奶吧中大的一间屋子改成了七星奶牛场的会议室。会议室装修简单实用，中间一张椭圆形大桌，四周十几把皮椅，靠墙摆放一排产品样品柜。下午，第三季度董事会议就在这间会议室里召开。会议的主要议题，一是讨论下半年生产、销售和财务情况，二是讨论注册商标和广告宣传的事情，三是在恰当时机面向社会公开招聘副总经理一名、技术科长一名、车间主任两名以及工人若干。牛车车提议注册商标的名称叫羊丹丹牌鲜奶，但被羊丹丹当场否决。“不行！‘羊丹丹牌鲜奶’到底是羊奶还是牛奶？容易混淆。大家看看有没有啥别的好名称。”

牛车车又提议：“那就叫‘牛丫丫牌鲜奶’吧。牛丫丫也是咱奶场的创始人哪。”大家都在使劲摇头，连牛丫丫的父亲牛一刀都表示反对：“用牛丫丫的名字不合适，还是换个名字吧。”是啊，娴静似水，秀色可餐，鲜奶起个牛丫丫的名字谁还敢喝呢！

盈二奶提议：“刘佬转奶牛场注册商标是‘佬转鲜奶’，我们的名字一定要压过他。我看就叫‘牛车车鲜奶’吧。”

“嗯，有蕴意，不错。”大家一致赞成，觉得这个名字好。牛车车自己也感觉这个名字不错，开心地笑了。

羊丹丹不住地点头，看来这个名称正合她的心意，牛车车从此会更加敬业一心扑在工作上了，他懂得如果干不好丢他自己的脸。从羊丹丹扬起来的眉梢可以看出，她也比从前更有信心了，似乎看到了七星奶牛场无限光明的前景。

第三季度董事会结束后，羊丹丹兴高采烈地从会议室走出来。从前半年的财务报表看，如果继续保持目前的销售业绩，七星奶牛场两年后就能还清欠款，扭亏为盈，她为自己投资的成功感到自豪。临走时，羊丹丹先是鼓励牛车车一番，说了一套冠冕堂皇的话："辛苦了，牛总！好好干！继续努力！"接着附在牛车车耳边悄悄告诉他一个消息："牛花花上个月突然返回红格村，住在我家，她正式提出与羊铁龙办理离婚手续。"

牛车车有点儿心不在焉，突然听到"牛花花"几个字，吃惊地喊出声来："丹丹，你见到牛花花了吗？"

"废话！我刚告诉你牛花花回来就住在我家，我怎么能没见到她呢！看来我刚才说的话你别的都没听见，就听见'牛花花'几个字，对吧？"

"嘿嘿，不好意思。你好像说牛花花要与羊铁龙离婚，我在想，羊铁龙能轻易同意离婚吗？"

"牛花花态度坚决，拿出 10000 块钱补偿羊铁龙，羊铁龙当即同意与她协议离婚了。"

"牛花花现在何处？"牛车车关切地问道。

"办完离婚手续后，她匆匆赶到东乌旗去了。她在一家奶制品厂当车间主任，工作蛮好。"

"真的，这么说她现在还在东乌旗镇吗？"牛车车的表情说不出喜还是惊。

"哟，你还挺关心她的嘛。"看见牛车车双眼放光，羊丹丹突然有点儿后悔告诉他牛花花的消息，随口说："牛花花说要先去额吉淖尔镇住一段时间。"

"哦，额吉淖尔镇，我熟悉。"

"你不会去额吉淖尔镇找她吧？牛总经理，奶牛场的状态刚刚恢复正常，你可不能丝毫分心哪！"羊丹丹刻意把牛总经理几个字说得重一点儿。

"不会的，无论何时，我都会把工作放在第一位。你放心吧，董事长！"

“这是必须的，牛总经理。你要为董事会的全体股东们负责，也要为我负责，因为我是看在你的情分上才加入的。”羊丹丹担忧地表示，接着又严肃地叮嘱道，“牛车车，你要为牛车车牌鲜奶负责，不要因为受感情的牵扯而影响工作。直说吧，你暂时先别与牛花花联系了！以后有机会我会帮你联系的。”

“董事长，这个任务就交给我吧，你授权我来监视他。”盈二奶一直站在羊丹丹身旁。

“呵呵，盈二奶，监视就不必了，牛总经理自己能明辨出是非。”

牛车车坚定地说：“谢谢董事长夸奖！既然牛花花虚情假意，给七星奶牛场造成巨大损失，我发誓绝不再与她有半点儿联系。”

“好吧，我相信你。”羊丹丹稍微松口气。她开始以为七星奶牛场的衰败是牛丫丫和刘萌萌经营管理不善的缘故，起因是牛车车和牛花花干出的那场风流韵事激怒了牛丫丫，牛丫丫不得不解雇牛车车，而此后，没有牛车车的七星奶牛场在经营管理上出了大问题。牛丫丫被骗的事情，开始时牛车车没讲，但羊丹丹后来也听说过，但她不相信牛花花会主动与刘萌萌合伙诈骗牛丫丫。然而，有些事情又不便挑明。当初，她确实不知道牛丫丫银行贷款1000万元被诈骗，否则她绝不会参与投资。

很显然，就目前的投资状况看，重组后的七星奶牛场开始时所有盈利都要先去替牛丫丫填补这个贷款窟窿，而几年之后才能逐步收回本钱。这种投资条件对投资者是不公平的。对牛车车来说，无所谓公平不公平，七星奶牛场是他创建的，公平不公平他都要去救，他愿意一生一世依赖七星奶牛场而生存和发展自己的事业，他愿意用自己的一生一世换取七星奶牛场的持续辉煌。而对羊丹丹来说，这次投资则是一件完全不相关的事情，她可以做，也可以不做，仅仅是一种商业行为。她之所以投资，一是她愿意介入到这个行业中，愿意长线投资；二是她信任牛车车，幻想着风险可控，总有一天贷款会被追回。

然而，投资总是有压力的，她没有任何经营管理能力，完全依赖牛车车，因此她希望牛车车能一心扑在工作上。她担心牛车车受到牛花花的迷惑影响工作，所以反复提醒和告诫牛车车，牛花花早已名花有主了，希望他能放弃幻想，不要继续自作多情。

牛车车知道羊丹丹对他有误解，但没有继续辩解，只是好奇地问道：“牛花花身边的男人是你上次说的那个姓刘的吗？一个奶牛场的总经理，对吗？”

“我从没见过那个男人。”羊丹丹似乎感觉诧异，眉头一拧，反问道，“欸，牛车车，你为啥这么关心那个男人是谁呢？难道你还有啥企图吗？”

“没，没有。我只是担心那个男人会不会是刘萌萌。”

羊丹丹瞪大眼睛故作不解地问道：“不会吧，刘萌萌不是与牛丫丫结婚了吗？你怎么会想到刘萌萌呢？你不是说刘萌萌和牛丫丫两人外出讨债去了吗？刘萌萌与牛花花有啥关系呀？欸，牛车车，你是不是有啥事瞒着我呢？”

“没有，我只是随便问问。”牛车车轻松地回答道。他表面故作平静不露声色，但心里在暗自庆幸。太好了，抓到牛花花就能找到刘萌萌。哈哈，说不定还能追回巨款呢。可是牛车车目前不敢多作解释，也不敢多说啥，更不敢过多追问有关牛花花的细节，生怕羊丹丹会无意中透漏了风声，打草惊蛇。

羊丹丹的丈夫羊铁单与牛花花前夫羊铁龙可是亲兄弟呀！牛车车认为了解牛花花详细的行踪虽然有用，但并非十分必要，他只要确定牛花花还在额吉淖尔镇就足够了。他曾经在额吉淖尔镇读过几年中学，对镇里的大小街道十分熟悉。在小小的额吉淖尔镇找个人还难吗？他的脸上透露出一丝欣慰和自信。

“唉……牛车车，在奶牛场的经营管理方面我帮不上你忙，全靠你了。感情上的事情我也不便干涉你，但是，我再说一遍，牛花花确实不适合你，她喜欢有钱有势、风流倜傥的男人。生活上的事情你好自为之吧，只要七星奶牛场的生意不受影响就好。”

羊丹丹从牛车车脸上得意的表情似乎领悟到什么，叹了口气，没再继续唠叨，骑着一匹高大英俊的白马离开了七星奶牛场。羊丹丹担心牛车车最终会栽倒在牛花花的石榴裙下。都说女人水性杨花，其实男人最愚蠢的地方就是看到水性杨花的女人会自作多情，看来这个牛车车也不例外。

送走羊丹丹后，牛车车一个人坐在大门旁的品奶吧里静静地发呆。前段时间奶牛场刚刚恢复经营时，由于生产和销售压力颇大，牛车车顾不上多想，也脱不开身外出寻找牛丫丫。如今，奶牛场生意越来越好，空闲时，牛丫丫失踪之谜如同一块巨石重重地压在牛车车的心头，令他感觉透不出气来。刘萌萌，这个惯骗有多么狡猾呀，再加上还有一个妖艳迷人、诡计多端的同伙牛花花，牛丫丫肯定会吃亏的。说不定她……

牛车车开始担心牛丫丫的安危，不敢继续想下去。他决定第二天去一趟额吉淖尔镇，仔细查找牛丫丫的下落，再说那笔巨款也需要追回来呀。

# 第四十八章　额吉淖尔镇

第二天，正巧七星奶牛场销售部要去额吉淖尔镇购货，牛车车亲自赶着马车，带着销售科科长牛拖拉一大早出发，直奔额吉淖尔镇。马车顶风冒雪一路向西，颠簸在白雪皑皑的土路上。牛拖拉比牛车车小四岁，身形偏瘦，面容苍白清秀，裹在宽松的棉大衣里人显得更加渺小。从相貌上来看，牛拖拉酷似牛车车，有人说假如牛拖拉稍微胖些、老成些，作为牛车车的替身完全可以以假乱真。牛车车听后一笑："我又不是名人，不需要替身。"

牛拖拉患有一种治不好的病，叫难治性贫血，据说这种病容易变成白血病。他现在靠输血维持着健康状态，牛老五已经为他多次献血。每次输血后的几个月内，牛拖拉体力恢复和保持正常，工作生活没受多大影响。牛老五曾叮嘱牛车车，如果他老了不能为牛拖拉输血了，希望牛车车替他给牛拖拉献血。牛车车答应牛老五绝没问题。可是牛拖拉对牛老五和牛车车表示，假如他的病情恶化，没有任何治疗意义，他将自行了断，绝不连累家里人。

"大哥，咱七星奶牛场啥时候买汽车呀？"牛拖拉问道。

牛车车答道："还要再等一等。"

"连刘佬转家都买吉普车了，可咱还赶马车，我心里有些不是滋味。"

牛车车解释道："老弟，实话说，不是我不想买，也不是买不起，是现在暂时不能买。"

"为啥？咱七星奶牛场目前的鲜奶销售额已创造历史新高，业务收入也不同寻常。"

"老弟，如果不是迫于还款的压力，七星奶牛场早就购置汽车了，哪怕是购买高档的冷藏货车或进口吉普车也都没有任何问题。我们的生意刚有起色，还不稳定，需要巩固基础。保险起见，一段时期内，我们还要勒紧裤腰带过穷日子。”

“哥，你是不是过去穷怕了，有些缩手缩脚的？如果咱们奶牛场有汽车，生产销售肯定还能更上一个台阶。”

“啥叫穷怕了！这叫节俭！不当家不知柴米油盐贵，这么大的一个场，支出不控制，容易出现财政窟窿。老弟，我不同意你的观点。就目前来看，有没有汽车对七星奶牛场的生意没有丝毫影响，谁也不会在意你七星奶牛场拥有的是汽车还是马车，即使是牛车或驴车也无所谓。”

“哥，为了业务方便你至少应该配部手机吧？”

“我不需要。村里又没有移动无线网络，买了也是一个摆设。”

“可是我们销售部出差时经常需要啊！有时候四处寻找公用电话耽误时间，有时候会因为无法联系影响工作。”

“先克服下吧，过段时间再说。”

“哥，你太抠门了。这话不是我说的，是有人在背后说的。你知道他们背后叫你啥吗？”

“叫我啥？”

“牛掰。”

“啥意思？”

“一分钱能掰两半花。”

“说就说吧，我不在乎。我现在就要抠门。”

哥俩话不投机，双方都沉默了。

牛车车这个人确实很节俭，也从来不讲究排场，他每天吃的是粗茶淡饭，穿的是一身七星奶牛场的粗布工作服，脚上穿着布棉鞋。他认为只要奶的品质好，即使是凶险坎坷、荆棘密布的羊肠小道，奶商们也会源源不断地赶着牛车、马车、驴车从四面八方过来；即使是尊贵的客户光临奶场，进门时敬上一杯鲜奶品尝，离开时赠送一桶鲜奶礼品，也足以令客人满意。

近年来，不少大客户的冷藏货车从四面八方来来往往，早已经把牛村到额吉淖尔镇之间的马车路压成一条宽敞、坚实的乡村马路。如今，赶着马车走在这条崎岖不平的道路上，速度比从前快多了。

额吉淖尔镇位于内蒙古自治区锡林郭勒盟东乌珠穆沁旗南部，是一个以蒙古族为主、多民族居住的边境城镇。当天傍晚，天色还没完全变黑，牛车车就到达了额吉淖尔镇。

额吉淖尔，蒙古语的意思是母亲湖。额吉淖尔镇的西南方向有一大片银色的湖泊，湖连湖，池连池，与周边广袤的草原交相辉映，浑然一体。硕大的盐湖几乎一望无边，四周芦苇荡漾，野草丛生，风光十分秀美。春夏秋三个季节，湖面像镜子一样映现出美丽的蓝天白云，在阳光的照耀下，宝石般的白色湖底晶莹透亮，闪闪发光，五颜六色。即使是冬季，雪白的草原与银色的湖泊融为一体。假如天气不是太冷，湖面依然可见水中倒影忽隐忽现、益鸟展翅飞舞、涟漪随风荡漾。

额吉淖尔镇历史上曾是西部最大的盐湖城，历来是兵家必争之地，得盐湖者即得天下。人类生活离不开食盐，千百年来，这里出产的大青盐养育着广大的西部牧民。

很多年前，西乌珠穆沁旗王爷为了长期奴役牧民，曾把额吉淖尔盐湖占为己有。1946 年，在锡林郭勒盟民主政府成立之际，将其收归国有。如今的额吉淖尔镇像一颗璀璨的明珠，镶嵌在西部草原上，牧业、盐业、矿业大放光彩。

牛车车和牛拖拉下榻在盐湖边一家带有马车驿站的盐城宾馆。宾馆是个三层白色墙面、蓝色屋顶的楼房，干净整洁的大堂靠墙有一个服务台，服务台的左侧摆放着几张专供客人休息的布艺沙发。沙发上坐着两位身穿黑色皮衣皮裙、身材苗条、浓妆艳抹的年轻女子。

天色渐晚，大厅里的温度有点儿偏低，已经脱了棉大衣的牛拖拉又重新披上大衣。服务台后面有一位年轻的女服务员和一位中年的女经理正在接待住店客人。牛车车本想与牛拖拉住一间房，晚上好好聊聊天，可是宾馆的标准间已经客满，只剩下单间客房了。牛车车只好开了两个单间，很快办理好了入住手续。牛车车对牛拖拉说："一人一间房有点儿奢侈，有点儿心疼，于心不忍啊。"

"哥，你难得出来一次，也该好好享受一下。"

“唉，多花两百八十块钱，你知道要多挤几头奶牛呀！”

几位住客从外面进来，在大厅门口跺着脚，拍打着身上的残雪，带来一丝丝的寒气。一阵阵冰冷的寒风夹杂着雪花，在宾馆大门关拢之前嗖嗖地刮了进来。牛拖拉站在牛车车身旁连打几个寒战，连忙裹紧棉大衣：“哥，宾馆怎么这么冷呢？还不如大车店呢。”

“那你住大车店去吧。”牛车车冷淡地说。

女服务员解释道：“不好意思，本宾馆刚开始供应暖气，室温还没升上来，加上我们宾馆大门面向北开，棉门帘还没做好，所以大厅里有点儿冷。”

牛车车问：“房间里的温度不低吧？”

女服务员答：“房间里比大厅里暖和一些，但温度也不算太高。据说今晚要降温，建议你们在房间里多穿些衣服。”

牛车车又问：“有带火炕的房间吗？”看到女服务员没有回答，牛车车又说，“嗯……有铁炉子也行，我们自己生炉子。”

女经理与女服务员对视一下，笑了：“没有。对不起，先生，我们是三星级宾馆，既没有炉子也没有火炕。如果您实在怕冷，可以加被子。”

“加被子？宾馆也可以加被子。”牛车车愣住了，“可以加褥子吗？”

“可以呀，薄的、厚的、棉的、毛的，全都有。”女服务员熟练地回答道。

“价格如何？”牛拖拉问道。

“我们不收费，被子、褥子会送上门。”

牛拖拉嘴唇哆嗦着说：“太冷了，给我加床厚点儿的被子。”

服务员拿起笔和纸，说：“好的，我记下您的房间号。3110 房间，姓牛。好了，没问题，晚些时候会有人送到您的房间。”服务员转身问牛车车：“这位先生，您也需要吗？”

牛车车感到意外：“这么高级酒店也有这种服务啊！”

女经理解释说：“本来是没有这项服务的，因为……实在不好意思，刚才服务员已经解释过了，因为客人需要，我们只好这么做。服务不周，还望您多多谅解。先生，您需要加厚的吗？”

“且慢！”牛车车警惕地四下张望一圈，然后用怀疑的眼光打量着坐在沙发上的那两个穿戴时尚的年轻女子，正巧那两个女子也在朝他的方向张望着。牛车车嘴角显露出一丝得意，重复地说：“薄的、厚的、棉的、毛的，全都有。原来如此！哈哈，吃一堑长一智，我可不会再上当啦！”

女经理与服务员用诧异的目光对视着，然后盯着牛车车问道：“你在说啥？上啥当？谁骗你了？”

牛车车神经兮兮地提高嗓门说：“不管你们怎么说，我们就是不加被子，也不加褥子。嘿嘿，本人不怕冷……宁愿受冻，哈哈！我们走，牛拖拉！”牛车车得意地拉着弟弟离开了服务台。

“如果需要帮助的话，可以往服务台拨打电话，先生。”女服务员在他们身后叮嘱道。接着，女服务员转身对女经理说：“老板，我怎么觉得这个住客有点儿怪呢！”

女经理嘟囔道：“嗯，真是一个怪人！”

进电梯时，牛拖拉不解地问道：“哥，你这是怎么了？我怎么不明白你说的话呢？上啥当？谁骗我们了？”

“老弟，你就别问了。听哥的话没错。”

“我真的不明白，加被子有啥不可以的，又不花钱。”

“你懂得加被子的含义吗？”

“这有啥不懂的，就是天冷加一床被子呗。”

“嘿嘿，老弟，没那么简单。”牛车车不想对弟弟提自己过去那件丢人的事，因此含糊地说，“呵呵，加被子有风险！不听老人言吃亏在眼前，叫你别加你就别加。”

“好的，哥，我知道了。”

牛车车和牛拖拉来到3110房间的门前。看到“110”几个数字，牛车车想起了花花Hotel的那个110房间，不自觉打了个寒战，那一夜简直是一场不堪回首的噩梦。他打开3110房门，把钥匙交给牛拖拉说：“老弟，你住这个房间吧。晚安！”

“晚安！哥，你也早点儿休息。”牛拖拉随手把门关上。牛车车放心地进入了隔壁的3111房间。他心里暗自庆幸，谢天谢地，避开了一场灾难。

半夜里，草原上刮起了寒冷的西北风，气温骤降，冰雪交融，厚厚的一层寒霜挂在玻璃窗上。牛车车在被窝里数次被冻醒，上下牙齿不停地打架，接着全身抖动不停，逐渐感觉四肢冰凉木僵，连嘴里呼出来的气体都是冰凉的雪霜。天哪，这是要冻死人的前奏啊！他拼命地活动着四肢，挣扎着爬起来穿上棉衣和棉裤，在屋子的空地上跑动起来。一圈，两圈，三圈，四圈……他身体里的血液融化了，四肢温暖了。

他实在跑不动了，坐在床边喘了一会儿粗气，又重新钻进被窝里，蒙上脑袋继续睡觉。不知过了多久，或许只有十几分钟，他再次被冻醒。他发现刚才跑步时身上冒出的汗水早已结成冰霜，被窝比之前还冰冷，他感觉自己仿佛掉进一个冰窖里。妈的，多亏我没睡着，否则说不定会在睡眠中冻死。他的身下是一层薄薄的褥垫，身上盖着一床从被窝里向外看四壁透光的棉被子。他把手放到暖气上，唉，暖气片比他的手还凉。

牛车车几次拿起电话要给服务台打电话，但没拨号就撂下了。绝对不能加褥子或加被子，千万不能再上当。他想到了花花 Hotel 的那一夜，直到花妹子爬到他的床上，他才明白“加褥子”是啥意思。他无法忘记被押送到派出所后那场令他无法辩解的审讯，他纵然浑身是嘴也争辩不清黑与白。更难以忘记的是，他被抓后因可疑强奸未遂犯罪被多拘留了四十五天，与一些真正的罪犯关在一起，他的肉体和精神受到极大的摧残。

冷点儿怕什么！一定要忍住，坚持就是胜利。明天怎么寻找牛丫丫呢？从哪里开始寻找呢？此时他才发现自己大脑一片茫然。找不到刘萌萌的话，牛丫丫应该回家呀！或许由于被骗受辱无脸再见江东父老，牛丫丫四处流浪在寻找刘萌萌的征途中，凭牛丫丫固执、执着的性格，她会这么做，但离家十个多月毫无音讯，这绝对不正常；或许她被刘萌萌和牛花花算计……他不敢继续想下去。对了，牛一刀不是在镇派出所报案了吗，何不先到镇派出所了解些情况。

他裹着棉被坐在床上，几乎整夜未眠，直到窗外显露出灰蒙蒙的晨光，他才靠在墙角昏沉沉地睡着了。窗外的北风逐渐减弱了，太阳从东方冉冉升起，此时的牛车车睡得正酣甜，脸上露出一丝丝微笑。

“叮铃铃……”电话铃响了，牛车车的脑袋抬起来，无力地睁开惺忪的双眼，蒙眬地望着电话机，身体没有动弹。“叮铃铃……”持续不断的电话铃声没有将他唤醒。大约数分钟后，“咚咚咚，咚咚咚……”连续不断的敲门声终于把牛车车唤醒。他自觉浑身酸乏、口干舌燥，咽喉烧灼样疼痛。“谁呀？”他的声音明显有些嘶哑。

“哥，是我。”门外传来牛拖拉的声音。

“这么早敲啥门？”

“酒店服务员刚才打电话说大厅有警察找咱们，让咱俩尽快下楼。”

“警察！”牛车车顿时睡意消散，噌地爬起来把门打开：“警察找我们干吗？”

“服务员没说，就说让我们马上下楼到大厅。”牛拖拉显然已经洗漱完毕，人显得神清气爽的样子，“哥，你怎么嗓子哑了？”

“唉，昨晚冻得，妈的，鬼天气太冷了，一夜没睡着。老弟，你呢？”

“我开始也冻得够呛，打电话到服务台要求加被子……嘿嘿，后来果然被窝里暖乎乎的，很爽。”

“啊，你加被子了？”

“加了，还加褥子了，嘿嘿！”牛拖拉美滋滋地笑着。

“老弟，你花多少钱？”

“没花钱呢！”

牛车车跳了起来：“啊，你白干哪！怪不得一大早警察就找上门了，一定是那个妓女把你告了。老弟，一会儿见到警察你千万别承认，否则……”

“哥，你说啥，我怎么听不懂呢？啥妓女、白干、警察的……哥，你是不是感冒发烧烧糊涂了。”

“我没糊涂，清醒着呢。你电话里提出加褥子要求后，你的房间是不是来了一个女的？”

“是啊。”

“那个女的是不是穿着一身皮衣皮裙，打扮得花枝招展，妖艳迷人，主动提出与你上床？”

“哥，你胡说啥？来了一个女服务员，把被子和褥子交给我就走了。”

“啊？原来真的加褥子、被子了！你没骗我吧？”

“当然不骗你。你可以到我房间去看看，被子、褥子都在。”

牛车车目瞪口呆。“咳咳咳!”牛车车一屁股坐在床上，剧烈地咳嗽起来，接着双手蒙面沮丧地说：“唉，妈呀，我白白挨冻了一夜……我好蠢哪!”

别人吃一堑长一智，你吃一堑怎么还少一智呢？牛车车，你要反思啊!

## 第四十九章　阴谋败露

牛车车匆忙地洗漱后与牛拖拉下楼来到宾馆大厅服务台，总台的一位女服务员把他俩带到总经理室。总经理室的牛皮沙发上坐着三个男人，一个老警察、一个年轻警察，还有一位身穿便衣、戴眼镜、学者模样的中年人。“这位就是牛车车先生。”女服务员介绍后转身忙着为客人端茶倒水。

那位年轻警察站起来自我介绍说：“我们是东乌旗公安局经侦处警察，我姓高，叫我小高吧。”接着他介绍自己身边那位老一点儿的警察，“这位是我们处的庞副处长。不好意思，由于公务紧急，一大早就登门拜访。”

牛车车与两位警察和那位学者模样的中年人一一握手。跟两位警察严肃的表情相对比，穿便装的中年人笑容可掬，面带几分亲近。女服务员给每位客人斟满茶水后就离开了。

庞副处长招招手，指着对面的空沙发示意，说：“二位请坐下来谈吧。关于刘萌萌案件的事情我们要找您谈谈。”

“你们怎么知道我在这儿？”牛车车刚到额吉淖尔镇只住了一个夜晚，第二天一大早东乌旗的警察就登门拜访，让他感到有点儿迷惑。

高警官解释说：“我们昨天下午去七星奶牛场找您，不巧您不在，办公室主任盈二奶告诉我们您一早去额吉淖尔镇了。”

“哦……真不巧，我很少离开奶牛场。牛丫丫有消息吗？她现在在哪里？”牛车车急切地问道。

“牛丫丫失踪了。目前案件还在侦查中，已经有了一些重要线索，但还缺少关键性证据。今天找您谈话，就是要调查牛丫丫失踪案的背景，寻找一些线索。

“我能帮啥忙吗？”

高警官说："这样吧，我们问您几个问题，您要尽量真实、细致、全面地回答，可以吗？"

"没问题。"牛车车爽快地答应道，"别客气，高警官。如果你改为称呼'你'，我会感觉更亲近些。"

高警官说："好，那我就不客气了，有些问题可能直接涉及你的隐私，如果能回答的话，请尽量回答，对我们判断案情有益处。我们现在就开始。我的第一个问题是你最后一次见到牛丫丫是啥时候？"

牛车车对警官说："我弟弟还小，不了解情况，让他回避下吧。"

警察点点头。

"老弟，你先回房间休息吧，我这边结束后就回房间找你一起吃饭。"牛车车担心如果在弟弟面前泄露自己的隐私，会感觉难堪。

牛拖拉走了，牛车车开始放心地回答警察提出的问题。"我最后一次见到牛丫丫是在我辞职离开七星奶牛场的那天傍晚，准确地说，是 1998 年 7 月初。"

"在你的印象里，牛丫丫是怎样一个人呢？"

牛车车不假思索地回答："心地单纯、善良、朴实；性格开朗、大方、讲义气、豪爽，甚至有点儿粗犷；心智正常，但偏向天真。美中不足，相貌长得有点儿丑陋，性情莽撞，做事不计后果。"

庞副处长插话说："哦，做事不计后果？能不能具体举个实际的例子？"

牛车车说："让我想一想。"其实，这个问题根本不需要思考就可以回答。发生在牛车车与牛丫丫之间的每一件事都是鲜明的例子，但此刻，牛车车不想把自己的隐私牵扯出来。大黑山那件事除了天知、地知，只有牛车车和牛丫丫两人知道，所以他不能提。牛车车思考片刻后才说："比如，牛丫丫对待婚姻的态度似乎没有顾及后果。"

高警官问："你是指她嫁给刘萌萌的这件事情不够慎重吗？"

牛车车答道："何止是不慎重，简直就是糊涂、草率。牛丫丫就是这种性格，她想干的事情没有人能拦得住。"

高警官问："牛丫丫的事业心如何？我们想了解她对七星奶牛场的前景抱有何种态度。换句话说，她是想干一番事业呢，还是只想不择手段地赚钱？”

牛车车有些不解地问道。“这与牛丫丫失踪案件侦破有关系吗？”

“也许有，也许没有，但我们需要多了解一些情况。”

“牛丫丫性格上争强好胜，做事不求完美但求成功。七星奶牛场是她和她父亲牛一刀艰辛创立的家庭产业，她对这项事业的发展抱有强烈的求胜欲望。我想，她还是想干一番事业。”

“你刚才说她求胜欲望很强。胜利的标志是什么？”

“当然是赚钱。”

“你去过大黑山吗？”

牛车车一愣，重复道：“大黑山。”他迟疑了片刻，不知该如何回答。大家都知道他在多年前一次抢亲的赛马比赛途中被牛丫丫掠走过，但没有任何人知道他被掠到大黑山，所以他不想谈论这件事。

“你去过大黑山吗？”高警官再次问道。

牛车车摇摇头。

“你知道牛丫丫在大黑山建造了一幢别墅吗？”

牛车车再次摇摇头，吃惊地望着高警官。他只知道牛丫丫在大黑山的一个山坳里搭建了一个木屋，但那算不上别墅。他确实不知道牛丫丫啥时候在大黑山建造了一幢别墅。

庞副处长插话说：“一幢很别致的别墅。大概是在去年夏天建造的。”

“这幢别墅与牛丫丫失踪有关系吗？”牛车车不解地问道。他感觉警察问的都是一些无关紧要的问题，既然发现了牛丫丫大黑山的别墅就马上去现场侦查好了，何必问来问去的呢？牛车车关心的问题是，刘萌萌逃到哪里了？目前有线索吗？七星奶牛场的那笔银行贷款能追回来吗？

庞副处长似乎看出牛车车的心思，对高警官说：“有些情况也应该让七星奶牛场里领导了解，以便得到他们的协助。你向牛总经理简单通报一下我们对此案的前期调查情况。”

高警官介绍说：“自从牛丫丫父亲牛一刀报案后，我们进行了缜密的侦查，发现刘萌萌是山西太原市人，惯骗，曾经在多家奶制品厂工作过，使用假学历和假名，凭借早年学徒掌握的一技之长，坑骗工友和老板。1997

年，他利用你们场招聘的机会第一次以他的真名应聘，并被录用进入七星奶牛场当上了技术员。此后，他开始伺机实施更大的诈骗阴谋。对其家庭关系调查发现，牛村的村民刘佬转是刘萌萌的亲叔叔。”

牛车车惊呆了，失声大叫道：“啊，刘萌萌是刘佬转的侄子！这个该死的刘佬转，太狡猾了！又是他搞的鬼。”

高警官继续讲述：“搞垮牛丫丫奶牛场后又冒出来一个更大的七星奶牛场，刚开始刘佬转还真是丈二和尚摸不着头脑，不知道真正的老板是谁，但很快他就发觉七星奶牛场是牛老五和牛一刀两家合办的企业，他未露声色。七星奶牛场成为刘佬转新的眼中钉和肉中刺，他暗中策划破坏七星奶牛场根基，搞垮对手。在接连几次阴谋失败后，他想到一个更绝妙的损招，渗透和吞噬七星奶牛场的资本。起先，刘佬转打算把养女孙鲭许配给你，后来发现你既非董事长又无股份，便打消了这个念头。用他自己的话说，绝不能肉包子打狗……”

牛车车气愤地说：“该死的刘佬转！他才是条狗，一条疯狗！”

高警官解释说：“不好意思，这是刘佬转的原话。一次，刘佬转去红格村办事，在花花洗头房认识了一个叫花妹子的年轻女老板……”

“花妹子？”

“对，就是今年1月在花花Hotel里勾引和陷害你的那个妓女。不过那次事件的背后黑手不是刘佬转，而是羊铁龙。”

牛车车脸色紫黑，有点儿无地自容地低着头，喃喃道：“你们怎么啥都知道呢？我那次确实啥都没干，实属冤枉。”

“那件案子当时已经处理过，我们不会再追究了。”高警官没有解释牛车车的疑问，继续说，“据了解，刘佬转当时并不知道花妹子是妓女。经过几次交往后，刘佬转和花妹子两人如胶似漆，打得火热，刘佬转认花妹子为干女儿，花妹子称呼刘佬转干爹。开始时，刘佬转的本意是想让花妹子勾引你，后来他有些喜欢上了花妹子，感觉有点儿舍不得，就放弃了这个计划。

“花妹子和牛花花是老相识，刘佬转通过花妹子结识了牛花花。得知牛花花家庭关系不和睦，打算离家出走，刘佬转又认牛花花为干女儿，一次性给了牛花花5000块钱，极力怂恿牛花花到七星奶牛场应聘，以便找机会接近你。刘佬转忽悠说：‘花花，我昨天在庙里找和尚给你占了一卦，说你命中有双福，一福是能当个贵妇人，二福是有贵人相助。干爹决定助你一臂之力拿下牛车车，当个七星奶牛场的压寨夫人，你看如何？’花妹子也劝说道：‘花花大姐，凭你的花容月貌和迷人身材，拿下牛车车绝对没问题。到时候你就是荣华富贵的总经理夫人，连妹妹我也跟着你沾光。’牛花花乐得飘飘然，自豪地说：‘那个牛车车算啥！他本来就属于我的。不想要的东西丢掉了再捡回来还有啥难的吗？’就这样，刘佬转买通了牛花花上演一场美人计，许诺如果牛花花与牛车车事成，婚礼时奖励牛花花10万块。牛花花不解地问道：‘干爹，你出这么大血本目的何在？’刘佬转说：‘为了与七星奶牛场百年好合，干爹我本想把小女孙鲭许配给牛车车，但他不答应。你若成功，也算圆了我的心愿，今后如果有一天七星奶牛场你说了算，在生意上多多关照点儿佬转奶牛场，干爹我就满足了。’单纯的牛花花心花怒放：‘干爹，你放心，绝没问题。’

“这其实是刘佬转阴谋的第一步。刘佬转阴谋的第二步是指使刘萌萌诱骗牛丫丫，实施一种新庞氏金融诈骗案，目的是搞垮七星奶牛场。我们调查时发现，牛花花并不知道刘佬转的第二步阴谋，她是受刘佬转哄骗和诱导去勾引你，客观上起到协助刘萌萌行骗的作用，因此，她既是犯罪团伙中的参与者，也是受害者……”

“且慢，你们怎么对刘佬转的阴谋了如指掌呢？难道你们抓到刘佬转了吗？牛花花怎么会是受害者呢？我认为她就是刘萌萌的同谋。”牛车车对警察讲述的情况感到疑惑不解。

“别急，一个月前，牛花花主动投案自首，并检举了刘佬转和刘萌萌的罪行……”

“啊！牛花花投案自首了！”牛车车再次惊愕地叫起来。

“是的。刘佬转与花妹子今年2月开始在额吉淖尔镇的宾馆包房姘居，后来刘佬转因生病离开额吉淖尔镇去了东乌旗。半个月前，我们在东乌旗一家医院里抓住了刘佬转。从目前我们了解的情况分析，牛花花是被刘佬转和刘萌萌利用的，因为牛花花对刘佬转的阴谋只知其一不知其二，而且她并不知道刘佬转与刘萌萌的关系，更不知道刘萌萌的阴谋计划。”

“啊？太不可思议了。你们抓到刘萌萌了吗？”

“没有。一个月前，刘萌萌曾与一个神秘的女人出现在嘎达布其镇的一家宾馆，那里是边境口岸。这是他最后一次现身在监控视野内，之后就销声匿迹了。”

“那个女人留下姓名、住址和容貌了吗？”

“没有留下任何身份信息，但从宾馆的录像看，不是牛丫丫，也不是牛花花，是一个容貌显示不清但体态比牛花花更年轻、更苗条、更媚气的女人。”

“牛花花为啥会突然自首和举报呢？”

“‘小树林幽会’被擒，对牛花花来说是个失败，对刘佬转则是个成功，按照事先约定的条件，牛花花不仅得不到分文奖励，反而臭名远扬。离开七星奶牛场后，牛花花感觉被抛弃，无处可去，她心怀不平，通过花妹子从刘佬转那里讨来10000块钱，心里总算是得到一点儿安抚。开始时，她以为是自己把好事弄砸，有点儿心甘情愿受罚，默默地在东乌旗一家奶制品厂里当技术员。她技术好，工作认真敬业，得到工厂的重用，很快被提拔为车间主任。最近几个月，牛花花越发感觉不对劲儿，自打‘小树林幽会’事件之后，牛车车被踢走，刘萌萌一路高升，随后不可思议地与牛丫丫登记结婚；接着发生借贷危机，七星奶牛场面临破产倒闭。在牛丫丫失踪一段时间后，有一次花妹子醉酒后对牛花花说，牛丫丫早在大黑山喂狼了，死无葬身之地。她还透露说如果七星奶牛场破产，刘佬转将花200万买下七星奶牛场的全部产权，如果七星奶牛场重组的话，将占据董事长的职位。因此，牛花花开始怀疑这是一场罪恶的阴谋，在犹豫了一些日子后，最终鼓起勇气自首并检举了刘佬转一伙。现在看来，由于你和羊丹丹果断投资，对七星奶牛场进行股份重组，使刘佬转错失了原先的算盘。”

“你们追查到牛丫丫下落了吗？”此时，牛车车的声音颤抖着，他感觉不妙。牛丫丫生死未卜，吉凶难料啊！

“二十天前，我们在牛丫丫大黑山别墅附近的草丛里发现一具尸骨。经法医初步检验尸骨为女性，二十四岁，身高体宽，髋骨和股骨形态符合牧民特征。死亡原因不清，死亡时间大约在今年2月，有十个月左右了。初步分析死者可能是失踪的牛丫丫，但还有待于做DNA学鉴定。由于死者的死亡原因不清，我们特地从南方请来著名的安丰法医协助破案。”高警官指着身穿便装的中年男子介绍说，“牛总经理，这位就是安丰法医。”

“您好，安丰法医！能确定那具尸骨就是牛丫丫吗？”牛车车急切地问道。

安丰法医说：“死者个体的识别需要做DNA的检测。但是如果案件只有白骨残留的时候，DNA检测技术显得苍白无力，因为目前的DNA检测技术很难完成陈旧骨骼DNA的检测。新鲜骨骼中的DNA含量比毛发中的DNA含量还要少，经过腐败和降解的陈旧骨头，特别是在西北草原野外长期暴露在干燥环境中的骨骼，DNA的含量几乎为零。我们正在与北京DNA检测中心联系，看是否可以进行陈旧骨骼的DNA检测，但希望渺茫。”

牛车车说：“既然刘佬转落网了，可以审问他呀！”

庞副处长说：“刘佬转只承认鼓动刘萌萌打入七星奶牛场诱惑牛丫丫，否认指使刘萌萌杀人。”

牛车车虽然不愿意相信牛丫丫被害的事实，但免不了内心巨大的悲伤和义愤，问道：“安丰法医，一定是刘佬转和刘萌萌共同杀害了牛丫丫，千万不能让他们逍遥法外。还有没有更好的办法查明牛丫丫的死因呢？”

安丰法医解释说：“对于死者的身份的认定，只能依赖DNA的鉴定。至于死因，目前暂时无法告知。死者的骨骼在放大镜下观察可见动物牙齿咬伤的痕迹，至于被害者是由于生前遭到动物袭击，还是死后遭到动物的围食，目前无法判断。由于尸骨在野外曝露过久，骨骼干枯，同样，因为骨骼内缺乏软组织和血液的残留物，我们多次进行C肽和其他毒理化学物检测也都无法顺利完成。”

庞副处长说：“我们目前正全力以赴追查刘萌萌的踪迹，他就是跑到天边我们也要把他抓回来，绳之以法。我们尚未正式通知牛丫丫的家属牛丫丫可能遇害的消息，因为目前案子尚未最后结论。好吧，今天就谈到这里。牛总经理，你还没吃早餐吧，我们一起到食堂吃早餐。”

“庞副处长，啥是新庞氏金融诈骗呢？”牛车车没有马上离开，他心里还惦记着被骗走的那笔巨款。

“这个问题很复杂。庞氏金融诈骗是一种通过汇票连环诈骗的老套手法，骗子容易得手，警方也不难侦破，但新庞氏金融诈骗的手法则截然不同，貌似欺诈但各类手续齐全；貌似违法却有摆脱犯罪嫌疑的充足证据；貌似具有犯罪事实但实际上是利用了法律上的漏洞。因为案件还侦破中，有些技术细节还不便透露。”

牛车车似懂非懂，眼角闪烁着泪水，瞪大眼睛望着安丰问：“安丰法医，您认为北京那边能检测出骨头里的 DNA 吗？”

安丰法医说：“暂时看可能性不大，这方面的技术尚处于科研攻关阶段。牛总，一会儿在食堂里我们可以边吃边聊。”

“哦，我先回房间叫我弟弟一起去。”从牛车车伤心的表情可以看出，他似乎已经接受了牛丫丫被害这个事实，痛苦地摇着头。

谈话结束了，牛车车拖着沉重的双腿向楼上走去。唉，失踪总比死亡更容易被接受，死亡，意味着永久地消失，而失踪，总还会有回来的希望。说不一定哪天牛丫丫还会突然出现呢！此时，他突然感觉自己内心无比的愧疚，十分想念牛丫丫。牛丫丫啊，你怎么这么悲惨呢！都怨我害了你！他回到自己的房间，关上房门，趴在床上伤心地哭泣起来。

## 第五十章 奇遇

早餐时，安丰法医与牛车车聊起家常。安丰不住地称赞牛车车富有创业能力和实干精神，年轻有为；牛车车则抱怨自己只有初中学历，缺乏企业管理知识。安丰建议他多读书学习，有机会可以读高级工商管理学习班，并承诺说："如果你真想学习，我回杭州后可以帮你联系。这是我的名片，上面有我的电话和联系地址。"

牛车车接过安丰法医的名片，说："好的，如果我有想法，我给您打电话。谢谢您！"其实，牛车车弄不懂什么是工商管理学习班。对他来说，如果能读个中专，已经心满意足了，大学简直是可望不可即。

中午，牛车车正在房间里休息，忽然出现寒战，钻进加厚的被子里仍然不停地全身抖动着。牛拖拉往牛车车的被窝里塞了两个热水袋也不能解决问题。"哥，你生病了吧？我送你去医院。"

"不去。坚持一会儿就会好的。"

半小时过去了，牛车车开始发烧，身体像火炭一样的烫，瞪着迷乱的眼神满口胡言乱语："花花，花花，你在哪？丫丫，丫丫快来呀！"牛拖拉慌了手脚，打电话叫来服务员，一起把牛车车送到镇医院。

牛车车真的病了。发烧、咳嗽、气喘、头晕、乏力，不知是由于昨晚着凉，还是由于伤心过度，或是两者兼而有之，而且他病得不轻，口唇黑紫，连血压都掉下来了。额吉淖尔镇医院的医生说他患的是急性大叶性肺炎并发感染性休克，怕出现败血症，建议马上转到东乌旗中心医院治疗。

牛拖拉本想赶着马车送哥哥去东乌旗医院，但安丰法医不同意："开玩笑，这么冷的天，人还没到医院就该冻死了。"安丰法医安排他们搭乘庞副处长的吉普车去东乌旗。

在颠簸的汽车里，牛车车精神萎靡，头晕脑涨，手捧氧气袋大口地吸着氧气，嘴唇依旧发紫。他感觉自己只要一闭眼马上就会昏睡过去，但又不敢睡，怕睡过去就再也醒不过来了。平素身体健壮、很少生病的牛车车显得有些恐惧和紧张，不住地询问坐在他身边的安丰法医：“我怎么喘不上气来呢？是不是我病得很重啊？我可不想死呀！”

安丰法医安慰他说：“别担心，这是常见病，多发生在青壮年人身上，住院后用上抗生素熬过五天就会慢慢好转了，一周左右就能治愈。”

“哦。”听了安丰法医的话，牛车车在车上放心地睡着了。或许是一夜没睡觉的缘故，或许是休克大脑缺氧引起的浅昏迷，一直到被推进东乌旗中心医院重症监护室，他都没醒过来。

牛车车苏醒时，感觉大脑昏昏沉沉，蒙眬地听到有人在他的耳边轻声地呼唤着他的名字：牛车车，牛车车！他睁开眼睛盯着墙壁上模模糊糊的电子钟，慢慢地透过雾气看清了钟表的指针，下午四点钟了。他心里感觉有点儿纳闷：我今天怎么起床这么迟呢？当他转头注视着四周时，他看到自己左侧有一张年轻护士开心的笑脸，右侧有一个护理员打扮的女人露出惊喜的表情，三弟牛拖拉模模糊糊的相貌夹在中间。

“太好了，你终于醒过来了！”一个声音从护士那边传过来。

“真是奇迹，老天保佑你，牛车车！”女护理员对他说。

“哥，你醒了！我就说你不会有事的，哈哈！”这是牛拖拉的声音。

牛车车张开嘴巴喃喃地问道：“我在哪里，牛拖拉？”

“东乌旗中心医院重症监护病房。你已经昏迷十六天半了。”

“啊！十六天哪！”

“是啊，爹、盈二奶、羊丹丹董事长都来看过你，大家都担心死了，怕你醒不过来，变成植物人呢。”

阳光从玻璃窗照射进来，散落在病榻上，窗外几棵大树的枯枝在随风摇摆，空中不时回响起“嗖嗖”的声音。这是一个单人病房，屋子里洁白的墙壁上挂满了各类医疗监护设备，嘀嘀嗒嗒的报警声环绕四周，此起彼伏。天花板的空调出口处悬挂着一条微微飘摆的红绸布，一阵阵温暖又清新的微风拂面而过。

牛车车伸手摘下戴在鼻梁上的氧气面罩，深吸几口空气，感觉好似一觉醒来神清气爽。他伸伸四肢活动了一下，腿脚都好使，只是感觉后腰背和四肢关节有些酸痛。他一只手支撑着床边挣扎着要坐起来："牛拖拉，扶我一下，我要起床回奶牛场。"

"别动，等一下，牛车车，你身上有心电监护导联线。"护士把他胸前的导联线摘下来，然后，和护理员一起扶着他慢慢地坐起来。就在他掀开被子伸出双腿迈向床沿准备下地时，忽然发现自己浑身上下一丝不挂，慌忙裹紧被子坐在床边："我靠，牛拖拉，我的衣服呢？怎么都给我扒光了！"

"哥，你昏迷十几天了，护士说昏迷的病人不能穿衣裳，怕压出褥疮，所以就把你的衣裳脱光了。"

"这哪里是脱光啊，这是曝光！快把衣裳递给我。"

"哥，你昏迷的这段时间多亏她们两位精心地护理你，帮你喂饭、擦洗身子和解大小便，真的非常令人感动。"牛拖拉把床边的内衣内裤和病号服递过来。

"不好意思，护士小姐，添麻烦了！"想到自己一连几天裸着身体躺在她们眼前，牛车车有点儿害羞地低着头，没敢正眼注视身边的这两位年轻的女人。他接过衣裳一边穿一边支吾着说："谢谢你们的照料……拜托，各位先回避下，我要穿衣裳了……"

"哥，你好好看看她们是谁？"

"咯咯……"他的左侧传来一阵清脆的笑声。

牛车车扭头望着左侧那位女护士，面色娇嫩，表情甜蜜，一副熟悉的面孔，但一下子想不起来在哪里见过。"你是……"

"牛大哥，我是孙鲭啊！"

牛车车吃惊地瞪大眼睛望着女护士："孙鲭，怎么会是你呢？你不是在锡林郭勒盟护校读书呢吗？"

"我早毕业了，已经在这家医院工作有两年了。"

"孙鲭，你现在好吗？"牛车车情不自禁地抓住孙鲭的手。

"我很好，自从大专毕业工作后，我爹我娘对我的态度转变了。我娘说从小打骂那是管教，没有他们的管教我也不会长大成才。我也不计较过去的事情，长大了，路靠自己走。我现在住在医院的独身宿舍，吃在食堂，生活也很舒心。”

“你毕业后怎么没来找过我呢？”

“牛总经理，大忙人，哪敢打扰啊！你一住院我就认出你了，立即通知花花姐过来，我们一起护理你。”

“花花姐？”牛车车扭头看着右侧的女护理员，吃惊地发现牛花花正拘谨地躲在他的背后，“牛花花，是你？”

“嗯，是我，牛车车。这几天把人担心死了，我们一直盼着你醒过来。”牛花花就是牛花花，一身简单朴素的护理员服装也遮挡不住她动人的花容月貌，即使是一脸局促不安的表情依然显露着娇柔迷人的魅力。

“你怎么在这里呢？你不是被抓进去……被关在拘留所里了吗？”牛车车故作愠色，急忙在被子里穿上内裤，套上病号服。

“我被放出来了，因为我也是受害者呀……唉，牛车车，实在对不起你，都是我坑害了你们。如果不是……”

想到自己曾经被她欺骗和羞辱的经历，牛车车真的有些恼怒起来，说：“牛花花，你别说了！你还好意思再来见我吗？牛丫丫被你害死了，七星奶牛场差一点儿就被你毁掉了，我差一点儿成了强奸犯。你说你是受害者，警察或许相信了，但我绝对不相信。”

“牛哥，你听我解释……”

“我不想听你解释，你还是向警察解释吧。我现在比任何时间都明白过去到底发生了啥事。”

“事情不像你想的那样，我不知道刘萌萌的阴谋计划。我是被蒙蔽的。”牛花花脸上挂满泪水。

“你既然是刘佬转的干女儿，怎么会不知道刘萌萌的阴谋呢？你说实话，刘萌萌逃到哪里去了？牛丫丫是不是被你们害死的？她是怎么被害死的？”

“牛车车，我与刘萌萌真的没有任何关系。”

“你这种女人满嘴谎话，我不会再相信你了。”

“不管你相不相信，该说的话我都对警察说了。我能够继续活着、继续工作、继续生活都是为了我的女儿。”

“你有女儿？你从来没说过你有女儿呀？”

“你也从来没问过我呀！”

“牛花花，即使你能够证明你是因为生活所迫被刘佬转欺骗和利用，我也不能原谅你。”

“牛哥，我知道你不会原谅我，我也不想祈求你原谅，我现在只想对你说最后一句话：祝你早日恢复健康！”牛花花转身捂着脸，挥泪跑出病房。

“花花姐……”孙鲭追了出去，站在病房门前望着牛花花消失在走廊的另一端。

孙鲭转身回到病房责怪牛车车说：“牛大哥，你不能这样对待花花姐。她说的都是实话。这几天花花姐姐一直在护理你啊！”

“孙鲭，你太善良，被牛花花的假象蒙蔽了。天下男人都会被她漂亮的脸蛋儿蒙骗。这个女人很阴险，她这么做一定有啥目的。”

“你认为花花姐接近你是有阴谋吗？”

“至少动机不纯。”

“牛大哥，你别太自以为是了，花花姐并非你想象的那样。她来到东乌旗时一无所有，很气馁、很绝望，还是我帮助她介绍去我同事家的奶场工作的呢。”

“孙鲭，有些事你不了解。牛花花这个人做事不择手段。”

“唉，牛大哥，你忘了我是谁的女儿了吗？我能不了解情况吗？”

“哦，孙鲭，你不说我还真忘了。你爹真是一个十恶不赦的恶棍。但是，在我心里，我几乎从来没把你与你爹联系在一起。”

“牛大哥，你不要把自己看得太重了。我承认我爹他不是个好人，有很多可憎可恨的地方，但也并非你想象的那么坏。不管怎样，他总是我爹。背后你怎么骂他我不管，但请不要当我面骂，请你顾及下我的感情。”

“哦，对不起，孙鲭，我以为你比我还恨他呢。”

“我确实憎恨过他，但那都是过去的事了。”

“我听警察说你爹被抓进去了。”

“嗯，或许他是罪有应得。可是我爹也有可怜之处，他被花妹子搞得很惨。”

“你爹不是与花妹子长期住在额吉淖尔的盐城宾馆里吗？”

“是啊，我多次劝他，他不听，我又不敢声张，怕被我娘知道。我娘这个人你知道，无论大事小事，闹起来就没完没了，小米大的窟窿能捅出碗大的洞，这件事要是让她知道，那还不闹翻天了。”

“没有不透风的墙，早晚会露馅的。”

“是啊，我也是这么对我爹说的。可我爹说他不怕，大不了离婚，正好可以明媒正娶花妹子。”

“花妹子是妓女呀！”

“真的吗？我爹说她是洗头房的老板，可我看她一点儿不像正经人。你怎么知道她是妓女呢？”

牛车车支吾地说：“咳！这也不是啥秘密了，红格村的人都知道花妹子是小姐。牛花花应该知道，她没告诉你吗？”

“没有。”孙鲭的脸蛋儿依旧显得清秀、单纯、快乐和阳光，看不出一丝一毫童年经受痛苦和磨难留下的痕迹，“但是，牛花花姐好像提过你在红格村有一次嫖娼被抓，而且还涉嫌强奸……”

“欸，她怎么知道的？”

“没有不透风的墙。”

“孙鲭，那不是嫖娼未遂，我根本没嫖，更不是强奸……是花妹子勾引我，不，不叫勾引……嗯，叫陷害我。”

“牛大哥，你这么老实的人也干那种事？你们男人哪，有钱就学坏！”

“孙鲭，你误会了。那是铁龙子为了迫害我设下的圈套，安排花妹子引诱我。奇怪，牛花花怎么这么说呢？她应该明白事情的真相啊！咳咳……”牛车车轻轻地干咳几声。

“可能花花姐确实不了解真相吧，铁龙子不会对她说真话的。牛大哥，你很幸运，你的血液化验没事……”

“这是啥意思？”牛车车又用力咳嗽了几声。

“我以为你得的病与我爹的病相同呢。”

牛车车追问："你爹得的啥病？"

"牛大哥，你刚苏醒过来，病还没好利索呢，不跟你多说了，你好好休息吧。我出去给你买晚饭，今晚我上帮班和大夜班，有空再聊。"

"鲭姐，我陪你去吧。"牛拖拉脱下隔离衣，披上大衣跟着孙鲭走出病房。

刘佬转得的是啥病呢？为什么孙鲭表情这么诡秘，说话吞吞吐吐的？牛车车躺在病床上胡思乱想着。

## 第五十一章　乐囧

孙鲭是牛车车青少年时期的梦中情人。虽然因为刘佬转从中挡横，他们之间从没发生过任何密切接触，可是，牛车车心里一直认为他与孙鲭心有灵犀一点通，他暗恋着孙鲭，孙鲭也在暗恋着他。在迷恋牛花花之前，他时常想起孙鲭，幻想有一天会与她相见，双双坠入爱河。在对牛花花的迷情破灭之后，他又重返儿时的梦境，无数次在梦里遇见过孙鲭。然而，今天突然真的相见，他怀里好似捂着一只活蹦乱跳的“小兔子”一般，感觉有些惶恐不安。爱情真的来了吗？他悄悄地询问自己，沉浸在无尽的遐想中……

不大工夫，牛拖拉买饭回来了，把饭盒放在床头桌上对牛车车说：“哥，吃饭吧。”牛车车仍然半靠在床头双眼愣神，没有反应，牛拖拉以为他身体不舒服，端起饭盒继续说：“哥，要不我来喂你吧。”

“不用，你瞧，我全好了。”牛车车噌地坐了起来，“孙鲭呢？”

“有人找她，她回宿舍去了。她说今晚她值大夜班，让你吃过晚饭早点儿休息，她明天早晨再来看你。”

“哦，”牛车车眼里流露出失望的眼神，“你怎么不多买点儿饭菜叫孙鲭一起来吃呢？”

“我叫她了，她说晚上有人请她吃饭。”

饭盒里飘出的清香勾起牛车车的食欲，他的胃开始叽里咕噜地叫起来，昏迷的这些天没吃啥东西，他现在感觉有点儿饿了。牛车车端起饭盒狼吞虎咽，风卷残云般地吃起来。工夫不大，吃光了大半盒饭菜。

牛拖拉乐了：“大哥，看你的吃相，一点儿不像有病的样子。”

“嗯，我没事了。”

“哥，你昏迷的那些天，羊丹丹董事长亲自来医院看你一次，还来过几次电话询问你的病情。董事长嘱咐我和牛花花好好照料你，并交代说你昏迷期间的医疗费公司百分之百负责，但苏醒后的医疗费要自己负责。”

牛车车不解地问：“为什么苏醒后的医疗费我自己负责？”

“是呀，我和花花姐都糊涂了。花花姐问她：‘丹丹，牛车车可是因公出差生病的，为什么昏迷和苏醒时的医疗费负担不一样呢？’羊丹丹瞪了牛花花一眼，面露愠色答道：‘道理很简单，昏迷时要不惜代价救他，如果清醒了我要惩罚他，撇下工作不顾去追女人。岂有此理！’牛花花顶撞一句：‘就算牛车车找女人又有啥错？’”

“这个牛花花，乱弹琴！”牛车车不满地说，“唉，羊丹丹怎么也这么霸道呢？老弟，羊丹丹一定是误解我了，你没解释一下我是去寻找牛丫丫了，没去找牛花花。”

“说了，她也知道警察找你的事。哥，你别担心，董事长很关心你，刚才我和孙鲭出去买饭时给董事长打了个电话。她听说你醒过来了，而且恢复得很好，开心死了，一个劲儿地笑，让我转告你安心养病，病好了尽早回去。”

“七星奶牛场现在咋样？”

“你不在奶场期间，羊董事长替代你的工作，她感觉很吃力，一切都很陌生。好在有我爹和牛三爷帮助她，她还可以应付。”

“牛丫丫失踪案有新的消息吗？”

“还没有新的消息。”牛拖拉收拾好饭盒，“哥，刘佬转半个多月前就是在这家医院里被警察抓走的。”

“刘佬转也住院了？得的啥病？”

“在你昏迷期间，我听孙鲭和牛花花谈到刘佬转生病住院的事情。”

“哦，你讲给我听听。”

牛拖拉把刘佬转生病的情况讲述一遍。

上个月，刘佬转突然生了一场怪病，胸闷、胸痛、气急，反复晕倒几次。在额吉淖尔医院看了一阵子没见好，转到了东乌旗。刘佬转住进东乌旗中心医院后十几天还是查不出原因，有的医生说是心衰，有的说是心肌梗死，还有的说是心肌炎。病情一天比一天危重，药物治疗也不见效果，每天心脏都停跳几次，医生吓得不敢离开他的床边。刘佬转也吓傻了，让孙鲭准备纸和笔要写遗嘱。遗嘱写好了，孙鲭偷偷瞄了一眼，差点儿没气晕过去，遗嘱写道：我刘佬转去世后，我全部遗产中的百分之五十归花妹子……”

“爹，你糊涂了！你是不是被花妹子迷住了。你不怕伤我娘的心吗？”

“我两眼一闭还管那事呢。老子活一天就享受一天快乐。”这些天刘佬转虽然生病了，但有花妹子围在他身边伺候他，他开心得合不拢嘴。

“你的病要是治好了呢？如果让我娘知道遗嘱这件事，你以后还会有好吗？”

刘佬转急了：“欸，你别告诉你娘啊！”

“我可以不告诉我娘，但你生病的事我已经告诉我哥和我妹了。我已经通知他们马上到医院来。”

刘佬转责怪说：“唉，你这丫头怎么这么固执呢，专门跟我作对！”

果然，牛大岚领着大儿子和小女儿来了。在牛大岚到来之前，花妹子悄悄地溜走了。牛大岚到医院后，在病房里大闹一场，她要求刘佬转交出遗嘱，刘佬转坚决不答应，结果两人在病房里打了起来。刘佬转吃亏了，恼怒之下拨打了110报警电话。

很快来了两个警察。警察一看是两口子打架，哭笑不得，只能好言劝架。其中一个警察在了解事情头尾之后忽然笑了，问道：“你叫刘佬转吗？”还没等刘佬转回答“是”，咔嚓一声用铁手铐把刘佬转的双手腕铐上了。

刘佬转指着他老婆说：“她打我你们不抓她怎么抓我呢？”

警察说：“抓的就是你！”

刘佬转理直气壮地问：“为啥抓我？”

警察说：“你是网上逃犯。”

“我啥时候成逃犯了？”

“七星奶牛场的金融诈骗案是你策划的吧？”

刘佬转仰天长叹：“唉，我这不是自投罗网吗！”

警察想把他带走，被医生拦住，警察说：“为啥干扰公务？”

医生说："这个患者心脏病很重随时有死亡危险。"

警察害怕了，说："那好吧，先治病。治好病再说。"

唉，说来也怪，牛大岚在病房里作闹了三天，刘佬转的心脏一次没停过，似乎病也轻了许多。牛大岚得意地说这是因为她把狐狸精赶跑了。然而事情并非如此，第四天，刘佬转的心脏又停跳了，而且这次停跳的时间特别长，差点儿抢救无效。人虽然救活了，但与死人差不多，整天昏迷不醒。

牛大岚趁刘佬转昏迷，命令儿女们查找那份遗嘱单，他们四处寻找没见遗嘱的踪影。

警察看到刘佬转病重了也紧张起来，说这个犯人不能死，否则一个经济诈骗大案难破。

很快，警察从锡盟请来一位著名的法医病理学专家为刘佬转检查身体。据说这位法医是来东乌旗帮助验尸办案的。法医历来是解剖尸体的，怎么跑到医院里检查活人了呢？不仅刘佬转家里人纳闷，连医院里的医生也有点儿迷惑不解，但没想到，刘佬转的病还真让这个法医给弄清楚了。法医告诉牛大岚，刘佬转得的是梅毒性主动脉炎。梅毒，这可是传染病啊！牛大岚吓得赶忙抽血化验。

医生给刘佬转用了大剂量强效青霉素，一周后，刘佬转的病情迅速得到控制。

又过了三天，刘佬转苏醒过来。当他听说自己得的是梅毒心脏病时，大呼冤枉："我刘佬转向天发誓，我从来没嫖过娼！"

"撒谎！没嫖娼怎么会得花柳病呢？那个花妹子是何许人也？"牛大岚气愤地把她的化验单扔在病床上，"你自己看看，老娘我可是干干净净的。幸好老娘我一年多没让你碰，否则……哈哈，真该说不清楚了。佬转，我看你今后还敢不敢再找小三了！"

刘佬转突然醒悟过来，从裤衩的夹层里抽出那张遗嘱单，气愤地把它撕个粉碎："花妹子，我要找你算账！"

"哈哈。"牛大岚开心地大笑起来。

听了牛拖拉讲刘佬转生病的事情，牛车车惊出一身冷汗。刘佬转虽然早就结识花妹子了，但和花妹子住在一起则是今年 2 月以后的事情。想起今年 1 月在花花 Hotel 的那一夜，牛车车暗自庆幸自己躲过一劫，那天多亏警察来得及时……铁龙子也真够阴险的了，他一定知道花妹子有病……这也算是不幸之中的万幸。难怪下午孙鲭吞吞吐吐不肯说出刘佬转得的啥病。

想到这里，牛车车心里偷着乐。他咧着大嘴对牛拖拉说：“花妹子一定是去找刘萌萌了，哈哈，看来刘佬转也被花妹子算计了！得了一身病，差点儿送了命，还戴了一个大绿帽子。”

“你说得太对了，我也是这么认为的。我爹这个人你还不知道吗！胆比熊大、心比鸡小、脑子比老鼠奸、嘴巴比秤砣还硬，干不了多大的事。”

牛车车抬头一看，孙鲭端着白色的药盘出现在病房门口，他乐得合不上嘴：“孙鲭，你来了，太好了。坐着聊。”

孙鲭仍旧站在病房门口，继续说：“大家都说是我爹指使刘萌萌诈骗牛丫丫，我认为，实际上是刘萌萌和花妹子相互勾结。花妹子诱骗我爹，刘萌萌欺骗牛丫丫，我爹被刘萌萌利用了。”

牛车车说：“孙鲭，如果你有证据，我宁愿相信你的结论。”

“上周我去拘留所探望我爹，我爹说他很后悔，机关算尽太聪明，竹篮打水一场空，最后连他的亲侄子都把他算计了，带着赃款逃之夭夭。”

牛车车咧着嘴巴笑着，兴奋地说：“孙鲭，见到你太高兴了，进来坐下，我们好好聊聊！”

“不，我还要发药去。”

“发完药过来吧。”

“哥，鲭姐还要值大夜班，上半夜要睡会儿觉。”

“嘿，你小子还很懂的，什么大夜小夜的。”

“我在医院里待了有半个月了，能不懂吗！上半夜的班叫小夜班，下半夜的班叫大夜班。”

“瞧你们哥俩长得多像，要不是牛车车大哥胖一些，真难以分辨。”孙鲭笑笑说，“牛大哥，医生说你明天就可以转到普通病房，如果病情没变化，明天也可以直接出院。”

牛车车笑眯眯地望着孙鲭说：“我看还是转到普通病房吧，不急出院，我想多住几天，难得见到你，我还有许多话要说呢。”

“好吧，我跟医生说说，先转到普通病房。牛拖拉，你夜里留下来陪护吧，我跟值班医生说过了，他不会撵你走的。”

孙鲭走了。望着她远去的背影，牛车车神秘兮兮地附在牛拖拉的耳边说：“老弟，孙鲭当你的嫂子如何？”

“当然好哇！”牛拖拉眨眨眼睛，欲言又止“……可是你下手晚了，我估计她已经有男朋友了。”

“啊？你咋知道的？”

“一周前我问过她……做我……我哥哥的女朋友可以吗？”

牛车车惊愕地问道：“她怎么回答的？”

“她只是笑了笑，没说什么。”

“这是啥意思？”

“哥，你当时昏迷，我们都以为你醒不过来了呢。后来孙鲭告诉我，她爹本打算把她许配给你，但找盈二奶提亲后遭你拒绝，那时，你心里只有牛花花，让她感到伤心。我猜孙鲭现在恐怕想不到你会对她有想法，她认为你变了。”

“瞎说！从来没人跟我提过孙鲭，恐怕是被盈二奶回绝的吧。这个盈二奶很会自作主张。不瞒你说，我跟爹提过孙鲭，但爹不大同意，他认为孙鲭姑娘虽好，但她爹刘佬转太势利。说句心里话，我虽然喜欢孙鲭，但一想到刘佬转，我也有点儿犹豫，所以没主动找她。唉，阴差阳错，有空你帮我解释解释吧，看看我还有没有机会了。我确实很喜欢孙鲭。”

“嗯，孙鲭是个好女孩，确实比……”牛拖拉大喘一口气继续说，“她若没有男朋友的话，我猜她一定会选择你。”

“她到底有没有男朋友？”

“哥，你还是自己问吧。刚才找她的那个人是个英俊帅气的男生，请她吃晚饭。”

“啊……唉！既然她有男友了，我还能有啥办法呢。人家城里又没有抢亲的说法……牛拖拉，你去跟值班医生说一声，我明天一早出院。”

“哥，你真要出院啊？不多住几天了吗？”

“我的病好了，不走待在这里干啥？”

“哦……”

唉，我怎么这么不幸呢！爱情总是与我无缘哪！眼泪扑扑地从牛车车面颊上淌下来。

“哥，要么你再多住几天院，找机会与孙鲭谈谈。有些事可能需要解释一下，她可能对你有些误解，特别是你在花花 Hotel 的事情。”牛拖拉眼圈微红着，同情地说。

“我不是解释过了吗！”

“她好像不大相信。”

牛车车沉思片刻，擦擦泪水，说：“算了吧，强扭的瓜不甜，我还是出院吧。鸡飞了，蛋不能再打了！七星奶牛场的工作还等着我呢。”

# 第五十二章　人才招聘

牛车车回到七星奶牛场要办的第一件事就是，根据董事会的决议面向社会公开招聘副总经理一名、技术科长一名、车间主任两名以及技术员和挤奶工若干。招聘委员会由羊丹丹、牛车车和盈二奶三人组成，面试地点设在大会议室。

盈二奶把一摞简历放在桌子上，对身边的羊丹丹说："董事长，自打电视上播出招聘广告后，来应聘投简历的真不少。为了保证公正，我把简历上的名字遮掉了，用序号代替。本人不识字只识数，保证初选不偏不倚。我按照序号逐个打电话通知了面试时间。"

牛车车问："你不识字怎么知道把名字遮掉呢？"

"我虽然是个文盲，但'姓名'两个字我还认识。"

羊丹丹随手翻阅了一遍简历，满意地点点头："我初步拟定了一个招聘标准，牛总，你和盈二奶审阅下，如果合适，我们就按照这个标准打分。"羊丹丹把一张表格递给身边的牛车车。

"好吧，我来念，姑奶奶你听着。"牛车车接过表格逐字逐句阅读着，"第一，政治条件，坚持党的路线，拥护'三个代表'。副总经理职位要求，共产党员优先……"牛车车停下来抬头问："董事长，为啥共产党员优先呢？"

羊丹丹答："你我都不是党员，坚持党的领导不能是一句空话，七星奶牛场将来要成立党支部，总要有个书记呀。"

"有道理。将来规模大了说不定还要成立党委呢。"牛车车点点头，继续念着，"第二，学历条件，副总经理要求工商硕士，技术科长要求大学本科，车间主任要求高中……"牛车车停顿下来，问："学历条件是不是有点儿太高了？"

羊丹丹回答："学历要求确实是高了一点儿，但是为了七星奶牛场的可持续发展，我们必须坚持这个标准，宁缺毋滥。"

"理儿是这个理儿，但是就怕按照这个标准招不到人呀。"牛车车继续念着："第三，个人条件，年龄四十岁以下，性别不限，但女人优先，身体健康，但残疾人优先，有工作经历，但业绩突出者可以优先或破格。"

牛车车把表格放在桌子上，皱着眉头问："羊丹丹，我怎么越看越看不懂了呢？为啥女人优先？为啥残疾人优先？"

羊丹丹回答："尊重女性，尊重残疾人，这你都不懂！"

"懂是懂，就是不明白。这与我们招聘的岗位有啥关系？"

盈二奶插话："女的副总经理好哇，不会被女人包围和诱惑。残疾人嘛，可以免税。"

"姑奶奶，女人就不受诱惑吗？那牛丫丫是怎么失踪的？"

盈二奶不客气地说："当然是被你气跑的了。你当初如果不与牛花花拉钩挂线……"

羊丹丹打断盈二奶，说："好了，别说这些了。你们如果同意这个标准，我们现在就开始面试。"

"等等，我还有一个问题。"牛车车举手示意，"业绩突出有什么标准吗？"

羊丹丹从手提包里取出一个本子，熟练地翻了几页，念道："业绩突出是指获得先进、奖励，有成果和论文，特别是 SCI 收录的论文。"

牛车车问："啥叫 SCI 论文？"

羊丹丹眨眨眼睛，不耐烦地回答："打破砂锅问到底！你就知道有这回事就行了，问那么详细干吗！"

牛车车说："当然要问清楚了，SCI 是不是代表奶牛或鲜奶啥的，否则对我们没啥用处。"

羊丹丹晃晃手里的书本，说："这是人社部关于企业人才招聘的文件，哪会有啥奶牛、鲜奶的。SCI 对行行业业全管用，卖钢的代表钢，卖铁的代表铁，咱把它当成鲜奶也没问题。"

"哦，我还有个问题……"

“哪来那么多问题!”盈二奶打断牛车车,“这么简单的事还不明白!我们现在开始招聘吧?”

牛车车说:“我认为这个标准不大合适。”

羊丹丹说:“不合适也来不及改了,先面试再说。马上开始。”

“好嘞。”盈二奶高声喊道,“1号请进!”

门开了,一个秃顶的中年男子大摇大摆地走了进来,一屁股坐在椅子上跷起二郎腿。牛车车感觉对方面熟,仔细一瞧,秃顶,鼻子有点儿歪,大吃一惊:“是你!”

“没错,是我。鄙人前来应聘。”

牛车车惊慌失措地望着羊丹丹,问:“他怎么跑来了?”

“我怎么知道呢!”羊丹丹面无表情,镇静地对牛车车说,“慌啥!既然是面向社会招聘,谁都有权利来面试。”

盈二奶走上前仔细打量这位中年人,说:“哪位神圣,这么不客气啊?”

“红格村的羊铁龙前来应聘。”

盈二奶一愣,说:“你是羊铁龙吗?我怎么认不出你来了呢?你从前的乌黑秀发哪去了?”

“这是面试的问题吗?如果是,我可以回答。秃顶的原因是:第一,用脑过度;第二,智慧绝顶;第三,感情遭受严重摧残。”

盈二奶问:“我记得你是牛花花……”

羊铁龙说:“我是牛花花的前夫。”

“哎哟,还挺有光荣感的嘛!”

“光荣不光荣暂且不说,绿帽子扣上了怎么也得想法儿摘下来呀。其实,这顶绿帽子冬暖夏凉,戴着蛮舒服的。有喜欢戴的,我可以免费转赠。哈哈!”

“哼,笑啥笑,没正经的!”盈二奶说,“一点儿都不好笑!”

羊铁龙不以为然地说:“我是在回答你的问题呀。”

盈二奶严肃地问:“羊铁龙,你来应聘啥?我们这儿又不招铁匠。”

“五嫂,我是来应聘总经理职位的……”

“等等,你叫我啥?”

“五嫂啊！”

“你怎么叫我五嫂呢？”

“嘿嘿，从牛花花那边算，我要叫你姑姑，但牛车车他爹牛老五也叫你姑姑，牛老五和牛花花同辈。听说你要嫁给牛老五，所以我应该称呼你五嫂才对。”

“你胡扯什么？谁说我要嫁给牛老五了？”

“外面都传盈寡妇与牛老五试婚住到一起了。”

盈二奶勃然大怒：“造谣！臭小子，你竟然传播谣言。”

“听说你们正计划弄个试管婴儿当孙子养。对于你们这个年龄的人，依我看，只要有钱，生个孩子无论当儿子养还是当孙子养都没问题。”

“胡说！你竟敢当面羞辱和戏弄老娘，气死我也！”盈二奶气得脸色青紫，举起烟袋锅砸向羊铁龙，羊铁龙围着桌子左躲右闪。“老娘我今天把你装到试管里当孙子养。”

牛车车站起来拦住盈二奶劝道：“姑奶奶，别跟这种满肚子坏水的人一般见识。”

羊铁龙指着牛车车嚷道：“牛车车，你说谁满肚子坏水！我还没找你算账呢！”

牛车车气愤地说：“我知道你是来搅局的！羊铁龙，你别太猖狂了！”

羊丹丹气愤地拍案而起，呵斥道：“铁龙子，别胡闹了！”

“谁胡闹了？我是来面试的，是他说我满肚子坏水。”

羊丹丹指着大门说：“羊铁龙，你的面试结束了，请马上从这里出去！”

“我不走，”羊铁龙坐在椅子上跷起二郎腿，“我要继续面试。”

牛车车说：“你，你这种没有教养的人，不配来应聘。”

“你有教养，勾引别人老婆！论辈分，牛花花是你姑姑，你竟敢对你姑姑下手。哼，我今天是专门来找你算账的。”羊铁龙撸胳膊挽袖子摆出要打架的姿势。

“羊铁龙，谁，谁勾引你老婆了？是你，你老婆勾引我的！”牛车车气得全身发抖，结结巴巴地说不出话来。

羊铁龙叫嚣：“敢做不敢当，胆小鬼！有种今天与我决斗一场。”

“要打出去打，我——奉陪!”牛车车迈开大步向大门走去。

“慢着，都给我站住！牛车车，你回来!”羊丹丹走到羊铁龙面前，大声喝道:“羊铁龙，你竟敢在这里撒野！给我滚蛋!”

牛车车站立在门口，虽然紧握双拳，但心里缺少点儿勇气，不知道这场架该打还是不该打。如果要是为了打击羊铁龙的嚣张，该打，而且要狠狠地打；如果是因为牛花花而打架，值得吗？他犹豫着……庆幸的是，由于羊丹丹挡在中间，羊铁龙没有走过来。羊铁龙重新坐在椅子上摆出一副无赖的架势，摇晃着二郎腿，嚷道:“老子今天来了就没打算回去!”

羊丹丹警告说:“羊铁龙，你要是再不走我可要报警了。”

“哼，报警吧！额吉淖尔镇的警察开车到这里来至少要三个小时，哈哈!”

“我让你得意，臭小子!”盈二奶冲过来举起铜烟袋锅朝羊铁龙脑袋砸下来。羊铁龙不愧是铁匠，身手敏捷，一侧身夺过烟袋锅，顺势把盈二奶推倒在地上，咔嚓一下，把烟袋锅掰断。盈二奶号啕大哭:“哎哟，臭小子，你敢打我!”

牛车车连忙跑过去搀扶盈二奶。

羊铁龙得意地喊道:“哈哈，五嫂，我哪敢打你呀，是你先动手打我的，我这叫正当防卫。”

“呸！谁是你的五嫂！你满口胡言乱语!”

羊丹丹拿出手机拨打电话:“喂，爹。我们今天在七星奶牛场招聘人才，羊铁龙在办公室里胡作非为，打了人事科长，还要打牛总经理……哦……好，好，爹，你对他说。”

羊丹丹揿下电话免提键，电话里传出羊伟威严的声音:“铁龙子，不许继续胡闹！我限你三分钟内离开办公室，马上返回红格村。”

羊铁龙扯着嗓子喊道:“村长，凭啥让我回去！我是来应聘的。”

“你要继续闹事，我今天就叫人拆了你家花花 Hotel 院子里的那些违章建筑房，不信你就试试!”电话里发出“嘟嘟”的忙音，羊伟挂断了电话。

或许是迫于羊伟的威严，羊铁龙嘴里不满地嘟囔着听不清的话，狠狠地瞪了牛车车一眼，不情愿地离开了会议室。

会议室的大门关上了，门外传来一阵嘈杂声，似乎有人在外面争吵。

牛车车诧异地问："羊丹丹，你爹啥时候当上村长了？"

"今年夏天选举的。"

牛车车说："哦，怪不得羊铁龙听到你爹的声音就吓得像猫见老鼠似的。"

羊丹丹纠正说："什么乱七八糟、颠三倒四的，应该是老鼠见猫似的。"

"哦，我说错了。"

盈二奶一屁股坐在椅子上呼呼地喘着粗气，抱怨说："老娘我不干了！这倒霉副科长当的，尽受窝囊气！上次招聘让刘萌萌戏弄一通，这次又让羊铁龙羞辱一番。"

羊丹丹安慰说："盈副科长，铁龙子在我们村是有名的二流子，没教养、没素质、没出息，别跟这种人一般见识。你放心，我爹将来会收拾他的。你们现在该明白为啥牛花花要跟他离婚了吧。"

"嗯，牛花花说得对，这种男人白给都不要。"盈二奶气哼哼地说，"下个月各村的媒婆在额吉淖尔镇召开研讨会，我把他列入黑名单里。哼，敢与媒婆作对，让他八辈子讨不到老婆！"

牛车车笑嘻嘻地问："最近怎么没有媒婆到我家来提亲的了呢？姑奶奶，你是不是把我也列入黑名单了？"

"你呀，还不够格！"盈二奶嘴巴一噘，"还傻笑呢，刚才被铁龙子气成鳖样，噎成结巴了，话都说不出来，怎么转身就忘了。哼，就会跟我耍贫嘴。"

牛车车说："我是不想与他这种人一般见识。你就不应该通知他来应聘。"

盈二奶理直气壮地说："你不知道我不识字吗！"

羊丹丹说："盈副科长，你以后要好好补习文化，当人事科长不识字要出大错的。"

"董事长，字，我是学不会了，你还是让我看大门去吧。"

"看大门也需要文化呀。"羊丹丹回到座位上对盈二奶说，"好了，消消气，我们继续面试吧。"她看看手表："五分钟面试一个人。招聘结束后，我还要赶回红格村给孩子喂奶呢。"

## 第五十三章　面试

在一连下了三场大雪之后，牛村的上空忽然雾消云散，气温回暖，蓝天白云，晴空万里。白雪皑皑的草原上洒满了金灿灿的阳光，金黄色的枯草叶子上挂满了冰雪融化的水珠，景色秀丽如画。中午时分，暖洋洋的太阳把路边七八个红鼻头、黑眼睛的小雪人烤得无精打采，丢下了手中握着的彩旗或扫把，湿漉漉的身体东扭西歪。

七星奶牛场的院子里聚集着一群正等待着面试的应聘者，一些人围在一起聊天，另外一些人靠在品奶吧的墙边懒洋洋地晒着太阳。虽然面对已接近十比一的录取比例，但每个人看起来都信心十足，执着、耐心地等待着盈二奶的叫号。草原上找个正式的工作太不容易了。

办公室的大门再一次被推开，一个年轻的小伙子垂头丧气地从里头走了出来，对身边的人嘟囔着："我明明是大学时攻读禽类动物系专业，专门研究野鸡的，盈二奶偏说我是野鸡大学毕业的，怎么解释都没用，你说气人不气人。"

众人里有人说："你当初怎么不研究野猪呢？"

"哈哈，野猪大学好听多了。"

正巧盈二奶出来喊号，听到他们的议论，随口调侃道："笑啥笑！野猪大学也不中，野牛大学还沾点儿边。"

有人喊道："哈哈，二奶，我是野牛大学毕业的。"

盈二奶生气地挥动着半截烟袋锅："谁喊的？给我站出来！"人群立刻鸦雀无声，没人站出来。"哼！再叫二奶我跟你急！"盈二奶站在门口喊了一声"32 号请进"便扭身回到屋里。

"到！"一个身穿白色羽绒大衣的女子从人群中跑出来，拉开办公室大门走进屋里。

盈二奶坐在桌子后面低头盯着那张她看不懂的简历，没看来者，慢条斯理地说："自我介绍吧。"

来者拎着一个蓝色手提包毕恭毕敬地站在门口，轻声说："羊董事长、牛总经理、盈科长，我来了。"

办公室里的炉火烧得正旺，红彤彤的炉膛上坐着一把冒着蒸汽的水壶，人距离火炉几米远仍然会感觉热浪扑面。早已感觉有点儿困乏、饥饿的牛车车没有注意应聘者，从座位上站起来伸个懒腰，走到窗前，轻轻推开半扇窗户，迎着凉爽的微风深深地吸了几口新鲜空气。他凝视着窗外的蓝天，手无意识地从口袋里掏出香烟和打火机，刚想点燃香烟，忽听盈二奶一声尖叫："哟！"接着听到盈二奶惊奇地喊道，"哟，哟，这不是牛花花吗？怪不得声音这么熟悉。这是咋了？平时找都找不着的人，今天全都冒出来了。"

牛车车转过身望着应聘者，果然是牛花花。他吃惊地说："牛花花，你来干啥？"

"牛总，我是来应聘的。"牛花花微微低头，脸色绯红，两片肉红色的樱桃小嘴嘟囔着。

"应聘？是和羊铁龙商量好都来应聘总经理的吧？"牛车车嘲讽道。想到羊铁龙上午的胡作非为，他心中火冒三丈。

牛花花扬起脸蛋，手指轻缕额头上的秀发，露出一对弯弯的柳眉，说："我知道羊铁龙早晨来这里无理取闹过，刚才在外面我俩大吵一通。虽然羊铁龙与我早已没有任何关系，但我还是要为这件事向你们真诚道歉。"

盈二奶说："既然你与他没有任何关系了，你就不必代他道歉了，你又不能替我削他。"

牛花花说："早晨他从办公室出来后，在人群中大吵大嚷，让我狠狠地奚落他一通。我警告他……"

"又在演戏！"牛车车打断她。

"好了，不提这些了。"盈二奶打岔说，"牛花花，你打算应聘啥职位？"

“技术科长。我是第二次到七星奶牛场面试，希望各位能再给我一次机会。”

“哈哈！”牛车车干笑两声，接着脸色一变，严肃地说：“牛花花，你还没闹够啊！技术科长，你真敢想哪！”

“牛总经理，我知道你不欢迎我来，其实我也不想来，天涯何处无芳草。我现在的单位领导希望我留下来，已经许诺我做技术副厂长。但是为了证明我自己的能力，为了弥补我曾经对七星奶牛场造成的伤害，为了履行我对羊丹丹董事长的承诺，我还是决定来了。”

“你对董事长的承诺？承诺啥？”牛车车不解地问道，“难道是董事长通知你来的吗？”

羊丹丹点点头：“牛总经理，我们需要技术力量，需要真心能为七星奶牛场做事的人。你也需要一个得力的帮手。”

“可是为什么是她呢？”

羊丹丹低声对牛车车说：“放弃前嫌，大度些，面试后再说。”

“哦，”牛车车转向牛花花，问，“请问你是啥学历？”

“大学。”

“啥？大学？哈哈！你念的是野鸡大学吧。”牛车车嘲讽道。

牛花花反击说：“你才念的野鸡大学呢！我是锡林郭勒盟大学夜大毕业。”

牛车车坦白说：“我承认我没念过大学。”

羊丹丹微笑地说：“牛总，牛花花与我一起念的夜大，我能为她证明。”

牛车车吃惊地问羊丹丹：“真的？你们都读过大学呀？”

羊丹丹点点头：“是啊，我和牛花花一起毕业的。”

牛车车惭愧地低下头：“原来你们都是大学毕业，看来就我学历最低了。”

盈二奶说：“牛车车，别自卑，还有我呢，姑奶奶我与你学历差不多。但咱能力不差。”

“姑奶奶，我能跟你比吗！我要像你一样文盲，我就变成蚯蚓找个地缝钻进去。”

“什么话！姑奶奶我比你差吗？如果婚姻介绍者算个职业的话，姑奶奶我现在也算一专多能，多点执业了！”

“哈哈，就是个媒婆呗，还啥婚姻介绍者。”牛车车嘲弄道。

盈二奶威胁说：“哼，小子，跟媒婆斗，你还想不想娶媳妇了！”

“姑奶奶，你介绍的我还看不上呢！大姑娘叼烟袋，花棉袄露在外，八字脚扭起来。”牛车车站起来学着鸭子的动作。

“我敲你脑袋！”盈二奶举起半截烟袋锅喊道，“丹丹、花花，这小子是在埋汰你们呢，你们可都是我介绍成亲的。”

羊丹丹笑着说：“姑奶奶，替我削他！”

牛车车吓得用手护着脑袋躲到一旁：“姑奶奶，君子动口，不动手哇！”

盈二奶放下手里的烟袋锅，对牛花花说：“大侄女，下回这小子再勾引你，千万别理他。姑姑我帮你介绍个帅哥。”

“谢谢姑姑！”牛花花扑哧一笑。

牛车车酸溜溜地说：“盈二奶，人家牛花花还用你介绍啊，早就自己搭上帅哥了。可惜帅哥是个骗子，把她忽悠了。”

牛花花面无怯色，说：“牛车车，你不要胡说八道！我是来面试的，不是来让你羞辱的。”

羊丹丹打断说：“好了，别斗嘴了。现在是招聘会。牛花花，谈谈你的学习和工作经历吧。”

牛花花镇静下来，说：“大学前三年我选修的主要课程是，食品生物化学、食品营养学、食品工程原理、乳品化学、乳品机械设备、乳品微生物学、液态乳品科学与技术、固态乳品科学与技术、原料奶生产技术、乳品工厂设计、乳品安全与质量控制以及乳品分析等。在校期间主要实践环节是乳制品工艺试验。”牛花花熟练地讲述着，“最后一年实习，我选择了七星奶牛场，在市场调查同时进行生产实习，担当第二车间负责人，实现了机械化挤奶和乳品安全与质量控制。因为众所周知的原因，我离开了七星奶牛场，后来一直在东乌旗奶制品厂当车间主任。我掌握了人工和机械化挤奶、奶制品消毒和质量控制、乳制品生产工艺和技术。”

盈二奶情不自禁地鼓掌喝彩：“大侄女，你太棒了！真想不到上次来应聘你是为了完成大学实习啊。就你这水平，别说技术科长和车间主任，就是当总经理也够格!”

“她当总经理，那我干啥去?”牛车车斜眼瞪着盈二奶，嘴里不满地说，“姑奶奶，你咋听风是风，听雨是雨呢?她说啥你就信啥呀，还有没有自己的脑子了?”

“翻天了！你小子也教训起我来了。你是评委，我也是评委，你评你的分，我评我的分，咱们井水不犯河水。人家牛花花讲的就是好，要么你讲点儿有学问的东西让我听听。”

牛花花谦虚地说:“姑姑，谢谢你夸奖。我是个搞技术的，只懂生产和科研，不懂市场和销售，更不善于管理，所以，我没有那么高的奢望。管理上我还要向牛总学习。”

牛车车没买牛花花的账，继续问:“既然你有这么优秀的学历和丰富的工作经历，我问你，你有 SCI 吗?”

牛花花迷惑不解地问:“啥是 SCI 呀?我不明白。”

牛车车的脸上露出了得意的笑容:“SCI 是啥都不知道哇!”

羊丹丹焦急地朝牛花花打着手势，在空中画了一个长方块，示意 SCI 是个什么东西。

“哦……我知道了。”牛花花看见羊丹丹的手势似乎大悟，从手提包里取出一本红色的荣誉证书:“你说的是这个吧，先进工作者证书。我有。”

牛车车走上前看了看牛花花手里的证书，摇摇头:“不对，SCI 是国外发的证书，你这是东乌旗奶制品厂发的，不对。”

牛花花不解地说:“国内企业，要啥外国证书呢!”

羊丹丹终于发话了:“好了，牛总，别刁难人了。牛花花，你的面试结束了，你可以走了。”

“好的，谢谢各位评委。”牛花花微微鞠躬，转身离去。

## 第五十四章　不懂装懂

盈二奶催促说："各位抓紧打分吧，外面还有三分之一的人没面试呢。"

牛车车忿忿地说："牛花花没有 SCI，不及格！"

羊丹丹反对："牛总，啥叫 SCI？你不懂，我也不懂，咱大家都不懂，就别不懂装懂了。不管怎么说，在今天应聘的人当中，牛花花算最优秀的，是个人才。这个证书也算是个荣誉，我看可以加分。"

盈二奶瞥了牛车车一眼，附和道："哼，不懂装懂！"她在审核意见栏里画了一个圈。

牛车车没理睬羊丹丹的意见，依旧在审核意见栏里打了一个×。

三个评委的评分结果出来了，两票同意，一票反对。牛花花通过了！

下午，三个评委的面试速度加快了，几个优秀的大学生被破格招聘为技术员，两个车间主任也有了合适的人选，只有副总经理的职位还空缺着。

"最后一位请进！"盈二奶有气无力地喊着。

"来了！"一个身材矮小、走路跛行的中年男子拉开会议室大门走了进来。

"羊铁单，你怎么也来应聘了？"牛车车惊奇地喊起来。

"羊铁单？"盈二奶扭头望着羊丹丹："哈哈，羊丹丹，你们夫妻事先商量好的吧？"

羊丹丹急忙澄清说："你看我干吗！又不是我叫他来的。"

羊铁单解释道："我声明，羊丹丹不知道我来应聘，羊丹丹是昨天开车来的，我是今天骑马来的。是我自己决定来应试的。"

羊丹丹表白说："如果他征求我的意见，我绝不同意他参加面试。但是既然他来了，你们面试吧，我申请回避。请不要拘于我的面子，公事公办，仔细审查。不管面试结果如何，我都没有意见。”羊丹丹说完离开了办公室。

盈二奶拉着官腔说：“羊铁单，你虽然是董事长的老公，但面试程序还是要走的。请问你要应聘啥职位？”

“小人不才，想面试副总经理。”

盈二奶说：“我就猜到你是奔副总经理来的。啥学历呀？”

“工商硕士。”

“啥？工商硕士！”盈二奶吓了一跳，“你一个放羊娃，大学都没读过，怎么弄到的工商硕士？”

“啥叫‘弄到的’，我是花几十万块买的。”

“这就对了。你还挺诚实的。诚实点儿好，我们主要还是看能力。”盈二奶点点头，对羊铁单的回答表示满意。

牛车车对羊铁单的学历很感兴趣，插话问：“你出国读的吗？”

“我没出过国。”

牛车车追问：“那你在哪买的硕士？”

羊铁单回答道：“与羊丹丹结婚后，我们没急于要孩子，一起读的夜大。本来我觉得夜大毕业学历已经够高的了，但我丈人不满意，说：‘咱羊家女婿不能比别人家的差，不管花多少钱，都要读个硕士。’就这样，两年前我花高价在上海参加了一个高级工商硕士学习班，完成学分和课题后得到了硕士学位。”

盈二奶大喘口气，说：“原来你是这么买的啊！我还以为你坦白买的假学历呢。”

“真学历也能买得到啊！”牛车车不大相信，继续追问道：“羊铁单，听说研究生都要做课题，你搞的啥课题？”

“狼爱上羊。”

“瞎说！有这样的课题吗？”

“真的，我没瞎说。”

牛车车说：“荒唐！狼怎么能爱上羊呢？”

“嘿，你还别不信，我真研究成功了，我让一头公狼爱上一只母羊，自打公狼与母狼结亲后，我们红格村再没受到过狼的骚扰。不信你去红格村打听下。”

牛车车问：“狼不吃羊吗？”

“我把狼的牙齿拔掉，爪子剪了，它没法吃羊。久而久之，狼、羊生情了。”

“真的吗？”牛车车走上前拉着羊铁单的手说，“老弟呀，你太厉害了，欢迎你加入。这样吧，牛村最近经常有狼咬死牛，我们也做个课题，让狼与牛结亲如何？如果成功了，我把总经理让给你，我当你的副手。”

“牛哥，这可绝对不成，狼和牛体型不同，也不能搭个台阶让它们交配呀。再说，养羊，我是当之无愧的羊倌；养牛，你理所应当是牛总。牛羊搭配干活不累。咱哥俩搭档，肯定能配合好。今后，小弟我鞍前马后服侍你。如果我哥他再敢来闹事，我来收拾他。”

“嗯。上次在红格村，你帮我讨回马车时挨了铁龙子的打，我心里一直过意不去呢。”

“小事一桩，不值得提。当年抢亲时你有意放我一马，让我得到了羊丹丹，我一辈子感恩不尽哪！”

“别提那事了，什么有意的，我后悔还来不及呢。抢亲成功那是你的福气，抢亲失败那是我的命运。我牛车车一辈子情囧，就是这个命。”

“牛哥，别后悔，听说你现在还单身一人，我老婆有个表妹，样子很俊俏，有机会我帮你搭个线……”

“荒唐，你俩在这做上交易了？”羊丹丹从门外走进来，“搭啥线！晚了！我表妹下个月就登记结婚了。”

“牛哥，不好意思……我老婆还有个侄女正读初中，如花似玉、美如天仙，要不啥时候我领出来你瞧瞧？就是委屈你要降辈分了……”

“真的，姑父，什么时候帮我介绍？”牛车车双眼放光，有点儿如饥似渴的感觉。

“什么姑父，乱七八糟的！牛车车，你想老婆想疯了？”羊丹丹轻蔑地说，“想打我侄女的主意，不可能！你太老了。实话对你说吧，牛车车，现在班里有四个帅哥追她呢。”

羊铁单低声对羊丹丹说：“要不把你小姨妈介绍给牛车车，咋样？”

“我小姨妈比牛车车大十几岁呢，你瞎搞啥！欸，我说铁蛋子，你怎么总打我家人的主意呢？”

羊铁单笑眯眯地说：“老婆，在工商管理学上，这叫‘裙带关系’，这种关系最稳固。”

“哈哈！”羊丹丹笑着夸奖道，“老公，看来你研究生没白念呀！”

羊铁单洋洋得意地说：“那是啊！”

羊丹丹脸色一变：“那是个屁！全是歪门邪道！”

羊铁单连忙安抚说：“老婆，你别生气，开句玩笑呗，你们紧张了一天也该放松放松了。”

羊丹丹绷着脸：“开啥玩笑！这是开玩笑的地方吗？你是在面试呢。”

羊铁单做了个鬼脸：“哎哟，我怎么把这码事给忘掉了。”

“哟，时间不早了。面试结束了。”盈二奶看着手表说，“羊铁单，你可以走了。再不走我该敲你了，竟敢抢我媒婆的饭碗！”

“谢谢各位！”羊铁单转身离开办公室。望着羊铁单的背影，盈二奶嘟囔道：“臭小子，以为啥事都那么简单哪！哼，就你那个笨脑子，见了蛤蟆想到天鹅，还想说媒呀？能成功吗？”

牛车车听了嘿嘿一笑，突然感觉这句话味道不对，不高兴地白了盈二奶一眼，说：“你说谁是蛤蟆？”

盈二奶得意地说：“我是打个比喻。”

“有你这么比喻的吗？”

“哼，有啥不行？说蛤蟆还是好听的，蛤蟆还能找到蛤蟆谈情说爱。你要是蚯蚓就更惨了，只能往地里钻了。”盈二奶总算报了一箭之仇，得意地歪着头抽着半截烟袋锅。

“好了，别吵了！”羊丹丹打断说，“羊铁单面试结果如何？盈副科长，你的意见呢？”

盈二奶答道：“董事长，你不是说过吗，残疾人优先。我没意见。”

羊丹丹问：“牛总，你的意见呢？”

牛车车说：“看着残疾人家属的面子上，我也同意。”

“正经点儿！你们到底啥意见？”

牛车车和盈二奶回答：“同意。”

“好，既然你们二位都同意，我也没有意见。举贤不避亲嘛。羊铁单担任副总经理负责行政事务，帮牛总经理分担点儿担子。据我了解，牛花花在七星奶牛场工作时曾经负责第二车间生产，开展机械化挤奶技术，短期内产量提高两倍。我提议牛花花破格聘任副总经理兼任技术科长，加强我场的技术力量。”羊丹丹停顿几秒钟，望着牛车车和盈二奶，“如果没有反对的，就这样定了。车间主任、技术员和挤奶工都已招聘到位。明天进行公示。今天会议到此结束。”羊丹丹做了一个简短的总结。

# 第五十五章　失落

忙碌一天的招聘会结束了，牛车车没想到这次招聘竟是这样一个结果。羊铁单当上副总经理，牛车车一点儿也不感觉意外，相反，他一直建议羊丹丹家里应该有人参与七星奶牛场的管理工作。有羊铁单配合管理，他肩上的担子会减轻许多。可是牛花花回来了，还当上了副总经理，他感觉像做梦一样不可思议，不知道羊丹丹是怎么想的，为什么要这么安排。或许牛花花真有才能？想到几年前牛花花当车间负责人时生产管理得井井有条，牛车车暗自说服自己要大度些，不计前嫌，所以他没有当场表示反对。

牛花花的出现让牛车车心里有一种莫名其妙的慌乱，虽然他自信自己的内心已经足够强大，能够抵御外来的诱惑，可是看见牛花花，他还是像个偷东西的贼似的，心里慌兮兮的。莫非这个牛花花就是他的克星？他暗自告诫自己，这次绝不能再上当受骗了。

牛车车把羊铁单和羊丹丹夫妇送到七星奶牛场的大门口，挥手告别。羊丹丹带着满意的表情开着崭新的吉普车离开了七星奶牛场，洁白平整的雪地上留下两道深深的轮胎印迹。

羊铁单穿着厚厚的羊皮大衣骑着马儿紧随其后，马蹄卷起大地的残雪，很快消失在暮色的草原上。

牛花花站在牛车车的身后不远处向远离的羊丹丹挥手，似乎在等待着牛车车的注意，可是牛车车始终没有回头。

牛花花站在雪地里许久，一动未动，霞光洒落在洁白的羽绒衣上，像一尊身披夕阳的雪美人。牛车车装作没有发现牛花花站在他的身后，转身走进收发室。

雪美人始终站在雪地里，牛车车也一直未走出收发室。他虽然喜欢牛花花，心里却无法原谅她过去做过的事情。她怎么会与刘佬转和刘萌萌搅和在一起欺骗他的感情呢？他实在是想不通。

孙鲭现在咋样了？自从上周在东乌旗住院奇遇孙鲭之后，牛车车每天清晨睁开眼睛，遍地鲜花怒放，心情爽朗；夜里闭上眼睛，四周蓓蕾朵朵，美梦涟漪。一想到孙鲭，他就暂时忘掉了牛花花带给他的烦恼。只可惜，他迟了一步，孙鲭已经有男友了。她的恋爱能谈成功吗？他是否应该鼓足勇气竞争一次呢？唉，听天由命吧，追女人，他缺少胆量和自信。

不知何时，远处的雪美人消失了。盈二奶从食堂打饭回来，看到牛车车站在屋里发呆，问道："愣啥呢？还不去吃晚饭？"

"不饿。"他淡淡地说着。

"要么你留下来一起吃吧。我给你爹打了一份饭，他一会儿过来。"

"谢谢姑奶奶，你们吃吧。"走出收发室，牛车车站在奶牛场大门口遥望着暗淡的草原，心里乱成一团麻，一阵阵惆怅。

太阳被黑纱遮住，天色渐渐变黑；温暖被北风卷走，气温渐渐变凉。

孤独伴随着寂寞，沉思带来烦恼；告别白日的明媚，期盼星夜月光。

踏着阑珊的夜光，牛车车回到了他的办公室。

牛车车平时不讲吃、不讲穿、不讲攀比，是个不讲虚荣的人，可是这次人才招聘，看到羊丹丹和牛花花都是大学学历，连羊铁单这个放羊娃都读了研究生，他感觉自己的脸被刀割了似的，破了相。

羡慕心夹杂着嫉妒，虚荣心激发着上进。牛车车意识到自己学历低，文化知识不足，今后很难适应七星奶牛场的飞速发展，决心要迎头赶上。他历来羡慕那些有知识、有文化的大学生和师长，对他来说，大学是个遥不可及的梦想。他羡慕羊丹丹，因为羊丹丹的勇气、为人和能力令他佩服；他嫉妒牛花花和羊铁单，因为他们的光环太令人羡慕。他牛车车绝不能比牛花花差啊，甚至要赶超羊铁单。

在后来的工作接触中，羊丹丹察觉到他的心事，安抚说："牛总，你将来会有机会学习深造的。你放心，先把工作干好，读夜大的事情，我会帮你的。对我来说，学历只是一种虚荣，实践需要像你和牛花花这样有真才实学的人。”

几个月后，在羊丹丹的帮助下，牛车车报考了羊丹丹和牛花花当初读过的锡林郭勒盟大学夜大班。他暗自立下目标，利用三年的时间拿下大专和专转本的学历。

工作上，由于有羊铁单和牛花花两位助手的协助，牛车车得以抽出充足的时间学习。暑期夜大课程忙的一段时间里，他打算脱产住在锡林郭勒盟，全身心地读书。

自打牛花花主管生产和技术后，奶牛场的产量和质量大幅度提高，得到羊丹丹和股东们的高度赞扬。真没想到牛花花技术上还真有两下呀！牛车车嘴上不赞，心里佩服，对牛花花的态度也变得和善起来。他几乎不再操心生产上的事情，把精力全部投入到销售方面。

牛花花依然像花朵一样亭亭玉立，即使是身穿洁白的工作衣，同样光彩夺目，像蝴蝶一样在牛车车的眼前飘来飞去。牛车车心中的怨气早已荡尽，可心里还在与自己较劲，见了牛花花就板着一副不理不睬的面孔。而牛花花一心扑在工作上，根本没在意他的态度。

有一次，牛车车召集牛花花和盈二奶开会，牛花花的艳丽多姿让他忍不住悄悄地多瞄了几眼。会后当办公室里只有牛车车和盈二奶两个人时，盈二奶用话敲打着牛车车说：“总偷看啥？喜欢就大胆地去追求呀。如果抹不开面子，姑奶奶我替你去说。何必总是偷偷摸摸的！”

“没有哇！”牛车车矢口否认。

“拉倒吧。瞒得了谁还瞒得住我嘛！你怎么与你爹一个德行呢，有贼心没贼胆。”

牛车车不服气地说：“我爹说了，等将来读了 EMBA，我可以在城里找个电影明星。”

“哇，”盈二奶差点儿呕了出来，“人可以不知天高地厚，但不可狂妄无知。草原上你是猎手，混进大城市你可能就是狗熊。你懂吗？”

“姑奶奶，您说的有道理，晚辈有自知之明。”牛车车佯装虚心地说着，忍不住继续调侃道，“我爹说了，只要是明星，丑点儿老点儿没关系。等我混好了，有像盈二奶您这么老的明星，让我领一个回来孝顺孝顺他。”

“呸！臭小子，你们爷俩拿姑奶奶我开涮！”盈二奶举起烟袋锅吼着，“等着瞧，上梁不正下梁歪，我要找你爹算账去！”牛车车脑壳挨了一敲，笑嘻嘻地逃走了。

事后，牛车车被他爹牛老五狠狠地训斥一通：“别当了总经理有点儿臭钱就不知天高地厚，什么 EMBA、电影明星的，有啥嘚瑟的，连牛丫丫都把你甩了。记住，以后不许没大没小的跟盈二奶开玩笑。盈二奶再不济也是个媒婆，名声在外，十里百里受到大家的敬仰。告诉你，小子，别拿豆包不当干粮。俗话说，好话不出门，坏话传千里，媒婆一句话，光棍跑断腿。”

牛车车辩解道：“爹，每次都是盈二奶先与我开玩笑的呀！”

“姑奶奶是长辈，逗你是喜欢你。别不懂好歹。”

“哦，知道了，爹，我错了。”从那之后，牛车车没再与盈二奶开过玩笑，遇见盈二奶逗他时，一笑而过。

盈二奶开心了，逢人就夸牛车车变乖了。

整个夏天，牛车车都在锡林郭勒盟脱产学习，一个月内要完成六门课程，他深感学习压力之巨大。早晨，草原迎来第一缕阳光时，他已经坐在校园的草地上如饥似渴地读书了。夜阑人静，遥望着天空缀满的闪闪星点，他在思考着教科书上的各类试题。他废寝忘食，不漏一字地记下老师课堂上讲过的每一句话，夜里睡梦中，嘴里还念叨着酸奶的制作工艺。

考试陆续结束了，他的考试成绩平均在 62 分。值得庆幸的是，各门课程的分数都在 60 分以上。能保持在这种走钢丝的考试水平，真是不容易呀！牛车车乐得合不拢嘴。太棒了，60 分万岁，还多了 2 分的保险！尽管成绩如此，可他还是瘦了一圈。

## 第五十六章　爱囧

8月8日一个周末的夜晚，连续几门功课考试结束，牛车车从锡林郭勒盟回到牛村。远处见到自家大院门前张灯结彩，感觉气氛异常。有啥喜事了吗？牛车车正打算横穿过自家门前的街道，黑暗中一个女孩高喊：“牛哥！”还没等他反应过来，一个影子突然冲过来投入他的怀里。牛车车受到惊吓不轻，接连倒退三步，靠在街道对面的墙壁上，不知所措地搂着怀里的女孩。什么姑娘这么勇猛啊？难道是牛丫丫吗？不对，此人比牛丫丫瘦小许多。“你是……”黑暗中，牛车车没看清楚女孩的面孔。

女孩说：“牛哥，你总算回来了，我在这里等了你好久。”

好熟悉的声音啊！难道是家里给自己介绍女友了？初次见面也不会这样呀！正当他纳闷想问你是谁的时候，女孩继续说：“牛哥，我有要事与你商量。”

“啥事？”牛车车捧起女孩的脸蛋儿仔细一瞧，大吃一惊，“孙鲭，是你！”牛车车激动得心要跳出来了，伸出双臂紧紧地搂住孙鲭。“你是从天上掉下来的吗？”

孙鲭说：“是的，我想给你个意外惊喜，所以没提前告诉你。”

“孙鲭，真没想到是你。阴差阳错呀，我的心上人！”牛车车雨点儿般地亲吻着她的额头。

“等等，牛哥。”孙鲭拢拢被弄乱的头发，“我来是告诉你，我爹不同意我俩的婚事，逼我嫁给你大哥。”

“啊？你爹不同意？我大哥？”牛车车愣呆了，感觉一头雾水。

“是呀！”孙鲭的头依偎在他的胸前喃喃说，“拖拉机……”

“啊？你叫我啥？”牛车车接连诧异地叫起来，他的脸蛋滚烫。漆黑的夜晚遮住了他惊异慌乱的表情。如果是在白天，他的窘相一定会把人吓晕过去。

“亲爱的，我知道你不喜欢拖拉机这个绰号。明天，我爹要参加你爹和盈二奶的婚礼……”

“啊！我爹要结婚……与盈二奶……”虽然前段时间村里流传牛老五与盈二奶的绯闻，但他万万想不到牛老五真会与盈二奶结婚。也好，牛老五结婚了也了却了他当儿子的一桩心事，毕竟牛老五一辈子又当爹又当娘的，辛辛苦苦把他们拉扯大。

“是啊，亲爱的，你怎么了？不是你昨天告诉我的吗？”

“是我说的吗？”牛车车慌忙掩饰着，“哦，对，对，是我说的。可是……我吃惊的是你爹竟然要参加我爹的婚礼。”他明白了，原来孙鲭与自己的三弟牛拖拉悄悄地谈起恋爱，现在孙鲭误把自己当成了牛拖拉。一盆冷水从头泼到脚。

唉，太他妈的难为情！这要叫人知道了，一点儿面子都没有啦！他的手臂不自觉地松开，眼角流出泪水。

孙鲭毫无察觉地继续说：“我爹听说你大哥不在家，所以决定参加你爹婚礼。一来缓和两家的关系，二来在婚礼上亲自提亲。据盈二奶说，你爹心里很愧疚，大儿子还没对象呢，当爹的就先结婚了，你爹有点儿难为情，因此不打算通知你大哥回来参加婚礼。我爹还说，盈二奶这几天正忙着帮助牛车车大哥说亲，天赐良缘，他正好借机为我提亲。他天天动员我嫁给你大哥，说你大哥有财气、有能力，还身强力壮。可我坚决不同意。我爹急了，说：‘婚姻大事，无论你同意还是反对，爹都要替你做主。牛拖拉是个打工仔，体弱多病，没出息。’拖拉，你快想想办法吧，一定让你爹当场拒绝他，就说牛大哥已经有未婚妻了。”

牛车车说：“可是他没有啊！这不是撒谎吗？”

“呆头！让你爹骗骗我爹，把他搪塞过去。怎么能说真话呢！”

牛车车试探地问：“孙鲭，我大哥也挺喜欢你的，你为啥这么讨厌他呢？”

“拖拉，你怎么总提这个问题呢？你哥哥在东乌旗住院时我就对你说过，你哥是个花心大萝卜，靠不住，我喜欢的是你这样忠实的男人。”

“谁是花心大萝卜！我还从没……我哥他从没谈过恋爱，也没处过女朋友。世界上有这样的花心大萝卜吗？”牛车车的心在滴血，连他的青梅竹马，梦中情人都如此曲解他，他心里感到无比的委屈和懊恼，可又不敢流露和发泄。

由于复习考试的缘故，牛车车最近瘦了一圈，与弟弟牛拖拉就更像了，在灰暗的月光下，一样的容貌，一样宽阔的胸膛，甚至一样的气息，以至于孙鲭丝毫没有察觉到面前的这个男人不是牛拖拉本人而是他哥哥，她闭上眼睛沉浸在自我感觉中，继续说：“我知道你尊敬和敬佩你哥哥，不愿意听别人说他的坏话。其实，这种话不是我编的，是村里人说的。不管怎么说，你哥与牛花花的婚外情总是事实吧。还有，你哥在花花 Hotel 的那夜风流，虽然他很幸运地没染上性病，但是……算了，不说这些了。总之，你的人品要比你哥哥好得多。”

“哦……”牛车车哑口无言，嗓子里酸辣辣的，心里感觉冰冰凉。

“拖拉机，我爱你。”孙鲭抬头望着牛车车，翘起脚尖，伸出双臂环绕在牛车车的脖颈。“亲爱的，没休息好吗？我看你有几分憔悴。是不是最近工作太忙？你要好好休息。”

牛车车把头轻轻转向一边，躲开孙鲭的唇，学着弟弟牛拖拉的声调问：“假如你爹坚决不同意你嫁我呢？”

“亲爱的，我非你不嫁。我们私奔！”孙鲭紧紧抓住他的手。

牛车车嘟囔道：“这不是好办法。”

孙鲭深思片刻，说：“实在不行，我只好坚持抢亲，委屈你大哥再当一回倒霉蛋。我事先给你一个针筒和一支麻药，你悄悄在他的马蹄子上做个手脚，让马奔跑时突然马失前蹄……”

“好呀！孙鲭，你也太狠点儿了吧！”牛车车下意识地推开孙鲭，“这招也太损了，你不怕出人命吗！”

“嗯，是有点儿危险。要不我们还是私奔吧。”

牛车车仿佛刚从马上摔下来，不自觉地摸摸自己的脑袋，说：“好吧。孙鲭，你放心吧，为了我哥脑瓜的完整，我一定做好我爹的工作，决不让你嫁给别人。你早点儿回家吧，免得你爹出来找你。”

“对了，牛哥，还有一件事。”

“啥事?”

“我这个月还没来事儿呢，都过了五六天了。你说我是不是怀孕了?”

“啊，不会吧？我啥都没干哪……”牛车车察觉出自己失误，急忙止口。

孙鲭嘴巴一噘，不高兴地说：“不许赖账！当然是你干的。要是真有了，你说该怎么办呢？要么我们去锡盟医院打掉吧。”

“不，不能打掉！这可是我们牛家的种!”

“那你可要负责呀，牛拖拉!”

“没问题。你还不了解我牛拖拉的为人吗？干负责的事儿，做负责的人。”

“嗯，我相信你，拖拉。我走了，你也早点儿休息吧！晚安!”孙鲭再次扑向牛车车，“真不愿离开你。”

“孙鲭，快回家吧!”牛车车轻轻推开她。

孙鲭再次叮嘱道：“记住，明天一定早点儿跟你爸说哟。”

“嗯，你放心吧。”

望着孙鲭远去的背影，牛车车眼眶里滚出泪水。牛车车啊，你怎么这么笨呢，连你弟弟都不如啊。“呜呜……”他伤心地抽泣着。爱怎么像变了味道的牛奶，让人如此难咽哪!

他的耳边响起医生的声音：“牛总经理，你弟弟的病是治不好了，这种病随时会转变成白血病，他的时间不会太长……”

忽然，牛车车擦干泪水，破涕为笑。孙鲭真诚地爱着牛拖拉，这是他们牛家的福气呀，他应该为弟弟牛拖拉的幸福感到高兴才对。牛家很快就要有“飞机”了，哈哈!

他转身大步流星走向七星奶牛场，他决定住在奶牛场里暂时不露面，回避一段时间。他要化悲痛为力量，努力学习，早日拿到大学文凭。

## 第五十七章　重逢

时间飞快流逝，转瞬过去三年。七星奶牛场早已今非昔比，场区扩大了，厂房现代化了，高级冷藏货车替代了马车。一年前建立的奶制品车间在酸乳业制造上创出社会知名的品牌“牛车车酸奶”，为七星奶牛场带来了丰厚的经济收入和社会知名度。七星奶牛场重组后仅用一年半的时间就扭亏为盈，三年期满按时偿还清银行的所有贷款本金和利息。到如今，累计分红 1750 万，羊丹丹、牛车车等股东当初重组时的投资全部收回，还有一倍的盈利。现如今论身价，牛车车已过千万，成为地道的钻石老五。牛拖拉当上了主管销售的副总经理，与孙鲭结了婚，生了个儿子，牛老五当上了爷爷。

经过三年的刻苦努力，牛车车如期拿到了本科学历。但是牛车车不知足，还打算攻读硕士研究生。他想起安丰法医对他说过的话，“如果想读高级工商管理学习班可以来找我，我帮你联系。”在他通过电话与杭州的安丰法医取得联系后不久，安丰法医帮助他联系好就读上海高级工商管理学习班。羊丹丹董事长大力支持他继续读书，承诺只要他拿到硕士学位，工资和奖金照发。

此后不久，牛车车离开了家乡来到上海读 EMBA 了。

“列车前方到站是本次列车的终点站，锡林郭勒盟火车站。请旅客们下车时拿好各自的行李物品，按次序下车……”

安东医生和安丰乘坐的 G34 次列车到达北京南站后，直接换乘北京到锡林郭勒盟的特快列车。一路上，安丰神采奕奕地讲述了一部堪称牛车车娶亲记的精彩故事，虽然经过十几个小时的旅途颠簸和劳顿，两人依旧容光焕发、毫无疲倦之意。安东医生更是精神抖擞，意犹未尽。连邻座的几位年轻旅客也被故事吸引，围坐在安丰身边听得专心致志、兴致盎然。

时间到此，牛车车要亲记的故事该收尾了，后面发生的事情安东医生早已一清二楚，本不用再细作絮聒了，然而，旁观的旅客不停地追问着安丰："牛车车的生母找到了吗？刘萌萌被抓到了吗？牛丫丫是死是活？"

安丰只好继续讲下去。

那年暑假期间，安丰通过淳安县公安局的朋友找到了已经在千岛湖平海村定居落户的牛车车的母亲杨桂菲。杨桂菲离开草原后先投靠到千岛湖下乡当知青的姐姐杨桂芳，姐姐嫁给了平海村的潘村长，家境较好。后来杨桂菲在姐姐的介绍下嫁给了本村的赤脚医生老钱中医。在安丰的安排下，牛车车与母亲重逢，心情激动万分，自然不必多表。杨桂芳夫妇也参加了这次母子重逢聚会。当时，平海村正在对外招商引资，潘村长代表村委会盛情邀请牛车车到平海村投资创办奶牛养殖场，并承诺给予最优惠待遇。牛车车当即爽快地答应，并在数日后签署了正式的合作协议。这才有了后来的牛车车奶牛场、牛车车酸奶制品和平海度假村。从此，牛车车开始在杭州的商界发展，几年后，牛车车奶制品集团企业开始在东南沿海地带崭露头角。

安丰合上日记本，似乎打算结束这个故事，但看到安东医生疑云重重的表情，问道："安东医生，你好像还有什么疑问。"

"是的。"安东医生不解地说，"既然小钱是杨桂菲与老钱中医所生，与牛车车是同母异父的兄弟，他为什么还会谋害牛车车呢？"

安丰解释说："由于招商引资避嫌的缘故，潘村长建议不要公开认亲，因此，小钱、小钱的爱人潘清，甚至连老钱中医都蒙在鼓里。"

"哦，怪不得牛车车因神经衰弱服用老钱中医诊所自制的黑心药丸中毒后，一直坚持不告老钱诊所。"至此，安东医生心里总算明白了。

其中一位旅客问："小钱因为什么要谋害牛车车呢？这一段您好像没有交代呀。"

安丰笑笑说：“这一段故事我确实没有交代，但这位安东医生比我更清楚这段故事的原委，还是让他来告诉你们吧。”

安东医生为难地说：“实在抱歉，这段故事太长，也比较复杂，列车马上要到站了，短时间内很难说清楚。有机会你们读读《安东医生诊室：蹊跷的死亡》这本书，书里有完整的故事。”

几位旅客盯着安东医生诧异地问：“您是？”

安丰介绍说：“他是那本书里的主角，安东医生。”

一位旅客吃惊地说：“哇，我见过这本小说的介绍，据说里面还有防病、治病的知识，有治疗灰指甲的秘方。能告诉我怎么治疗灰指甲吗？”

列车到站了，安东医生和安丰拿起行李向车门走去。安东医生回头对那位旅客说：“按照书里的偏方治疗，一定能治愈。很简单，一看就会。”

“谢谢，再见！”

接站的汽车沿着锡林大街向酒店方向开去，安东医生望着窗外茫茫白雪，又想起了故事遗留的悬念。“安丰院长，牛丫丫失踪案后来有结果吗？”

安丰沉思片刻说：“牛丫丫失踪案一直没有线索。但据我了解，七星奶牛场在牛丫丫失踪后第三年意外地收到一笔来自省外银行转账还款，总额1500万。还款人是刘萌萌和牛丫丫。”

“啊？这到底是怎么回事？”安东医生吃惊地喊起来。

安丰说：“原以为牛丫丫在这场诈骗案中被害了，现在看来，她不仅活着，而且活得很好，否则不会在失踪三年后把巨额贷款全部偿还。”

“你们当年在大黑山不是发现一具女性尸骨，高度怀疑牛丫丫被害了吗？”安东医生不大相信会有这样的结果，“仅仅根据还款这件事就能证明牛丫丫还活着吗？”

“当然不能，必须要找到本人。当年发现的一具女尸骨架，因为缺乏DNA检测，无法认定死者的身份。后来，牛一刀到派出所申请撤案，但专案组还在继续侦查中。”

安东医生皱起眉头：“真是搞不懂，明明是诈骗案，刘萌萌怎么又把钱还回来了呢？”

安丰解释说：“这就是我说的新庞氏诈骗案，诈骗者最终会还清债务，尽量清洗自己的原罪，甚至与债主和解。我这次来锡林郭勒盟参加学术会议，讲学的题目就是新庞氏诈骗案。我们可以假设，刘萌萌第一步设计的是诈骗案，他利用牛花花与牛车车的桃色事件赢得了牛丫丫的心，然后利用牛丫丫对他的迷恋，怂恿牛丫丫从银行贷款1000万。贷款到账后，刘萌萌本想独自携款消失，无奈聪明的牛丫丫资金权不放手，他只好改行第二步新庞氏诈骗案。其实，第二步走得更高明。刘萌萌与牛丫丫共同携款消失，引发牛丫丫失踪案，必然引起公安、银行、法院的连锁反应，导致七星奶牛场停产和陷入频临破产的窘状。这时候，表面上看是牛车车组织策划七星奶牛场资金重组，实际上是刘萌萌通过一个留在七星奶牛场的亲信在暗中操纵。”

安东医生问：“安丰院长，你是指刘萌萌通过牛丫丫的父亲牛一刀操纵了七星奶牛场的股份重组。”

安丰否定：“不，不可能是牛一刀。涉及牛丫丫失踪这场重头戏，只有牛一刀处于不知情的状态，这场戏才能演得好。如果牛一刀知情的话，在警方调查问话时很容易露出马脚。”

安东医生问：“如果不是牛一刀的话，那会是谁呢？参加董事会的人就这么几位，牛车车、羊丹丹、牛一刀、牛老五，还有盈二奶。总不会是盈二奶吧。”

“有可能就是盈二奶。”

“盈二奶只是个独立董事，没有多大的选举权和决定权呀。”

安丰肯定地说：“他们不需要有决定权和选举权的人。七星奶牛场并不是真正的股份制，也不可能进行股份重组，只是一种内部股份制和资金重组，他们只需要及时了解七星奶牛场资金重组的动向。他们相信牛车车在七星奶牛场濒临破产边缘时一定会挺身而出。他们信任牛车车的人品，也相信他的管理能力。他们通过与牛花花接触，甚至提前预测牛车车会求助于早就打算投资奶牛行业的羊丹丹。他们了解市场，相信重组后的七星奶牛场会重振雄风，很快腾飞。”

“这么说来，盈二奶就是他们走后安插在奶牛场里的亲信。”

“如果查一下七星奶牛场收发室电话的通话记录就可以找到答案。如果这个人是盈二奶，他们一定会定时与她通话，了解七星奶牛场的经济运行情况。”

安东医生点点头：“查找电话记录，这是个好主意。关于刘萌萌，您的分析有道理，但关于牛丫丫的行为分析，缺乏逻辑。七星奶牛场是牛丫丫自家企业，一直经营得不错，她绝不会这么做。”

安丰耐心地解释：“开始时她确实不会同意这么做，但她会被爱情冲昏头脑，完全相信刘萌萌的判断和分析，否则她不会同意贷款。刘萌萌懂金融、懂技术、懂生产，了解七星奶牛场的潜力和发展，他知道仅靠牛丫丫原来的家庭式的产业模式，七星奶牛场很难继续发展。当然，像牛丫丫这种女孩子，也很容易一时冲动干出傻事，受骗上当。然而，后来事情的发展，让牛丫丫感觉到刘萌萌这么做是对的，不做事照样赚钱，而且还会赚更多的钱。”

安东医生说：“万一企业重组不成功，破产了呢？这种可能也是很大的。”

“是的。新庞氏诈骗案的实施者都具备赌徒的贪婪和胆量，一旦发生企业破产，金融游戏就中断了，案件的性质就变成了地道的金融诈骗，实施者将沦为罪犯。银行作为债主从来不希望一个资不抵债的企业破产，相反会全力协助这样的企业重组，尽管如此，企业破产的风险还是存在的。为此，他们一定会严密监视企业的重组动向，可能还准备了其他应急预案。”

安东医生坚持说：“可是这样一来，牛丫丫丧失了七星奶牛场50%的股份哪！我认为牛丫丫不会轻易同意的。”

安丰纠正说：“你错了，安东医生。恰恰相反，她的资产几年内增加了数倍。我们可以算笔账，在消失的三年里，他们利用这1000万元投资经商能够赚多少钱？即使拿着这笔钱周游世界，也未尝不可。七星奶牛场资金重组后持续高速发展，每年为他们带来的分红远大于1500万，使原有的巨额债务变成了小数目。他们还了欠款，与债主达成和解，大事化小，小事化了。新庞氏诈骗案玩的是智商和金融游戏。”

“如果真是如此，我想牛丫丫会被刘萌萌说服的。”安东医生被安丰缜密的思维和推理所折服，不断地点头，“确实是一种高智商的犯罪啊！”

汽车停在一个红绿灯路口，左前方出现一个广场，广场后面的松柏树林中有一个大型儿童游乐场，右手边屹立着一座带有巨大的圆形拱顶结构的建筑物。安丰问：“司机师傅，离酒店还有多远路程？”

司机回答：“今天市中心有点儿堵车，大约还需要20分钟吧。”

“安丰院长，您需要休息一会儿吗？”安东医生随手拿起安丰放在座椅上的日记本翻了几页。

“不需要。到酒店后再休息。安东医生，你还有什么问题吗？

“是的，还有一个轻松点儿的问题。牛车车的前妻是谁？是牛花花吗？”

“没错，是牛花花。牛花花于牛车车脱产在上海读书期间担任了总经理，把七星奶牛场管理得井井有条，为企业的发展立下了汗马功劳。牛车车研究生毕业前，在羊丹丹的撮合下，牛车车消除对牛花花的误解，原谅了她，两人重归于好。牛车车内心还是喜欢牛花花的，用他自己的话说，鲜花终于插在牛粪上了。

后来的事情你都清楚，他们一起来到杭州定居，在千岛湖创业，成立了牛车车奶制品厂和牛车车奶牛养殖场。然而，生意做大了，事业发达了，牛老板身边的女人也多了，麻烦事多起来……”

听安丰讲完牛车车年轻时的故事，安东医生不得不承认牛车车的前半生和后半生确实生活在不同的世界里。人哪，是会变的，特别是有钱、事业发达的男人。

## 第五十八章　结局

学术会议结束了。按原计划，安丰和安东医生应该先去大黑山，再去牛村，但从锡林郭勒出发前，安丰告诉安东医生，大黑山不用去了，他在会场见到了牛丫丫失踪案专案组的庞副处长，庞副处长告诉他这个案子东乌旗的警察已经侦查完毕，是一个地道的新庞氏诈骗案，目前正在结案。

吉普车离开锡林郭勒盟直奔牛村。路上，安东医生不解地问："真的抓不到他们任何经济犯罪的证据吗?"

安丰回答："目前结论尚早，警方正在寻找他们经济犯罪的确凿证据，比如在银行贷款过程有无欺诈行为。如果他们的银行贷款手续完备，没有任何纰漏，恐怕经济犯罪很难确定。刘萌萌和牛丫丫贷款后跑了，七星奶牛场替他们还了钱，周瑜打黄盖，一个愿打一个愿挨。专案组调查发现，刘萌萌和牛丫丫夫妻携款逃跑后偷渡到蒙古，然后跑到韩国。牛丫丫在韩国首尔一家医院进行了整容手术，变成了一个地道的大美女。现在看来，那个与刘萌萌一同出现在边境口岸嘎达布其镇的神秘女人就是牛丫丫。"安丰打开手机，手机屏幕上出现几张美女的照片。"这是他们回国后第一次，也是最后一次现身在监控视野内，之后就销声匿迹了。这是庞副处长发来的照片，有十几年前的，也有近期的，都是牛丫丫整容后的容貌。"

安东医生好奇地端详着手机里的照片，照片里是一个无论容貌还是体态都比牛花花更年轻、标致、苗条、媚气的女人。"哇，确实是个大美女。"他不住地惊赞道，"这才是真正的牛头公主呢!"

安丰继续说："他们回国后没有回刘萌萌的山西老家，而是住在达兰特生儿育女，平安无事。三年后，他们夫妻主动还清七星奶牛场的全部贷款，解除了与七星奶牛场的债务关系，双方皆大欢喜。五年后，他们自筹资金在达兰特办起一家大型奶牛场，目前这家奶牛场还在正常经营。但是，无论他们是否触犯经济罪，刑事犯罪是肯定的，他们至少犯有偷渡罪。”

牛村到了。为了观赏故事里的牛村村貌，他们把吉普车停靠在村东头的马路边，步行穿过村庄向村西头的七星奶牛场走去。“安丰院长，您的腿没问题吧？”走在一边是院落一边是房屋的乡村道路上，安东医生关心地问道。

“没问题。你瞧，到了北方，我的腿就一点儿也不瘸了。”

牛村真没什么特别的，一条条棋盘般的街道、一行行稀稀疏疏的大杨树、一排排色泽和建筑风格相似的平房、一个个堆满干草垛的院子，看不出哪一幢房屋鹤立鸡群、哪一个院落与众不同、哪一户女人优雅大方。

一阵北风呼啸着从房屋的间隙中钻过来，屋顶的残雪被寒风削下一层，散乱的雪花随着炊烟无序地在街道上飞舞着。他们的脑袋缩进大衣领子里，无暇顾及牛村的模样，侧着身，避了一阵风，接着继续向前行走。

七星奶牛场的场区设计和建筑风格完全出乎安东医生的预料和想象。在四周荒野的衬托下，大门两边的方形红砖门柱显得高大雄伟。两扇涂着黑漆的巨大铁门显得更加威武壮观，铁门装饰着凸凹不平的金色图案和银色花环，凸显出神韵色彩和富丽堂皇。故事里所说的土墙和大门一侧的几间矮小的品奶吧，早已不复存在，取而代之的是草地上围起一圈与铁艺门异曲同工、交相辉映的黑色铁艺栅栏。透过黑色的铁艺栅栏可以看到院子里整洁的水泥马路、花坛、弯弯曲曲的小路、枯萎的草坪和一堆堆的积雪。早年那种石砖和木板混合式的牛棚已被屹立在松柏树后面的几排高大的现代化厂房所替代。

安东医生站在大门外还没走进场区，就已经多少被这家企业尊贵的气质和华丽的外表征服。确实是家不错的企业呀！

铁门自动打开了，从收发室里走出一位穿着朴素的中年男子，问：“请问你们去哪里？找谁？”

安东医生说：“我们要见牛车车总经理。”

中年男子一愣，问：“你们从哪来？是他什么人？”

“我们专程从杭州来看他的。”

“哦，你们先在收发室里坐一会儿，我去办公室请示一下。”中年男子向场区后面走去。

安东医生忍俊不禁：“哈哈！安丰院长，让我蒙对了。牛车车果然活着。”安丰也跟着开心地笑起来。

宽敞明亮的收发室里陈设简陋，只有一张桌子、四把椅子、一张木床，没有传说中的火炕，炉子已经被暖气取代。安东医生环顾四周，笑了：“这间屋子就是故事中牛老五和盈二奶谈情说爱的地方，看来盈二奶现在已经不住在这间屋子里了，呵呵！真想见一见这位滑稽有趣的盈二奶。”

安丰说：“那你刚才为什么不说来找盈二奶呢？这样可能会更有把握些，免得吃闭门羹。”

“你我都没见过盈二奶，万一她出来，不知该说啥。既然来了，还是直截了当好，先找到牛车车再说。我当时想，如果牛车车闭门不见，我们就直捣老巢。”

安丰又开心地笑了：“哈哈，牛车车这小子真能捣鬼，我当初还真以为他死了呢！今晚让他请客吃饭，一定要罚他三杯酒。”

“他会进监狱吗？”安东医生关切地问道。

“那要看他是否触犯了刑法。经济上的事情，我们局外人看不清楚，也说不准。如果他真的犯了法，还是早点儿自首好。”

一袋烟的工夫，收发室的男子回来了，进门就说：“牛总经理说了，你们远道而来，情义可圈可点，破例允许进场参拜。”

安东医生调侃：“嘿嘿，山高皇帝远，连小小的牛老板都变成土皇帝了！”

安丰说：“好哇，我们就进去参拜土皇帝。”

他俩跟着收发室男子向院子里走去。穿过花园中间的一条小路，绕过几栋高大的厂房，来到僻静的后院。或许是周末的缘故，院子里鸦雀无声，没人走动。后院有一片小树林，安东医生钻进树林四处张望，心里暗自嘀咕：这里可能就是牛车车和牛花花偷情约会的地方吧。他来到一棵

"歪脖子"大树下，感觉这似乎就是牛车车和牛花花被捉时藏身的那棵大树。

穿出小树林，远远看见一栋红色的三层楼，单从楼房的外表就能猜得出那是一栋行政办公楼。

收发室男子阴沉着面孔，一声不发地带领他俩走进办公楼。"到了。"收发室男子站在一楼会议室门前对他俩说，"请进吧，二位。"

"我们从前见过面吗?"安丰问收发室男子。

收发室男子摇摇头。

安东医生与安丰相互对视下，安丰微微一摆头，安东心领神会，举起手轻轻敲门，"当当当"，会议室里面没有人应答。"当当当"，当他再次敲门时，收发室的男子笑笑，摆摆手说："不用客气，敲门他也听不见，直接进去好了。"

安东医生拉开会议室大门跨进门里，屋子里面灰暗一团，一股冰冷潮湿、阴气森森，夹杂着令人窒息的发霉气味扑面而来，安东医生不自觉身体颤抖起来，倒退出来，扭头问仍然站在旁边的收发室男子："妈呀！这是啥地方？怎么像地狱呢！"

"哦，不好意思，我忘记打开电灯开关了。"男子伸手打开墙壁上的开关："请进吧，二位。"他的脸上似乎显露出一丝诡异的表情。

安东医生的双腿有点儿发抖，手扶着门把手对安丰问："法医先生，您先请吧?"

安丰瞪了身旁收发室男子一眼，拉着安东医生的手说："别怕，我们一起进去。"

安东医生再次拉开大门与安丰同时走进屋子里，大门在他俩身后"嘭"的一声关上了。然而，眼前的情景令他俩大吃一惊，正前方墙壁上挂着一幅牛车车的遗像，遗像上方悬挂着一条黑底白字的挽联。"牛车车先生永垂不朽!"几个大字赫然入目。两边墙壁摆满了几层花圈，把两扇窗户遮得严严实实。一扇微开的窗户灌进来冰冷的寒风，吹动着悬吊在天花板上的黑色或白色的挽联上下飘舞着。遗像的下方有一个方桌，桌上摆放着一个精致的骨灰盒。此时，四周响起了低沉的哀乐声。

安东医生慢慢地镇静下来，怪不得收发室男子用了“参拜”这个词，原来是牛车车的灵堂啊！牛车车死了这么久了，他们家怎么还设有灵堂呢？

安丰拉着安东医生的手走到骨灰盒前，对他说：“不管是谁的灵堂，死者为大，既然进来了，就应该拜一拜。”他俩规规矩矩地鞠躬三次，没有久留，转身退了出来。

收发室男子仍旧等在门外，看见他俩走出来，转身打算离开。

“师傅稍等！”安丰叫住他，“请问这是谁的灵堂？”

收发室男子眨眨眼，诧异地反问：“里面大字写得不是很清楚吗？你不识字吗？”

安丰依旧不大相信这是牛车车的灵堂，继续问：“你们总经理在吗？”

“总经理有几个，你们要找哪位？”收发室男子显得有点儿不耐烦。

“牛总经理。”

“在，在三楼最里面一间办公室。”收发室男子匆匆地离开了。

安丰坚定地说：“走，上去瞧瞧。”

“嗯，既然来了总要弄清楚。”

他俩刚爬上三楼，就见走廊尽头一个中年男子站在办公室门外问：“请问你们找谁？”

“牛车车，是你！”安东医生情不自禁地喊出声。

“哦，你们是我哥哥的朋友啊，欢迎欢迎。”中年男子热情地招呼他俩，“非常感谢你们两位不远千里拜见我哥哥的灵堂，我哥哥牛车车如果地下有灵，也会感到欣慰的。做个自我介绍，我叫牛拖拉，牛车车的三弟。二位，屋里请。”

“你不是牛车车？不好意思，你与你哥哥长得太像了，看到你就感觉是看到了你哥哥。我是安东医生，你哥哥的朋友。这位是安丰法医。”他俩不客气地走进办公室，坐在沙发上仔细打量着眼前这位牛拖拉总经理。

“哦，安丰法医，我想起来了，我们见过。十多年前，我哥哥在额吉淖尔镇突然高热，还是你护送他去东乌旗医院的。”

安丰说：“你那时比现在瘦多了。现在越来越像你哥哥了。我记得你得了一种难治的血液病，叫什么 MDS。”

“你说的没错，我从小得了一种难治性贫血，医生说这种病没有治愈的可能，只能靠输血维持，而且随时可能转变成白血病。专家说骨髓移植可以根治这种 MDS，但骨髓移植的成功率只有百分之五十。真的要感谢我哥哥。去年他亲自帮助我安排在上海长山医院做了骨髓移植手术，他不仅出钱，而且还为我捐献了骨髓。我们兄弟之间血型一致、基因相同，所以骨髓移植成功了，我的病也根治了。你瞧，我现在身体多棒！什么药都停了。只可惜我哥哥自己因为患严重抑郁症……唉，我时常后悔，早知如此，不如我替他去死了呢。”牛拖拉眼睛湿润了。

安东医生问：“是啊，你哥哥走得太突然，我一直不敢相信这个事实。他一直对生活抱有乐观态度和希望，去年 8 月他出院后还去韩国一家整形医院做美容治疗呢。”

“安东医生，你一定搞错了，我哥哥没去过韩国。去韩国整形医院的是我。我左腮部有个胎记，去年 8 月我去韩国一家整形医院做了手术。呶，仔细看还可以看见一丝疤痕呢。”

“哦，原来是这样。”安东医生开始意识到自己弄错了，歉意地看了安丰一眼。接着自言自语：“真不好意思。”

安丰问：“我记得你比你哥哥小四岁吧？”

牛拖拉回答：“是的。我哥哥属鸡，我属牛。我长得稍显老相一点儿。我们草原上的人，风吹雨淋，皮肤粗糙，都有些显老。”牛拖拉拎起暖壶为他俩倒茶水。

安丰笑一笑，站起来打算告辞：“拖拉，别忙了，我们不久留了，今天还要赶回锡林郭勒盟。这一趟没白来，见到了你，也拜见了你哥哥的灵位，希望你能继承你哥哥的事业，把七星奶牛场建设得更加辉煌。”

“难得到我们草原来做客，不要走了，晚饭我来安排。”牛拖拉激动地拿起办公桌上的电话机，拨通电话后说：“孙鲭，我哥哥的朋友来了，一位是安丰法医，另一位是安东医生，在我的办公室，你过来见一见吧。”

听说孙鲭要来，他俩重新坐下。“牛总经理，随便问下，你哥哥牛马车现在干什么呢？”安东医生拿起桌子上一张全家福照片仔细端详着。

“你们刚才见到了，他在收发室工作。”

“哦，怪不得感觉有点儿眼熟。”

大约一袋烟的工夫，一位四十岁左右纯朴、秀气的女人出现在办公室门口。牛拖拉介绍说：“这位是我的夫人，孙鲭。”

孙鲭大方地说：“久闻大名，哥哥生前经常谈起你们两位。欢迎你们来草原做客。留下来吃晚饭吧，难得相聚。我们牛村没有像样的酒店，还是我们自己的食堂饭菜烧得好些。你们继续聊，我到食堂安排晚餐。”

安丰站起来说：“不用安排了，我们确实不能留下，买了今晚回北京的火车票，马上要离开这里赶回酒店。”

牛拖拉说：“哦，既然如此，我就不强留了。下次有机会再到草原来，一定要在我们这里多住几天。”

来接他们的汽车已经停在大门前。牛拖拉和孙鲭一直把他俩送到汽车旁边，目视着他们上车离开。

安东医生临上车时问：“牛老板，藏小琼女士现在做什么呢？”

牛拖拉说：“哦，你是说我嫂子吧，她在七星奶牛场上班。盈二奶退休后，她接替办公室主任，不巧，她今天休息。如果你们今晚留下来吃晚饭，我会请她来参加。你们可以再次见面。”

“哦，不用了，下次再见吧。”

在返回锡林郭勒盟的路上，安东医生问：“安丰院长，你相信牛车车真的死了吗？我总感觉有些不可思议。”

安丰回答：“虽然感觉不可思议，但我现在相信牛车车死了。”

安东医生问：“从法医角度，还有没有什么客观鉴定办法认定牛拖拉的身份呢？”

“恐怕很难。牛车车和牛拖拉是亲兄弟，血型和基因高度一致。我有点儿怀疑的是牛拖拉的病真能根治吗？”

“有可能。根治难治性贫血，骨髓移植是个好办法。从牛拖拉谈到的住院治疗情况，医院、科室、病历都有证可查，应该是真实的。”

安丰说：“那我就没什么疑问了。刚才开车前你提到的藏小琼女士是谁？”

“牛车车的第二任妻子，藏小妻呀，原名叫藏小琼。牛车车因抑郁症住院时，我在病房里见过她一次。”

“哦，我想起来了。好像听牛车车说起过一个叫琼的女旅友，一次青藏高原浪漫的经历，一段别具风味的驴友野史。真没想到，后来竟弄假成真了！牛拖拉这小子还挺忠厚的，把嫂子安排得很好。”

“或许是牛车车自己提前安排好的吧。”

一个月后，安东医生在上海开会偶遇一位来自东北姓周的血液科著名的骨髓移植权威，随便聊起骨髓移植治疗难治性贫血的话题。周凡教授低声对他说：“骨髓移植后各项血液指标恢复正常能够离开隔离仓者，即算移植成功。但实际上，很多 MDS 患者出院后一个月内或更长时间以后又旧病复发了，病情迅速恶化，再次治疗的条件就更差了。关于骨髓移植，理论上是一回事，实践上则是另一回事。”

这是什么意思呢？安东医生反复回味着周凡教授最后这句话，心中再次产生疑惑：牛拖拉的病真的治好了吗？

一年后想起这件事，安东医生依旧疑心重重，百思不解。他给长山医院血液科的侯教授去过一个电话，侯教授肯定地对他说：“患者牛拖拉骨髓移植成功是确定无疑的，但他出院后一直处于失访状态。我们也正在寻找他。如果你见到他，请转告他要定期来医院复诊。骨髓移植后还存在急性或慢性排斥反应的可能，因此，在骨髓移植后，至少要坚持服用抗免疫排斥反应的药物一年。”

“好的，如果再见到他，一定转告。”撂下电话，安东医生脸上疑云密布，上次见到牛拖拉时，距离他骨髓移植治疗不足一年，他怎么什么药都停用了呢？如果不是工作忙，安东医生想再去一次七星奶牛场弄清真相。

前几天，牛拖拉来电话盛情邀请安东医生和安丰今年夏天去内蒙古大黑山度假。安东医生当时爽快地答应下来。但事后，安东医生又有些犹豫不决，不知该去还是不该去。

夜深了，安东医生久久未能入眠，心里默默念叨着一首杭州娃哈哈小学王璐娅同学观看《寻龙诀》电影后所写的诗歌：

**彼岸花**

彼岸花开红光射，
千物万恶全复活。
时辰过后宝花谢，
谁知花开梦一场。

牛车车和牛拖拉两人之间，总有一个人死去，一个人活着。只要能让身边活着的人们感到幸福、快乐、安康，至于他俩到底哪个活着，哪个已经死了，并不重要。对安东医生来说，如果牛拖拉的病真的医治不好，他更希望牛车车还活着，愿一切像梦一样过去。

# 后记　我的作家梦

### 1. 我要当兵

我至今还记得在丹东市育鹏小学一年级读书时，老师问我的第一个问题：“你长大了想当个什么‘家’？”那时，我的脑海里曾经闪现过一系列五彩缤纷的梦想：当一名科学家、画家、作家，甚至当飞行员，开飞机……然而，随着小学三年级的留级和以后“文化大革命”无休止的停课，昙花梦絮如泡沫般地消失了。

留级的那年，有一次母亲辅导我功课时问我：“5加7等于几？”我眼睛不眨地回答：“8。”母亲吃惊地看着我说：“你好好想想！”我眨眨眼睛说：“9。”母亲怒目狰叫：“这么简单的题都不会！你好好想想，到底等于几？”我摇摇头，说：“不知道，没学过。”母亲的手在空中摇晃了几下，舍不得落下来，遗憾地流泪说：“完了，这孩子废了！”

我在混混沌沌的世界里，在野蛮无知的游荡中，在无拘无束的生活状态下逐渐长大，随社会涌动的潮流离开学校，下工厂接受工人阶级再教育。

有一天，我爸爸的一位老战友，省军区王副司令到我家做客，爸爸把我拉到王副司令面前，问：“这小子不爱上学，能不能送他当兵去？”

“哦，”王副司令问我爸爸，“你儿子有什么特长吗？他愿意干什么？”

我爸爸想了想，回答：“这小子不爱学习，但喜欢讲故事，整天有小朋友围着他听故事。”

王副司令摇摇头，说：“这不算特长。”

我爸爸想想，又说：“他喜欢画画。”

“好吧，那就到沈阳军区测绘大队当测绘兵画地图吧。”就这样，我“走后门”去了大连测绘大队当了兵。

在部队的第一年，我表现优秀，当上了五好战士，入了团。接着，部队保送我上测绘学院。然而在我兴高采烈地入学一个月后，却被学校无情地退回到部队。学生教导队领导毫不客气地说：“你文化水平太差了，还是回部队继续扛标尺吧。”在测绘大队，扛标尺是个不需要动脑子的力气活。

**2. 我要当医生**

两年后，偶然碰到一个读中专的机会，我选择了一个只要识字就能学懂的护理学专业，随即离开大连测绘大队去念护校。护校毕业后，我被分在沈阳军区202医院当护士，我整天捧着大萝卜练习扎针，很快练就一手熟练扎针、输液的技术。患者都夸我扎肌肉针不疼，因为我下手稳、准、狠。

护校毕业后做护士的那些年，我依然像一张白纸，空洞的大脑除了从小说里猎取到的一些早已讲厌腻了的故事外，一无所有。

1977年有一天，我在给一位小学三年级老师扎针的时候，无意间翻开她病榻旁放着的小学三年级数学课本，已经20岁的我突然猛醒，发现自己只有不及小学三年级的文化水平。自卑、忧虑和羞耻开始无情地鞭笞我的上进心，我总不能永远当一名男护士吧！我要学习，我要考大学，我要当医生！我的内心在呐喊。此后，我向那位小学老师借来一套小学课本，拜身边同事为师，奋力自学小中学课程，参加各类高考复习班，终于在1978年，以沈阳军区考区总分第二名的优异成绩考上了第四军医大学，从此走上了医学道路。从年轻医生到资深专家，从博士生到博士生导师，出门诊、查房、会诊、介入手术、做课题、写论文，日复一日，年复一年，在这条路上我一干就是三十年。

**3. 我迫不及待要写作**

然而，近五年来，写作这个念头一直缠绕在我的脑海里，每当我读小说的时候，总会有尝试着写作的念头；每当看到电影里一些重口味的情节时，总会刺激我尝试写作的欲望；每当夜深人静回忆起往日经历的那些惊世骇人的奇人怪事的时候，我难以抑制住写作的冲动。2010 年以后，我的脑海里经常浮现出几十年前同宿舍里的那个恶魔的影子，他的容貌、表情、举止，以及那些他干过的即使你听说了都不敢相信的骇人悚闻；往事如潮，若隐若现，忽远忽近，越来越清晰，医院、宿舍、太平间、尸骨，遥远的记忆跨过时空大道从四面八方飘忽而来，我几乎迫不及待要讲述一个跨时代的重口味故事。

在心中酝酿一段时间后，我于 2011 年 7 月 31 日在人人网写下了第一篇日志，日志的名称是《停尸房里的恶魔 1》。为什么要在人人网上发布日志呢？或许潜意识里我认为人人网是个实名制的网络平台，用我的原名王宁夫发布日志更为真实。

我在日志的开头写道：停尸房在医院里被称为太平间，可是我们所讲的这个太平间，一点儿也不太平。他是一个恶魔，是一个游荡在黑夜中的幽灵，是一个太平间里的恶魔。这是一个真实得不能再真实的故事，除了姓名和背景外，其他的完全都是过去已经发生过的事情。因为很多情节过于骇人听闻，无法更详细地描述，否则，真的会令你作呕不止。世界上还会有这样的事情发生过吗？世界上还有这么比恶魔还恶魔的人吗？是的，这个故事比你在电影里看到的类似故事不知要恐怖和惊悚多少倍！如果把它搬到电影屏幕上去，至少可以获奥斯卡最佳编剧奖……

放射线科王楚雄副主任看了我的日志后鼓励我，说："你的故事很引人入胜，你可以继续写下去，写个长篇小说，试试在网上发表。"

"我只是业余写写，能行吗？"我胆怯地问道。

"我看没问题。你的故事题材新颖，内容充实、奇特。"他很肯定地说，"跨界不惧鸿沟。我的一个老同学把我们知青下乡的经历编写成一部小说，在网上发表后很受读者的喜爱。"

之后，我一连在人人网上写了十几篇关于停尸房里的恶魔的日志，不断得到同事们的鼓励和支持。著名心内科专家朱建华教授因为全神贯注阅读我的日志，差点儿错过一场重要的会议。"真想不到你的故事这么吸引人哪！真有这个人物吗？真有这种事吗？你一定要继续写下去啊！"浙江大学附属二院王建安院长鼓励我多写些群众喜闻乐见的医学故事，邵逸夫医院的傅国胜教授每次见面都要询问我写作的情况，我们医院的领导也大力支持我创作。

大家的勉励对我鼓起勇气继续创作十分重要。“或许我可以试试。”抱着这样的念头，我很快写了几十万字的初稿，并于2012年7月陆续发到新浪和天涯文学网上。

几个月后的一天，我刚做完一台手术，意外接到一个来自于东方出版社的电话，王晓枫编辑直截了当地问：“您是安东宁夫吗？请问你的小说《太平间的恶魔》想不想出版？”

“想，当然想。”我几乎不相信自己的耳朵，要兴奋地蹦起来，“你真是出版社的吗？”

“当然，我给您我的QQ号，我们谈谈……”

2013年4月，我写的46万字长篇小说《太平间里的恶魔》出版了，一时之间轰动全国，当月再次印刷5次，成为当年的畅销书。一夜之间变成了畅销小说的作家，我似乎对此没有任何心理准备，不敢接受作家的称呼……对我来说，这个人类灵魂工程师的称号，依然显得那么陌生和遥远。

#### 4. 读书本身就是一种写作的培训

很多人都好奇地问我：“安东宁夫，你是个医生，不是学中文的，又没有经过文学训练，怎么能写出这么好的长篇小说呢？”

我的回答是读书是最好的学习，多读书、多练习讲故事，能够培养你的构思能力。每一部小说里面除了故事、人物、情节之外，都有作者的创作理念、写作思路和作品风格。一本你喜欢读的书就是你的老师，广泛深入的阅读会让你收获到写作的要领和技巧。

我青少年时贪玩、淘气、不爱上学，但我有一个优点，喜欢读各种长篇小说，我15岁之前读过《红岩》《敌后武工队》《红日》《铁道游击队》等小说；15岁后读过《上海的早晨》、美国现实主义作家德莱塞的《珍妮姑娘》；16岁时读过《三国演义》《水浒传》，而且我喜欢读书后给身边朋友讲故事，许多小说给我留下深刻的文学烙印。二十几岁自学英语后，我开始大量阅读英文的欧美小说，如杰克·伦敦的代表作《马丁伊登》，德莱塞的重要作品《珍妮姑娘》和《嘉莉妹妹》，法国著名作家儒勒·凡尔纳的作品《海底两万里》《格兰特船长的儿女》《神秘岛》《气球上的五星期》《八十天环游地球》，大仲马的《基督山伯爵》。青少年时期读过莎士比亚的喜剧作品《第十二夜》，之后的许多年，我的内心充满着喜庆和快乐。我的体会是，在记忆力的黄金时期读过的书会深深留在我的脑海里，不仅仅是小说的情节，整个作品如同一部部教科书，无形之中为我后来的文学创作奠定了坚实的基础。读大学期间，我曾尝试翻译一本国外的侦探小说，虽然最终没有出版，但翻译过程锻炼和提高了我的文学修养。

30 岁以后，我忙于医学专业，看文学书少了，读医学专业书籍多，但有时也会读一些国内外小说、自然科学和社会科学的书籍。阅读自然科学和社会科学的书籍对培养文学创作能力同样有用，可以提高人的逻辑思维和推理分析能力。读书对写作有潜移默化的影响，特别是对写作技巧的提高和写作风格的培养更有益。早期的中外文学作品十分注重对人物特点外表、举止、表情、心理和行为和一些外在场景的细微刻画。而现代作品由于受影视作品的冲击，人物和场景的刻画平淡了许多，大多落笔于情节上。因此，我觉得多读一些国内外早期的经典文学作品对写作的培训更有益处。

### 5. 跨界，我的作家梦

我比较喜欢读悬疑和推理小说，一方面是因为悬疑和推理的故事是一种对智力的挑战，另一方面是因为做医生从事疾病诊断和治疗过程中，经常面对着悬疑和推理，因此，我在文学创作中也选择了悬疑和推理的题材。2014 年出版的长篇小说《红石草原》是一部局中局、谜中谜、案中案的医学悬疑推理作品，惊心动魄的野外冒险、神秘莫测的红石草原、伙伴们接连意外惨死，忠烈、残忍的狼群、滴血白骨，幽深惊险的洞穴，古怪的捕狼老人……故事情节环环相扣，轻松幽默中暗含凶险波涛，真中有假，以假乱真，疑点重重。读者常常说，《红石草原》是一部看了就停不下来的书，2014 年秋天，著名的报纸品牌，天津市《今晚报》连续一个多月连载《红石草原》，每天一集，在读者中产生了较大的轰动和反响。如果说我现在无愧于作家称号的话，令我欣慰的是，我创作出这部自己和读者都非常满意的侦探推理小说，《红石草原》。

然而，作为一名医生和兼职作家，我最想写的一类题材是与医学悬疑推理相关的病例故事。目前医学科普书面临的最大的问题是趣味性不够，有病的人急于寻书阅读，没生病的人对此不屑一顾，科普书难以起到其应有的防病保健作用。疾病是生命的杀手，疾病的诊断治疗充满着悬疑和推理，如果把健康保健的科普书编写成富有知识性、趣味性的小说，增加可读性，一定会很有实际意义。这也算是我写作《安东医生诊室：蹊跷的死亡》的创意。

《安东医生诊室：蹊跷的死亡》是国内第一部以系列临床病例为题材的长篇医学推理故事和通俗小说。该书以医护工作者救死扶伤为题材，反映和颂扬医护人员一丝不苟、科学严谨的白求恩式的工作精神，既是医生自己的故事，也是患者的故事。医院题材的文学故事不可避免要涉及医患关系敏感内容，但本书着重正面塑造良好的医患关系，传达正能量。通过颂扬老一代医务人员对患者的细心关爱、对工作的敬业、对事业的执着追求，正确地启发和引导年轻医生热忱为患者服务。

《安东医生诊室：蹊跷的死亡》具有强烈的趣味性、故事性、知识性和科普性。背景以风光秀丽的杭州为中心，主人公安东医生是个根据多名经验丰富的临床专家的原型凝练和塑造的人物。对于这位热衷于医学事业的安东医生来说，每个患者的病情都是一个谜案，对他充满挑战和压力；每个患者的诊治过程都是一个故事，充满知识和趣味；每一个疾病的背后都有着神秘、伤痛、揪心、悬念……

为了达到宣传医学科普和促进防治疾病的效果，我在《安东医生诊室：蹊跷的死亡》这本书里加入了很多防病治病的有效方法，甚至是根治顽疾的秘方。比如，不吃药、不打针，轻松根治小小的灰指甲，深受广大读者和群众的欢迎和喜爱。

三部长篇小说的出版，圆了我的作家梦，我先后入选了浙江省和杭州市作协会员。特别是2015年《安东医生诊室：蹊跷的死亡》这本书的出版，带给我一种跨界创作的成功感和自豪感。成功带给我的深刻体会是，跨界别惧鸿沟，读书十分重要。

2015年5月12日《杭州日报》副刊刊登了我的文章《跨界，我的作家梦》。在陆续发表一些中短篇小说的同时，我还尝试着创作英文小说，已经完成了短篇英文小说 *Pure Heart in the Mist*。文学创作给我的工作和生活带来极大的乐趣和心灵净化，让我青春焕发。

《情囧》是我的第四部长篇小说，它与《安东医生诊室：蹊跷的死亡》一起，同时被评为杭州市文化精品工程项目，并得到杭州市文联和市作协的支持和资助。

2013年12月12日写作

2016年1月10日结束

# 跋

《情囧》是一部诙谐、幽默，甚至荒唐的现实主义的长篇通俗小说。故事精练、清新、轻松，情节简单有趣、稀奇古怪、跌宕起伏、一波三折，具有通俗易懂、寓意深刻、休闲消遣和雅俗共赏的特点。小说《情囧》的形式和内容丰富多彩，不乏小品的滑稽、搞笑和怪谬，相声中的若断若续、若隐若现和若有若无，动漫故事的梦幻和夸张，以及通俗小说的怪异、离奇和曲折，让您轻松阅读，开心一笑。

这是一起从安东医生诊室里引出的疑案，是一个围绕着男主人公牛车车、一家奶牛场老板的蹊跷的坠楼和女主人公牛丫丫的失踪之谜，展开的故事。牛车车的多年好友安丰法医在寻找牛车车的路途中，对同伴安东医生讲述了牛车车早年相亲娶亲时那些啼笑皆非的经历。

故事的男主人公牛车车是一个现实生活中常见朴实、憨厚的农村青年，而女主角牛丫丫则是现实生活中罕见的奇幻般的人物。年轻的牛车车抢亲、相亲的故事离奇曲折，窘态百露，充满着酸甜苦辣和喜怒哀乐的现实生活色彩。故事里的其他人物，媒婆盈二奶、美女牛花花、孤独的牛老五等人物，个性独特鲜明，被刻画得生龙活现。《情囧》充满了乡土气息，反映出几十年前中国西部偏远草原农民的勤勤恳恳、吃苦耐劳、朴素执着的现实主义精神。故事的展开犹如真实世界中曾经发生的一部喜剧，令人读后轻松、愉快、意犹未尽。

# Epilogue

*Curdled Love* is a witty, humorous, occasionally absurd but wholly realistic novel. The story is refreshingly concise, with an effortless, graceful style that allows the reader's eye to dance lightly from word to word. Beneath its simple and light-hearted style, the plot runs a twisted and unconventional course, and from the many vicissitudes there emerge several profound messages. It combines wit and stylistic elegance with down-to-earth bawdy humor and self-consciously vulgar situations. Various subplots combine to give the overall tapestry a vibrant, richly textured feel. It has the spontaneity of sketch comedy, the allusive quality of "crosstalk" comedy, the fantastical, exaggerated quality of anime, and the accessibly quality of an eccentric folk novel. The reader is sure to be thoroughly entertained and rolling in laughter at the expense of the characters.

The story grows out of one of the strange deaths in Dr. Anton's clinic. Nearly all of the witnesses believe that Niu Cheche, owner of a dairy farm, committed suicide by jumping from the top of a tall building after suffering from depression due to his financial problems. But Dr. Anton isn't convinced. He suspects that a man who looks just like Niu Cheche fell from the building and that Niu Cheche might still be alive. As Dr. Anton investigates the circumstances surrounding the strange death, Dr. Anfeng, the city coroner and good friend of Niu Cheche, relates uproarious episodes from Niu Cheche's romantic life and reveals clues about the missing Niu Yaya, Niu Cheche's unwanted love.

The story's protagonist, Niu Cheche, is a simple, good-natured, honest peasant from rural China. The female lead, the infamously ugly Niu Yaya, is also simple, good-natured, and honest but contains the qualities of a strange, unique, elusive figure. Through his youthful romantic escapades, Niu Cheche experiences all the bizarre travails of life. He suffers bitterness from his failed hopes, shame from his mistakes, and embarrassment due to his accidental and unwanted love affair. Other equally vivid characters appear throughout the story: the matchmaker Ying Ernai, the village femme fatale Niu Huahua, the loner Niu Laowu, and many more. The author is able to breath life into these singular characters through his nuanced descriptions.

*Curdled Love* is effused with a tangibly earthy aura, evoking the remote prairie land of rural western China from decades past. The reader is immersed into the hardships of Chinese peasant life, where diligence, relentless hard work, austerity, and an almost machine-like persistence are necessary for survival. There is an essence, a soul to this form of gritty realism, and the author is fully able to express it while successfully conveying the comedic elements of the plot. The unfolding of the story is so palpably realistic, it is almost as though the comedy has occurred in real life. It lingers in the mind somewhere between the written word and true reality, causing the reader to crave for more.

*Curdled Love* is Ningfu Anton's fourth novel. Ningfu Anton is a cardiovascular surgeon and best-selling author of *The Devil's Morgue*, *Red Stone Prairie*, and *Dr. Anton's Clinic: Mysterious Deaths.*

Helen Hailun Wang and Joseph Mansell Cronin

January 24, 2016

**图书在版编目（CIP）数据**

情囧 / 安东宁夫 著. —北京：东方出版社，2016. 3
ISBN 978-7-5060-8984-5

Ⅰ. ①情…　Ⅱ. ①安…　Ⅲ. ①长篇小说—中国—当代　Ⅳ. ①I247. 5

中国版本图书馆 CIP 数据核字（2016）第 070735 号

**情囧**
（QING JIONG）

**作　　者**：安东宁夫
**责任编辑**：姬　利　王晓枫
**出　　版**：东方出版社
**发　　行**：人民东方出版传媒有限公司
**地　　址**：北京市东城区东四十条 113 号
**邮政编码**：100007
**印　　刷**：北京京都六环印刷厂
**版　　次**：2016 年 6 月第 1 版
**印　　次**：2016 年 6 月第 1 次印刷
**印　　数**：1—10 000 册
**开　　本**：710 毫米×960 毫米　1/16
**印　　张**：19
**字　　数**：275 千字
**书　　号**：ISBN 978-7-5060-8984-5
**定　　价**：35. 00 元
**发行电话**：（010）85924663　85924644　85924641